El Crimen
Del Padre Amaro

El Crimen
Del Padre Amaro

José Eça de Queiroz

Traducción: Ramón del Valle-Inclán

Primera edición, 1933
Traducción directa del portugués

Derechos reservados

Copyright © 2002 by
CAEM 490426-F59

Impreso en México / Printed in Mexico

El Crimen
Del Padre Amaro

PRIMERA PARTE

Capítulo I

Fue un domingo de Pascua cuando se supo en Leiria que uno de los párrocos, José Migueis, había muerto aquella madrugada de una apoplejía. El párroco era un hombre sanguíneo y vigoroso que pasaba entre el clero diocesano por el glotón entre los glotones. Contábanse muchas historias de su voracidad. Carlos, el mancebo de la botica, que le detestaba, solía exclamar al verle salir de su casa después de la siesta, con el rostro amoratado por la sangre:

—Allá va la boa a desentumecerse. Un día revienta.

Y en efecto, reventó después de una cena de pescado a la misma hora en que frente a su casa, en la del doctor Godiño que cumplía años, se bailaba alegremente. Nadie sintió su muerte y fue poca gente a su entierro. En general no se le estimaba. Era un aldeanote: tenía los modales y las manazas de un cavador, las orejas peludas, la voz ronca y las palabras bruscas.

Nunca había sido querido por las beatas. Refunfuñaba en el confesionario; y como había vivido siempre en las aldeas de la sierra, no comprendía ciertos refinamientos y delicadezas de la vida devota. Por esta causa hubo de perder pronto a casi todas las penitentas que se pasaron en bandada al melifluo padre Guzmán, tan lleno de labia.

Y cuando alguna de las pocas beatas que aún le quedaban fieles, le hablaba en el confesionario de escrúpulos y de visiones, José Migueis la escandalizaba con sus gruñidos:

1

—¡Bueno, déjese de historias, bendita de Dios! ¡Hay que tener más juicio en la chola!

Sobre todo, las exageraciones de los ayunos le irritaban:

—Coma y beba —solía gritar—, coma y beba, criatura.

Era miguelista, y los partidos liberales, sus doctrinas y sus periódicos, le producían una cólera sorda casi irracional.

En sus últimos años, había adquirido hábitos sedentarios, y vivía aislado, con una vieja criada y un perro, el Bonito. Su único amigo era el chantre Valladares, que gobernaba entonces el obispado, porque el señor obispo, don Joaquín, hacía dos años que se curaba su reumatismo en una quinta del alto Miño. El párroco sentía un gran respeto por el chantre, hombre seco, de gran nariz, muy corto de vista y gran admirador de Ovidio.

El chantre, que también le estimaba, solía llamarle "Fray Hércules".

—Hércules por la fuerza —explicaba sonriendo—. Fray por la gula.

En su entierro, fue en persona a cantarle los responsos al pie de la cueva, y como acostumbraba a ofrecerle todos los días su tabaquera de oro, dijo a los otros canónigos en voz baja, al tiempo que echaba sobre el ataúd el primer puñado de tierra:

—Es el último polvo de rapé que le doy.

Todo el cabildo celebró mucho esta gracia del señor gobernador del obispado. El canónigo Campos la contó por la noche en casa del diputado Novaes, mientras saboreaba su taza de té, y no fue allí menos reída que por los señores del cabildo. Todos exaltaron las virtudes del chantre, afirmando con respeto que su excelencia tenía mucho ingenio.

Algunos días después del entierro, se vio errando por la plaza a Bonito, el perro del párroco. La criada había sido llevada al hospital enferma de ictericia, y la casa estaba cerrada. El animal abandonado aullaba su hambre por los portales. Era un perrillo pequeño extraordinariamente gordo que tenía una vaga semejanza con el párroco. Acostumbrado a ver sólo balandranes y sotanas, ávido de un dueño, apenas veía un cura le seguía ladrando lastimeramente. Pero nadie quería al infeliz Bonito; apartábanle con las conteras de los quitasoles, y el perrillo, rechazado siempre como pretendiente importuno, aullaba toda la noche por las calles. Una mañana apareció muerto cerca de la Misericordia; le recogieron en el carro de la basura, y como no se volvió a verle en la Plaza, el párroco José Migueis fue olvidado definitivamente.

Dos meses más tarde se supo en Leiria que había sido nombrado otro párroco. Decíase que era un hombre muy joven que acababa casi de salir del seminario. Se llamaba Amaro Vieira. Atribuíase su nombramiento a intrigas políticas, y el diario de Leiria, *La Voz del Distrito*, que estaba en la oposición, habló con amargura citando el Gólgota del *favoritismo de la corte* y de la *reacción clerical*. Algunos curas se escandalizaron leyendo el tal artículo y lo comentaron con acritud delante del señor chantre.

—Nada, nada, aquí ha habido protección, y de que el hombre tiene buenos padrinos, no cabe duda —decía el chantre—. Precisamente a mí me ha escrito Brito Correa (Brito Correa era entonces ministro de Justicia), recomendándome al sujeto, ¡y en qué términos! Hasta me dice que es un guapo mozo. De manera que después de un Fray Hércules vamos a tener un Fray Apolo.

En Leiria no había más que una persona que conociese al nuevo párroco: el canónigo Días que fue su maestro de moral. El canónigo le recordaba de entonces como un muchacho alto, delgaducho, con la cara llena de granos...

—¡Parece que le estoy viendo su sotana roída y su cara paliducha!... pero era un buen chico y listo, listo...

El canónigo Días era conocidísimo en Leiria. Últimamente había engordado tanto, que su panza enorme apenas cabía debajo de las sotanas, y su cabecilla gris y sus orejas caídas, y el belfo grueso traían a la memoria viejas anécdotas de frailes lascivos y glotones. Vivía con una hermana vieja, la señora doña Josefa Días, y con una criada. Pasaba por rico; tenía cerca de Leiria propiedades arrendadas y su vino "duque de 1815" se elogiaba como el mejor de la comarca. Pero lo más saliente de su vida —el hecho más comentado y murmurado— era su antigua amistad con doña Augusta Camiña, a quien llamaban "la San Juanera", por ser natural de San Juan de Foz. La San Juanera vivía en la calle de la Misericordia y recibía huéspedes. Tenía una hija: Amelita, muchacha de veintitrés años, bonita y muy cortejada.

El canónigo Días parecía muy satisfecho con el nombramiento de Amaro Vieira. En la botica, en la Plaza y en la sacristía de la parroquia elogiaba los buenos estudios que el párroco nuevo hiciera en el seminario; su prudencia, sus buenas costumbres, su obediencia... y hasta su bonito timbre de voz.

—Para poner una nota de sentimiento en los sermones de Semana Santa no hay otro mejor.

Augurábale con énfasis una brillante carrera. Desde luego, una canongía y acaso la gloria de un obispado.

Un día, por fin, mostró con satisfacción al coadjutor de la parroquia, criatura servil y callada, una carta de Amaro Vieira fechada en Lisboa.

Ocurría esto cierta tarde de agosto mientras paseaban ambos por una alameda del Puente Nuevo. Es éste un sitio recogido y silencioso, cubierto de húmeda hierba. Llamábase *Alameda la vieja*. Allí, caminando pausadamente, y hablando bajito, el canónigo consultaba al coadjutor sobre la carta de Amaro Vieira y sobre una idea, soberbia, que la carta le sugirió.

Amaro le rogaba que le alquilase una casa barata bien situada y a ser posible amueblada. Prefería una buena casa de huéspedes. "Bien comprenderá usted mi querido Padre y Maestro, decía Amaro, que esto es lo que más me conviene. Claro está que yo no quiero lujos. Sólo necesito una alcoba y una sala. Pero es preciso que la casa sea respetable, sosegada y en una calle céntrica; que la patrona tenga buen genio y que el pupilaje sea económico. Dejo esto encomendado a su prudencia y a su talento de usted, y le aseguro que le agradeceré mucho este favor".

Al terminar la lectura el canónigo dijo con satisfacción:

—Mi idea, amigo Mendes, es la siguiente: Llevarlo a casa de la San Juanera. ¿Buena idea, *hein*?

—Soberbia idea —dijo el coadjutor con su tonillo servil.

—La San Juanera tiene en el piso bajo una alcoba, una salita y otra habitación que puede servir de despacho. Tiene
buenos muebles, buenas ropas...

—¡Ricas ropas! —dijo ceremoniosamente el coadjutor.

El canónigo continuó:

—Es un buen negocio para la San Juanera, porque dándole habitación, ropa, comida y, en fin, todo servicio, puede
muy bien pedirle seis pesetas diarias. Además, es siempre
una ventaja que tenga al párroco en la casa.

—El único inconveniente —murmuró con timidez el
coadjutor— sería Amelita que, como ya es una mujer... y
como creo que el señor párroco es un muchacho joven...
Vuesa señoría sabe lo que son las malas lenguas...

El canónigo detuvo su paseo y dijo indignado:

—¡Vaya una historia! Entonces, ¿qué se diría del Padre
Joaquín que tiene bajo su mismo techo a una ahijada de su
madre? ¿Y el canónigo Pedroso, que vive con una cuñada y
una hermana de la cuñada que es una muchacha de dieci-
nueve años? ¡Estaríamos bien si eso fuera motivo de mur-
muración!

—Yo lo decía... —repuso el coadjutor.

—Nada, no veo en ello mal ninguno. No es la primera
vez que la San Juanera recibe huéspedes. ¿No tuvo en su
casa hace pocos meses al secretario general?

—Sí, pero un eclesiástico...

—¡Más garantía, señor Mendes, más garantía!

Y en un tono confidencial el canónigo añadió:

—Además, a mí me conviene, Mendes. A mí me conviene
mucho, amigo mío.

Hubo un corto silencio que el coadjutor deshizo diciendo
en voz baja:

—Sí, ya sé, ya sé que vuestra señoría favorece mucho a la
San Juanera.

—Hago lo que puedo —dijo el canónigo, y en un tono
tierno, casi paternal, añadió—: No me pesa porque todo se
lo merece, amigo mío. Es buena como el pan.

Paró de nuevo su paseo el señor canónigo, guiñó los ojos
con cierta orgullosa picardía y continuó:

—El día que yo no aparezco por su casa a las nueve en punto de la mañana, está desesperada. "Pero criatura —la digo yo—, no hay motivo para ponerse así". ¡Y hay que oírla entonces! ¿Pues y el año pasado cuando tuve aquel cólico? ¡Adelgazó la pobre, señor Mendes! ¡Y después tan agradecida!... Siempre acordándose de mí. Ahora, por la matanza, el mejor cerdo para el *padre santo*. Es como ella me llama.

Los ojos del canónigo brillaban al hablar así, y su belfo caído sonreía con una satisfacción babosa.

—¡Ah, Mendes! Es una excelente mujer.

—Y muy guapa —añadió respetuosamente el coadjutor.

—¡Es verdad! —exclamó el canónigo parándose otra vez—. ¡Es verdad! ¡Se conserva muy bien porque hay que ver que no es ninguna muchacha y no tiene ni una cana! ¡Y un cutis tan sonrosado y tan fresco! —Y más bajito con una sonrisa golosa, continuó—: ¡Esta parte, aquí Mendes, esto de aquí! —Y señalaba el cuello, bajo la barba, pasando cariñosamente su mano papuda por encima—. ¡Es una perfección! Y luego lo dispuesta que es. A mí no hay día que no me envíe algún regalillo. Cuándo un molde de jalea, cuándo un plato de arroz con leche. Antes de ayer me mandó una torta de manzanas que ¡había que verla! Las manzanas parecían crema. En fin, cómo estaría que mi hermana Josefa dijo: "Es tan rica que parece cocida con agua bendita". —Y poniéndose la mano en el pecho—: ¡Estas son pequeñeces pero llegan al alma, Mendes! No es porque yo lo diga, pero no hay otra que valga más.

El coadjutor escuchaba con envidioso silencio.

—Yo bien sé —continuó el canónigo interrumpiendo nuevamente su paseo y dejando caer las palabras pausadamente—, yo bien sé que por ahí se murmura y se habla... y es una grandísima calumnia. Lo que ocurre es que yo tengo mucho apego a esa familia, yo lo tenía en vida del marido, usted bien lo sabe, Mendes.

El coadjutor hizo un gesto afirmativo.

—¡La San Juanera es una persona muy decente, pero muy decente, Mendes! —exclamaba el canónigo golpeando fuertemente el suelo con la contera de su quitasol.

—Las lenguas de este mundo son venenosas —gimió lastimeramente la voz del coadjutor, y después de un silencio añadió con misterio—: Pero aquello debe costarle muy caro a vuesa señoría.

—¡Pues ahí está la cosa, amigo mío! ¡Imagínese usted que desde que se fue el secretario general hasta ahora, la pobre mujer ha tenido la casa vacía, y gracias a mí han podido comer, Mendes!

—Yo creía que ella tenía su haciendita —respondió el coadjutor.

—Cuatro terrones, cuatro terrones que sólo sirven para pagar contribución y jornales. Por eso decía yo que el párroco era una mina. Con las seis pesetas que pagará, con algo que yo ayudase, y con lo que ella pudiera sacar por la venta de hortalizas de la hacienda, ella se arreglaba y para mí era un gran alivio, Mendes.

—Un gran alivio, señor canónigo —repetía el coadjutor.

Callaron los dos. Caía la tarde dulcemente. El cielo era de un azul purísimo, el aire suave y embalsamado. El río, poco caudaloso en aquel tiempo, dejaba ver su fondo de arena fina y brillante, y el agua se arrastraba mansamente rizándose al rozar con los guijarros.

—¡Bonita tarde! —dijo el coadjutor.

El canónigo masculló entre un bostezo mientras trazaba una cruz sobre su boca.

—Vámonos a rezar las Aves Marías, *¿hein?*

Cuando poco después subían las gradas de la parroquia, el canónigo dijo al coadjutor:

—Pues, amigo Mendes, está decidido. Encierro al párroco en casa de la San Juanera. Es una fortuna para todos.

—Una gran fortuna —repetía la voz humilde y respetuosa del coadjutor—. Una gran fortuna.

Y haciendo la señal de la cruz entraron en la iglesia.

Capítulo II

Una semana después se supo que el nuevo párroco debía llegar aquel mismo día en la diligencia del Camino de Mazas. Desde las seis de la tarde paseaban el canónigo y el coadjutor en espera del padre Amaro.

Transcurrían los últimos días de agosto. A lo largo de la alameda enlosada que va junto al río entre dos hileras de viejos chopos, paseaban las señoras luciendo sus vestidos de tonos claros. Por el lado del Arco las viejas hilaban ante las puertas de sus casucas miserables; chiquillos sucios brincaban jugando en la polvorienta carretera y las gallinas picaban vorazmente las inmundicias.

En el pilón de la fuente las criadas posaban sus cántaros arrastrándolos sobre la piedra mientras bromeaban con los soldados. Las mozas tornaban a sus casas llevando el cántaro de barro sobre la cabeza y moviendo airosamente el cuerpo; dos oficiales ociosos conversaban esperando *a ver quien llegaba*. La diligencia tardaba. Era ya casi de noche. Una lamparilla alumbraba la hornacina de un santo; encima del Arco y enfrente se iban iluminando una a una con una luz saturna, las ventanas del hospital.

Cerraba la noche cuando la diligencia entró en el puente al trote de sus flacos caballos blancos, que se detuvieron al pie del pilón. El repartidor de periódicos corrió a vender en la Plaza un mazo de "Diarios populares", y el tío Bautista, el patrón, comenzó a enganchar las caballerías. En el pescante, cerca del cochero, venía un hombre que descendió cuidadosamente agarrándose a los hierros del asiento; golpeó los pies en el suelo como para desentumecerse, y miró en rededor.

—Querido Amaro —gritó el canónigo aproximándose.

—Oh, Padre Maestro —respondió el recién llegado con júbilo, en tanto que el coadjutor casi doblado saludaba quitándose el sombrero.

Al poco rato se vio atravesar la Plaza, entre la corpulencia vagarosa del canónigo Días y la escuálida figura del coadjutor, a un hombre alto, un poco encorvado, que se abrigaba con un balandrán. Era el párroco nuevo.

El canónigo Días le iba explicando qué le *tenía arreglado*. No había alquilado casa porque era preciso comprar muebles, buscar criada, en fin, innumerables gastos. Le tenía buscada una casa de huéspedes tranquila, sosegada, como no había otra en Leiria (allí estaba el amigo coadjutor que podía decírselo). Una casa aseada, con una cocina que olía a gloria. Había vivido en ella el secretario general y el inspector de Instrucción Pública. Además, la dueña (el amigo Mendes la conocía) era una mujer temerosa de Dios, de muy buena reputación, muy económica y muy condescendiente.

—Va usted a estar como en su propia casa. Comerá usted su cocidito, su principio, su café...

—¿Y el precio? Sepamos esto Padre Maestro —dijo el párroco.

—De balde, hombre, de balde. ¡Seis pesetas! Tiene usted una alcoba, tiene usted una sala...

—Una preciosa sala —añadió respetuosamente el coadjutor.

—¿Y está lejos de la parroquia? —preguntó Amaro.

—A dos pasos. Puede ir usted a decir misa en zapatillas —contestó el canónigo Días, con su voz pausada, añadiendo luego—: En la casa hay una muchachita de veintidós años, muy bonitilla, con su poquito de genio fuerte, pero de muy buen fondo... Vaya, ya está usted en su calle.

Era una calleja estrecha, de casas bajas y pobres, apretadas por las altas paredes de la Inclusa; con una claridad lúgubre en el fondo.

—Aquí tiene usted su palacio —dijo el canónigo levantando la aldaba de una puerta angosta.

La fachada de aquella casa tenía en el primer piso dos balcones salientes, de aspecto antiguo, adornados con plan-

tas de alelíes que crecían copudos en cajones de madera; las
ventanas del segundo piso eran pequeñas, con alféizar de
piedra, y la pared, por sus irregularidades, hacía recordar
una lata abollada.

A los golpes dados por el canónigo, la puerta se abrió.

La dueña de la casa esperaba en lo alto de la escalera.
Una criada sucia y arremangada alumbraba con un quinqué
de petróleo, y la figura de la San Juanera se destacaba plena-
mente en la luz sobre la pared enjalbegada. Era gruesa, alta,
de aspecto calmoso. Sus ojos negros estaban ya cercados por
arrugas. Sus cabellos estirados y sujetos con un lazo rojo comenzaban a calvear junto a las sienes y en la nuca, pero se
adivinaban unos brazos redondos, un seno abundante y unas
ropas aseadas.

—Aquí tenemos al huésped, señora —dijo el canónigo
subiendo la escalera.

—Tengo una satisfacción en recibir al señor párroco.
¿Estará muy cansado? Por fuerza. Por aquí, por aquí, tenga
la bondad, y cuidado con los escalones.

Hízole entrar en una sala pintada de amarillo amueblada
con un ancho sofá de paja y enfrente de él un pupitre abierto
forrado de bayeta verde.

—Esta es su sala, señor párroco —dijo la San Juanera—,
para recibir, para esparcirse... Aquí —y abrió una puerta—
el cuarto de dormir; tiene su cómoda, su guardarropa...
—Abrió los cajones, golpeó la cama alabando la blandura de
los colchones—. Aquí está la campanilla para llamar siempre
que quiera... Las llaves de la cómoda están aquí... Si quiere
usted la cabecera más alta... Sólo tiene usted un cobertor,
pero si desea más...

—Está bien, todo está muy bien, señora —dijo el párroco
con voz queda y suave.

Pida cuanto desee que buena voluntad no falta...

El canónigo interrumpió jovialmente:

—¡Criatura de Dios, lo que desea ahora es cenar!

—Pues ya tiene la cenita dispuesta. Desde las seis está el
caldo esperando... Y salió para dar prisa a la criada,
diciéndola:

—Vamos, *Ruca*, muévete, muévete.

El canónigo entonces se dejó caer pesadamente en el canapé y solviendo un polvo de rapé, dijo:

—Hay que contentarse, querido. Esto es todo lo que pude arreglar.

—Yo estoy bien en cualquier sitio, Padre Maestro —respondió el párroco mientras se calzaba sus zapatillas de orillo—. ¡Acuérdese usted del seminario!... ¡Pues y en Previaon! La lluvia me caía en la cama.

En aquel momento se oyó un toque de cornetas.

—¿Qué es eso? —preguntó Amaro acercándose a la ventana.

—Las nueve y media, el toque de queda.

Amaro abrió las vidrieras.

Un farol agonizaba al final de la calle. La noche era negra. Sobre la ciudad caía un silencio cóncavo de aplanamiento. Tras el toque de cornetas, un rumor lento de tambores se apagó en dirección al cuartel. Por debajo de las ventanas un soldado retrasado pasó corriendo, y de las paredes de la Misericordia salía constantemente el agudo piar de las cornejas.

—Qué triste es esto —dijo Amaro.

La San Juanera gritó desde arriba:

—Ya pueden subir, señor canónigo, la sopa está en la mesa.

—Vamos, vamos, Amaro, que debe usted de estar muerto de hambre.

El canónigo al decir esto se levantó perezosamente y sujetando al párroco por un brazo, añadió:

—¡Va usted a ver qué caldo de gallina hace la patrona! ¡Se chupa uno los dedos de gusto probándolo!

* * *

En el centro del comedor, forrado de un papel obscuro, la claridad de la mesa alegraba con su mantel blanquísimo, la loza y las copas que relucían a la luz de un quinqué con pantalla verde. De la sopera salía un oloroso vapor de caldo, y en una larga fuente, enterrada en arroz blanco y húmedo una gallina gorda tenía toda la apariencia de un suculento bocado.

En la penumbra, tras los vidrios del aparador, veíanse colores claros de porcelana. En una esquina, cerca de la ventana, estaba el piano cubierto con una colcha de seda deslucida. Se freía en la cocina y aspirando el olor fresco que salía de un estante lleno de ropa lavada, el párroco se frotó las manos con deleite.

—Por aquí, señor párroco, por aquí —dijo la San Juanera. Puede que tenga usted frío. Voy a cerrar las maderas de la ventana.

Y le acercó un cajoncillo con arena para tirar las puntas de los cigarros.

—¿El señor canónigo no tomará un poquito de jalea? Sí, ¿verdad?

—Vamos allá. Hay que hacer compañía al huésped —dijo el canónigo mientras se sentaba desdoblando la servilleta.

La San Juanera, en tanto, admiraba al párroco, que con la cabeza sobre el plato comía en silencio su caldo, soplando a cada cucharada.

Era un buen mozo. Tenía el cabello negrísimo y ligeramente ondulado, el rostro oval, el cutis cetrino y suave, los ojos negros, grandes, sombreados por largas pestañas.

El canónigo, que no había vuelto a verle desde el seminario, le hallaba más fuerte, más viril que entonces.

—Usted era muy delgadillo.

—El aire de la sierra me sentó muy bien —decía el párroco; y contaba su vida tristísima durante el largo y crudo invierno en Feiron en la alta Beira, sin ver, sin tratar más que a pastores.

El canónigo le echaba vino levantando la botella y el líquido espumaba en el vaso.

—Beba, hombre, beba, que esto no lo pillaba usted en el seminario.

Y hablaron del seminario.

—¿Qué habrá sido de Rabincho, el despensero? —dijo el canónigo.

—¿Y de Carocho, el que robaba las patatas?

Rieron; y bebiendo, con la alegría de las reminiscencias recordaron historias de entonces; el catarro del rector, y el día en que el maestro de canto llano dejó caer del bolsillo las poesías obscenas de Boccaccio.

—¡Cómo pasa el tiempo, cómo pasa el tiempo! —decían.

La San Juanera puso sobre la mesa un plato hondo con manzanas asadas.

—¡Viva! —exclamó el canónigo—. No, lo que es con esto también entro yo. ¡Ah, la rica manzana asada! No puedo dejar de probarla. ¡Gran patrona! ¡Excelente patrona es la San Juanera, amigo mío!

Ella reía enseñando sus dientes grandes y aplastados mientras buscaba una botella de Oporto; puso luego en el plato del canónigo, con remilgos devotos, una manzana deshecha espolvoreada con azúcar; y golpeándole la espalda con su mano rechoncha y blanda, exclamó:

—¡Esto es un santo, señor párroco, esto es un santo! ¡Ay! Cuántos favores le debo.

—Cállese, cállese —decía el canónigo, y su rostro se cubría de una babosa satisfacción.

—Buen sorbo —añadió saboreando su copa de Oporto.

—Como que tiene los mismos años que Amelia, señor canónigo.

—¿Y dónde está la pequeña?

—Fue al Morenal con doña María, y desde allí habrá ido a casa de las Gangoso a pasar un rato.

El canónigo explicó que el Morenal era un *condado*, propiedad de aquella señora, y reía con *bonhomie* mientras sus ojos relucientes recorrían amorosos la corpulencia de la San Juanera.

—¡Ay! no haga caso, señor párroco, son cuatro terrones de mala muerte —decía ella.

Reparó entonces que la criada se apoyaba contra la pared agitada por violenta tos.

—¡Mujer, vete allá dentro a toser!

Y la moza salió tapándose la boca con el delantal.

—Parece enferma —observó el párroco.

—Muy delicadilla, mucho, estaba casi tísica.

¡La pobre era ahijada suya, huérfana, y la había tomado a su servicio por compasión!

—Y además porque la otra criada que tenía tuvo que entrar en el hospital, ¡desvergonzada!... ¡Se lió con un soldado!...

El padre Amaro bajó los ojos y cogiendo una migaja de pan preguntó si había muchas enfermedades en Leiria.

—Colerinas ocasionadas por las frutas verdes —repuso el canónigo—. Entran en las huertas, después se atracan de agua... También fiebrecillas.

—Yo ahora —decía el padre Amaro— estoy fuerte. Alabado sea Dios Nuestro Señor Jesucristo, tengo salud, tengo...

—¡Nuestro Señor se la conserve, que nadie sabe el bien que eso es! —exclamó la San Juanera. Y contó en seguida que tenía en su casa una hermana medio idiota y baldada desde hacía diez años. El invierno último tuviera un catarro y desde entonces la cuitada iba acabándose, acabándose... Tenía ya cerca de sesenta años.

—Esta tarde después de merendar tuvo un ataque de tos que pensé que no salía de él. Ahora descansa un poco.

Y continuó hablando de aquella tristeza, de Amelita, de las Gangoso, de la carestía, de todo. Estaba sentada con el gato en el regazo y hacía rodar entre sus dedos, por el mantel, monótonamente bolitas de pan.

El canónigo abotagado cerraba los párpados. La luz del quinqué se apagaba. Todo en la habitación parecía ir gradualmente adormeciéndose. El canónigo se revolvió perezosamente en su silla y dijo:

—Pues señores, ya es hora de descansar.

El padre Amaro se levantó y con los ojos bajos rezó su acción de gracias.

—¿El señor párroco desea lamparilla? —preguntó cuidadosamente la San Juanera.

—No, señora. No la necesito. ¡Buenas noches!

Y descendió las escaleras con un palillo entre los dientes. La San Juanera alumbraba desde el descansillo. El párroco se detuvo y volviéndose afectuosamente hacia ella la dijo:

—¡Ah!, señora, mañana como es viernes yo ayuno...

—No, no —interrumpió el canónigo embozándose en su capa de lustrina—, mañana come usted conmigo. Vengo a buscarle y vamos a visitar al chantre, a la Parroquia y por ahí... ¡Y que tengo lulas! Es un milagro, porque aquí no se encuentra pescado.

La San Juanera entonces tranquilizó al párroco.

—No se moleste en recordarme las vigilias, señor párroco. ¡Tengo yo en eso el mayor cuidado!

—Lo decía —replicó el párroco— porque desgraciadamente nadie las observa hoy día...

—Tiene usted mucha razón, pero yo miro la salvación de mi alma antes que nada.

La campanilla del portal resonó fuertemente.

—Debe ser la pequeña —dijo la San Juanera—. Abre, *Ruca.*

Rechinó la puerta y se oyeron voces, risas.

—¿Eres tú, Amelia?

Una voz dijo *adiós, adiós,* y apareció una joven bellísima, fuerte, alta, derecha. Cubría su cabeza un chal blanco y traía en la mano un ramo de alelíes.

—Sube, hija. ¡Aquí está el señor párroco que llegó al anochecer, sube!

Amelia se había detenido un poco cortada, mirando hacia la escalera donde el párroco estaba apoyado en el pasamanos. Respiraba anhelosamente como quien hizo larga caminata corriendo, estaba encendida; sus negros ojos brillaban y desprendían de ella una sensación de frescura, como la que se experimenta al atravesar un prado.

El párroco descendió pegado a la balaustrada para dejarla pasar. Y murmuró unas "buenas noches" bajando la cabeza.

El canónigo se detuvo en medio de la escalera delante de Amelia.

—¿Qué horas son éstas, picarilla?

Ella sonrió encogiéndose de hombros.

—¡Ve a encomendarte a Dios, ve! —dijo, dándola un golpecito en la mejilla con su manaza peluda.

La muchacha subió corriendo, y el canónigo, después de

recoger su quitasol, salió diciendo a la criada que levantaba
la luz.

—Ya veo bien; no cojas frío, rapaza. Entonces a las ocho
vendré, Amaro. Espérame. ¡Vete, rapaza, vete; adiós! Rézale
a Nuestra Señora de la Piedad para que te quite ese catarro.

El párroco cerró la puerta de su cuarto. La ropa de la
cama entreabierta albeaba esparciendo un olor de lino casero.
Sobre la cabecera pendía un grabado antiguo representando
a Jesús Crucificado. Amaro abrió su breviario, arrodillose a
los pies de la cama, y se persignó; pero estaba fatigado, bos-
tezaba con sueño. Entonces, por encima del techo, a través
de las oraciones que maquinalmente iba leyendo, comenzó a
sentir el *tic-tac* de las botitas de Amelia, y el ruido de almidonadas enaguas que ella sacudía al desnudarse.

CAPÍTULO III

Amaro Vieira nació en Lisboa, en casa de la señora marquesa de Alegros. Su padre era criado del marqués; su madre doncella, casi amiga de la marquesa. Amaro conservaba un libro, "El Niño de las Selvas", con bárbaras imágenes iluminadas, que tenía escrito en la primera página blanca:

"A mi muy estimada criada, Juana Vieira, verdadera amiga que siempre tuve.—La marquesa de Alegros".

Conservaba también el clérigo un daguerrotipo de su madre. Era una mujer fuerte, con marcado entrecejo, la boca grande y sensualmente hundida, el color tostado. El padre de Amaro había muerto de una apoplejía, y la madre, que siempre había sido una mujer saludable, sucumbió al año de viudez, tísica de la laringe. Amaro cumplió entonces los seis años. Tenía una hermana mayor que desde pequeña vivía en Coimbra con su abuelo, y un tío comerciante establecido en el barrio de la Estrella. Pero la señora marquesa, que había tomado cariño a Amaro, lo conservó en su casa por una adopción tácita; y comenzó con grandes escrúpulos a vigilar su educación.

La marquesa de Alegros quedó viuda a los cuarenta y tres años, y pasaba la mayor parte del año retirada en su quinta de Carcavellos. Era una persona pasiva, de bondad indolente, preocupada siempre de los intereses de la Iglesia. Tenía capilla en casa y sentía un respeto devoto por los padres de San Luis. Sus dos hijas, educadas en el temor del Cielo y las preocupaciones de la moda, eran beatas y hacían *chic* hablando con igual fervor de la humildad cristiana y del último figurín de Bruselas. Un cronista de entonces decía de ellas:

—Piensan todos los días en la *toilette* con que han de entrar en el paraíso.

En el aislamiento de Carcavellos, en aquella quinta de alamedas aristocráticas, donde chillaban los pavos reales, las dos muchachas se aburrían. La Religión y la Caridad eran entonces ocupaciones ávidamente aprovechadas por ellas: cosían vestidos para los pobres de la aldea, bordaban frontales para los altares de la iglesia. Desde mayo a octubre estaban completamente absortas en el trabajo de salvar su alma: leían libros beatos y dulces; a falta de la ópera y las visitas, recibían a los curas y cuchicheaban sobre la virtud de los santos. Dios era su lujo de verano.

La señora marquesa resolvió desde luego que Amaro entrara en la vida eclesiástica. Su figura amarilla y escuálida parecía pedir aquel empleo recogido.

Era muy aficionado a las cosas de la capilla, y su encanto era estar anidado en el regazo de las mujeres oyendo hablar de santas. La señora marquesa no quiso mandarle al colegio por recelar de la impiedad de los tiempos y de los camaradas inmorales. El capellán de la casa le enseñaba latín y la hija mayor, la señorita Luisa, que tenía la nariz de caballete y leía a Chateaubriand, le daba lecciones de francés y geografía. Amaro, según decían los criados, era una mosquita muerta. Nunca jugaba, nunca salía al sol. Si alguna tarde acompañaba a la señora marquesa, mientras paseaba por las alamedas en la quinta, apoyada en el brazo del padre Liset o del respetuoso procurador Freitas, iba a su lado silencioso, encogido, retorciendo entre las manos húmedas, el forro de sus bolsillos.

Se hizo medroso. Dormía siempre con lamparilla y cerca de una vieja ama de gobierno. Las criadas contribuían a su afeminamiento. Le llamaban guapo, le besuqueaban y él rodaba por entre las sayas en contacto con los cuerpos dando gritillos de alegría. A veces cuando la señora marquesa salía, le vestían de mujer entre grandes risas y él se abandonaba medio desnudo con sus modales lánguidos, sus ojos tristes y una rosa encendida en las mejillas. Además de esto, las criadas le utilizaban en las intrigas de unas con otras; y Amaro era el "que daba las quejas". Esto le hizo ser embustero y chismoso.

A los once años ayudaba a misa y los sábados limpiaba la capilla. Era su mejor día; encerrábase por dentro, colocaba los santos en plena luz sobre una mesa y los besaba con ternuras devotas, y satisfacciones golosas. Estaba toda la mañana muy atareado canturreando el *Santísimo* mientras arreglaba los vestidos de las Vírgenes y lustraba con tiza la aureola de los Mártires.

En tanto, iba creciendo, pero su aspecto siempre era el mismo. Menudo y amarillento, jamás reía a carcajadas y siempre llevaba las manos en los bolsillos.

Estaba constantemente metido en los cuartos de las criadas revolviendo los cajones, oliendo sayas sucias y algodones de postizo. Era en extremo perezoso y por las mañanas costaba trabajo arrancarle de una somnolencia enfermiza en la que permanecía entumecido, arrebujado en los cobertores y abrazado con la almohada. Ya iba un poco encorvado y los criados le llamaban el "curilla".

* * *

Un domingo Gordo por la mañana, después de oír misa, al acercarse a la terraza la señora marquesa, cayó muerta de una apoplejía. Dejaba en su testamento un legado para que Amaro, el hijo de su criada Juana, entrara en un seminario a los quince años y se ordenase. El padre Liset quedaba encargado de cumplir esta piadosa disposición. Amaro tenía entonces trece años.

Las hijas de la señora marquesa abandonaron pronto Carcavellos y marcharon para Lisboa a casa de doña Bárbara de Noroña, su tía paterna. Amaro fue enviado a casa de su tío. El comerciante era un hombre obeso casado con la hija de un pobre empleado que le aceptó como marido para salir de casa de su padre, donde sobre ser la comida escasa, tenía ella que hacer las camas y no ir nunca al teatro. Pero odiaba a su marido por sus manos peludas, a la tienda, al barrio, a su apellido de señora de Gonzálvez... El marido la adoraba

como a la única delicia de su vida, su único lujo; la cargaba
de joyas, y la llamaba "su duquesa".

Amaro no encontró allí aquel cariño femenino que le envolvía en Carcavellos.

La tía casi no reparaba en él; pasaba los días vestida de
seda y cubierta de polvos de arroz, con el cabello peinado en
crenchas, leyendo folletines o revistas teatrales de los periódicos y esperando la hora en que pasaba por debajo de sus
ventanas, estirando los puños almidonados, Cardoso, el don
Juan del barrio.

El comerciante se apropió de Amaro como de una utili-
dad imprevista y lo mandó detrás del mostrador. Le hacía levantar a las cinco de la mañana, y el rapaz temblaba bajo su
chaqueta de paño azul mientras en una esquina de la mesa
de la cocina mojaba aprisa el pan en una taza de café.

Por lo demás le detestaban; la tía llamábale "el troncho"
y el tío "el burro". Les pesaba hasta el mezquino pedazo de
carne que le daban de comer. Amaro adelgazaba y todas las
noches lloraba.

Sabía ya que a los quince años debía entrar en el seminario. El tío se lo recordaba todos los días.

—No pienses que vas a pasar aquí la vida vagabundean-
do, ¡burro! En cumpliendo quince años marchas al seminario que yo no tengo obligación de cargar contigo. Buey que
no ara no está en mis principios.

Y el rapaz deseaba el seminario como una libertad.

Jamás le consultó nadie sobre su vocación. Le imponían
una sobrepelliz, y su naturaleza pasiva, fácil de dominar, la
aceptaba como aceptaría una albarda, pero no le desagradaba ser "padre". Acordábase de los curas que veía en casa de
la señora marquesa, personas bien cuidadas, blancas, que co-
mían a la mesa de las hidalgas y tomaban rapé en tabaqueras
de oro. Le convenía aquella profesión en que se hablaba bajo
con las mujeres, viviendo entre ellas, cuchicheando y sintiendo el calor penetrante que despiden, en que se reciben regalos en bandejas de plata. Recordaba al padre Liset luciendo
su anillo de rubíes en el dedo meñique; a monseñor Saave-
dra con sus anteojos de oro bebiendo a sorbos su copa de

Madera. Las hijas de la señora marquesa le bordaban las zapatillas. Un día había visto a un obispo que fue cura en Bahía y viajaba mucho, estuvo en Roma, era muy alegre; estaba en la sala rodeado de señoras que le miraban sonrientes y él sujetaba con sus manos ungidas que olían a agua de colonia el sombrero de castor finísimo mientras cantaban con hermosa voz para entretener a las demás:

Mulatiña de Bahía,
Nacida en el Capuzá...

Un año antes de entrar en el seminario, el tío le hizo ir junto a un maestro para que se afirmara en el latín y le dispensó de estar en el mostrador. Por la primera vez en su vida Amaro tuvo libertad. Iba solo a la escuela y paseaba por las calles. Vio la ciudad, los ejercicios de infantería, se detuvo a las puertas de los cafés, leyó los carteles de teatro, y sobre todo comenzó a reparar mucho en las mujeres; pero todo lo que admiraba le causaba a veces grandes melancolías. Su hora triste era el anochecer cuando volvía de la escuela, o los domingos después de pasear con el cajero por los jardines de la ciudad. Su cuarto estaba en el desván y tenía una ventanilla que daba sobre los tejados. Apoyábase en ella y veía parte de la villa que poco a poco se iluminaba con puntos de gas; creía apercibir llegando de lejos rumores indefinidos: era la vida que no conocía y que juzgaba maravillosa. Perdíase en vagas imaginaciones y de repente se le aparecían surgiendo del fondo obscuro de la noche formas femeninas, por fragmentos. Una pierna con bota de charol y media blanquísima o un brazo rollizo regazado hasta el hombro... Abajo, en la cocina la criada comenzaba a fregar la loza, cantando: era una moza gorda y muy sucia, y Amaro sentía entonces deseos de bajar, de retozarse con ella o de estar a su lado viéndola escaldar los platos. Se acordaba de otras mujeres que viera en los paseos con las botinas ajustadas y las enaguas almidonadas y ruidosas. Del fondo de su ser subíale una pereza, como un afán de abrazar a alguien, de no sentirse solo. Juzgábase infeliz y pensaba en matarse. El tío le llamaba desde abajo.

—Tú estudias o no, trompo.

Y al poco rato cabeceando de sueño sobre Tito Livio, sintiéndose desgraciado, rozando una rodilla con otra, torturaba el diccionario.

Por aquel tiempo comenzó a sentir cierto disgusto hacia la vida de cura "que no le permitiría casarse".

Ya las convivencias de la escuela habían introducido en su naturaleza afeminada curiosidades, corrupciones. Adelgazaba y estaba más pálido.

* * *

Entró en el seminario.

En los primeros días los largos corredores de piedra un poco húmedos, los cuartos estrechos y numerados, las sotanas negras, el silencio reglamentado, le producían una tristeza lúgubre; pero después encontró amistades. Comenzaron a llamarle de "tú", le admitieron durante las horas de recreo o en los paseos del domingo, en los corros donde se contaban anécdotas de los maestros o se calumniaba al rector; donde perpetuamente se lamentaban las melancolías de la clausura, porque casi todos hablaban con nostalgia de la libertad que habían dejado. Amaro no dejaba cosas queridas. Venía de soportar la brutalidad del tío, y el fastidioso rostro de la tía, siempre cubierta de polvos de arroz, pero insensiblemente, él comenzó también a sentir la nostalgia de sus paseos del domingo, de sus retornos de la escuela con los libros en una correa, cuando se paraba ante los escaparates de las tiendas a contemplar la desnudez de las figurillas expuestas.

A pesar de esto, dada su falta de carácter, fue entrando como una oveja indolente en las reglas del seminario, hasta llegó a tener buenas notas.

Sin embargo, nunca pudo comprender las delicias que algunos parecían gozar en el seminario. No se explicaba por qué se maceraban las rodillas, devorando con la cabeza baja textos de la *Imitación* o de san Ignacio, ni por qué en la capilla, con los ojos en blanco palidecían de éxtasis, ni cómo cumplían con placer las reglas más pequeñas para subir un grado cada vez en la perfección, como recomienda san Buenaventura. Para aquéllos el seminario era una antesala del cielo; a él sólo le ofrecía las humillaciones de una prisión, con los tedios de una escuela.

Tampoco comprendía los deseos de los ambiciosos, de los que pretendían ser secretarios de un obispo y levantar los reposteros de viejo damasco, en los altos salones de los palacios episcopales, ni de los que deseaban después de ordenados vivir en las ciudades y oficiar en una iglesia aristocrática ante devotas ricas que se estrujasen con frufrú de sedas sobre el tapiz del altar mayor. Excepto algunos devotos, la mayoría aspiraban en el sacerdocio destinos seculares que les permitieran dejar la estrechez del seminario, comer bien, ganar dinero, y conocer a las mujeres.

Amaro no deseaba nada.

—Yo no sé... —decía melancólicamente.

Pero escuchando por simpatía aquellas conversaciones llenas de impaciente ambición de vida libre, quedaba perturbado. Cuando a veces hablaban de huir, hacían planos calculando la altura de las ventanas, entreveían mostradores de taberna, salas de billar o alcobas de mujer. Amaro se revolvía en su catre sin dormir, y en el fondo de sus pensamientos, sus sueños, ardía como un abrazo silencioso el deseo de la Mujer.

En su celda había una imagen de la Virgen coronada de estrellas, posada sobre la esfera, con la mirada errante por la luz inmortal, aplastando bajo sus pies a la serpiente.

Amaro volvíase hacia ella como hacia un refugio, rezaba una Salve, pero deteniéndose a contemplar la litografía, la santidad de la Virgen desvanecíase y Amaro sólo veía ante él, una linda moza rubia; la amaba, y, mirándola de refilón, suspiraba lúbricamente; en su curiosidad llegaba a levantar los castos pliegues de la túnica azul que cubría la imagen suponiendo formas, redondeces, una carne blanca... Creía entonces ver brillar en la obscuridad del cuarto los ojos del Tentador, derramaba agua bendita sobre la cama, pero no se atrevía a revelar estos delirios en el confesionario.

Cuantas veces escuchó las pláticas, el maestro de Moral

con su ronca voz comparaba al Pecado con la serpiente, y dejando caer vagarosamente la pompa meliflua de sus períodos, aconsejaba a los seminaristas que imitando a la Virgen aplastasen con los pies la "serpiente ominosa". Después hablaba el maestro de Teología —sorbiendo rapé— del deber de "vencer la Naturaleza". Y citando a san Juan de Damasco, a san Crisólogo, a san Cipriano, a san Jerónimo, explicaba los anatemas de los santos contra la Mujer, a quien llamaba, según expresiones de la Iglesia, Serpiente, Dardo, Hija de la mentira, Puerta del Infierno, Cabeza del Crimen, Escorpión...

—Y como dice nuestro padre san Jerónimo —aquí se sonaba estruendosamente—. Camino de iniquidades, *iniquitas via*!

¡Hasta en los compendios hallaba Amaro preocupaciones de la Mujer! ¿qué ser era ese que a través de toda la teología se colocaba sobre el altar como la Reina de la Gracia o se maldecía con apóstrofes bárbaros? ¿qué poder era el suyo para que una legión de santas le diera por aclamación el profundo reino de los cielos o huyese ante ella como del Universal Enemigo, entre sollozos de terror y gritos de odio, escondiéndose por no verla en las thebaidas y en los claustros, muriendo allí del mal de haber amado? Sintiendo sin definirlas estas perturbaciones que le desmoralizaban, desfallecía —antes de hacer sus votos— con el deseo de romperlas.

En redor suyo sentía iguales rebeliones de la naturaleza. Los estudios, los ayunos, las penitencias, podían domar el cuerpo, darle hábitos maquinales, pero dentro los deseos se agitaban como un nido de víboras. Los que más sufrían eran aquellos de temperamento sanguíneo, con sus pulsos plenos, estallando bajo los puños de la camisa. A éstos, la Regla los sujetaba dolorosamente, y así al quedarse solos su temperamento se imponía desbordándose: luchaban, hacían fuerzas, provocaban desórdenes. En los linfáticos, la naturaleza producía grandes tristezas, silencios de molicie. Desahogábanse en el amor de los pequeños vicios: jugar con una vieja baraja, leer una novela, obtener por intrigas una cajetilla de cigarros. ¡Todos los encantos del pecado!

Amaro casi envidiaba a los estudiosos que al menos estaban contentos; tomaban notas en el silencio de la biblioteca, eran respetados, usaban anteojos y sorbían rapé.

Él también sentía a veces repentinos deseos de saber, de estudiar, pero ante los vastos infolios experimentaba un tedio invencible.

Era devoto; tenía fe ilimitada en ciertas santas, un temor angustioso de Dios, pero odiaba la clausura del seminario: pensaba que él sería bueno, puro, creyente, si viviese en la libertad de la calle o en la paz de una aldea, fuera de aquellas paredes negras que le producían una tristeza irritable. Adelgazaba cada vez más, tenía sudores éticos, y por fin, el último año, después de un servicio pesado de Semana Santa, ingresó en la enfermería víctima de una fiebre nerviosa.

* * *

Por las témporas de San Mateo se ordenó; y a los pocos días —antes de que saliera del seminario— recibió esta carta del padre Liset.

"Mi querido hijo y nuevo colega. Puesto que ya está ordenado, es en mi deber de conciencia darle cuenta del estado de sus negocios, pues quiero cumplir hasta el fin la misión con que cargó mis débiles hombros la señora marquesa, atribuyéndome la honra de administrar el legado que le dejó. Y aunque los bienes del mundo poco deben importar a un alma consagrada a Dios, son siempre convenientes las cuentas claras entre buenos amigos. Sabrá, por consiguiente, que el legado de nuestra querida marquesa —para quien debe guardar en su alma eterna gratitud— está ya completamente exhausto.

"Aprovecho esta ocasión para manifestarle que a la muerte de su señor tío, la tía liquidó el establecimiento entregándose a una vida que el respeto me impide calificar. Cayó bajo el dominio de las pasiones, y después de perder sus bienes juntamente con su virtud, estableció una casa de huéspedes en la calle de los Calafates, núm. 53. Si toco estas impurezas tan impropias de que un tierno levita como es mi querido hijo tenga de ellas conocimiento, es porque quiero darle cabal relación de su respetable familia.

"Su hermana casó con un hombre rico en Coimbra, y aunque no es el oro lo que debemos apreciar en el matrimonio, por las futuras circunstancias deseo que mi muy amado hijo esté al corriente de este dato.

"Sobre lo que me escribió nuestro querido rector con respecto a enviarle a usted para una aldea de Feiron en la Gralheira, hablaré con algunas personas importantes que tienen la extrema bondad de atender a un pobre padre que sólo pide a Dios misericordia, y espero conseguir algo. Preserve, mi muy amado hijo, en la virtud de que sé está repleta su alma, y crea que se encuentra la felicidad en este nuestro santo ministerio, cuando sabemos comprender cuántos son los bálsamos que derrama en el pecho y cuántos los refrigerios que da el servicio de Dios.

"Adiós, mi querido hijo y nuevo colega. Crea que mi pensamiento estará siempre con el ahijado de nuestra llorada marquesa, que desde el cielo, a donde le elevaron sus virtudes, ruega a la Virgen que ella sirvió con tanto amor, por la felicidad de su caro ahijado.

LISET"

"P. D.—El apellido del marido de su hermana es Trígaso.—LISET."

Dos meses después, Amaro fue nombrado párroco de Feiron en la Gralheira, sierra de la Beira Alta. Allí estuvo desde octubre hasta el final del invierno.

Feiron es una parroquia pobre de pastores, y en aquella época casi estaba deshabitada. Por la primavera quedaron vacantes en los distritos de Santarem y de Leiria, parroquias buenas, y Amaro escribió en seguida a su hermana contándole su pobreza en Feiron, y ella recomendándole economía, le mandó doce monedas de oro para ir a Lisboa a pretender. Amaro partió inmediatamente. Los aires puros y vivos de la sierra habían fortificado su sangre; volvía robusto, derecho, alegre, con un color de trigo sano. Al llegar a Lisboa fue a la calle de los Calafates 53, la casa de su tía, a quien halló muy vieja, adornada con cintas rojas y como siempre cubierta de polvos de arroz. Se había vuelto muy devota y al ver a su sobrino, le abrió los flacos brazos con una alegría piadosa.

—¡Qué guapo estás! ¡Quién te vio! ¡Ay, Jesús! ¡qué cambio! —y le admiraba la sotana, la corona, y contándole sus desgracias con exclamaciones sobre la salvación de su alma y sobre la carestía de los géneros, le hizo subir al tercer piso donde entraron a un cuarto que daba al desván.

—Aquí estarás como un abad, y baratito... —le dijo— ¡Ay! bien quisiera tenerte de balde, pero... He sido muy desgraciada, Juanillo... ¡Ay! ¡perdona, Amaro! Siempre tengo a Juanillo en la cabeza.

* * *

Amaro procuró al día siguiente ver al padre Liset en San Luis, pero había salido para Francia. Entonces se acordó de que la hija menor de la marquesa de Alegros estaba casada con el conde de Ribamar, consejero de Estado, con gran influencia. Regenerador fiel desde el cincuenta y uno, y dos veces ministro del reino.

Aconsejado por su tía, Amaro fue una mañana a casa de la señora condesa de Ribamar. Un *coupé* esperaba en la puerta.

—La señora condesa va a salir —dijo un criado de corbata blanca y librea, que fumaba un cigarro apoyado en el quicio del portal.

En aquel momento una puerta con batientes de paño verde, que estaba en el fondo del enlosado portal, se abrió dando paso a una señora vestida de claro. Era alta, delgada, rubia, con los cabellos peinados en menudos ricillos, anteojos de oro sobre una nariz fina y larga, y en la mejilla un lunarcito de cabellos claros.

—La señora condesa ya no me conoce... —dijo Amaro inclinándose con el sombrero en la mano—. Soy Amaro.

—¿Amaro? —dijo ella extrañando el nombre—. ¡Ah! ¡Jesús, quién es! Si está hecho un mocetón. ¡Quién pensara!

Amaro sonreía.

—Yo no podía esperar... —continuó ella admirada—. ¿Está ahora en Lisboa?

Amaro la contó su nombramiento de Feiron y la miseria de aquella parroquia.

—De manera, señora condesa, que vengo a pretender...

Ella le escuchaba con las manos apoyadas en una alta sombrilla de seda clara, y Amaro aspiraba el perfume que despedían los polvos de arroz y la frescura de las batistas.

—Pues pierda cuidado —dijo ella—. Mi marido hablará, yo me encargo de esto. Venga por aquí mañana. —Y poniendo un dedo sobre los labios—. Espere, mañana no, porque voy a Cintra. El domingo... no, el domingo tampoco... Lo mejor es que venga dentro de quince días. Dentro de quince días por la mañana estaré con seguridad. —Y mostrando en una sonrisa sus grandes dientes blancos, añadió—: Parece que le estoy viendo traducir a Chateaubriand con mi hermana Luisa. ¡Cómo pasa el tiempo!

—¿Y está bien su señora hermana? —preguntó Amaro.

—Sí, muy bien. Está en una quinta en Santarem.

Alargó su mano calzada con fino guante de piel de Suecia, estrechando la del clérigo en un fuerte apretón que hizo sonar los brazaletes de oro, y esbelta y ligera saltó al *coupé*, luciendo con un movimiento gracioso la blancura de sus enaguas.

Amaro empieza a esperar. Era el mes de julio en pleno calor. Decía misa por la mañana en Santo Domingo, y durante el día arrastraba su ociosidad por la casa.

Al anochecer salía a dar una vuelta por el Rocío. Se ahogaba en aquel aire pesado y tranquilo. En todas las esquinas pregonaban monótonamente: ¡Agua fresca! En los bancos, bajo los árboles, dormitaban mendigos remendados. Y los desocupados paseaban su pereza por las calles. Amaro entonces se recogía, y en su cuarto con la ventana abierta, estirado sobre la cama, en mangas de camisa, sin botas, fumaba cigarros halagando sus esperanzas. A cada momento recordaba con alegría las palabras de la condesa:

—Esté tranquilo; mi marido hablará.

Y se veía ya párroco de una bonita villa, con una casa que tuviera huerto lleno de coles y lechugas frescas, tranquilo y respetado, recibiendo bandejas de dulce de las devotas ricas. Vivía entonces en un estado de espíritu muy reposado. La exaltación que en el seminario le causaba la continencia, se había calmado con las satisfacciones que le diera en Feiron una robusta pastora. Ahora, sereno, pagaba puntualmente al cielo las oraciones que manda el ritual y procuraba establecerse con regalo.

Pasados quince días volvía a casa de la señora condesa.

—No está —le dijo un criado de las caballerizas.

Al día siguiente volvió ya inquieto. La puerta de batientes verdes estaba abierta, y Amaro subió despacio pisando quedamente sobre la alfombra roja sujeta en los escalones por barras de metal. De la alta claraboya caía una luz suave; en el descansillo, sentado en una banqueta de marroquín encarnado, un criado con el belfo caído y cabeceando. Hacía un gran calor; aquel silencio aristocrático atemorizaba al clérigo. Tosió bajito para despertar al criado, e iba a marcharse ya, cuando escuchó detrás de un cortinaje, el reír fuerte de un hombre. Sacudió con su pañuelo el polvo de los zapatos, y poniéndose colorado, entró en un salón tapizado de damasco amarillo, donde conversaban tres hombres en pie. Amaro, adelantándose, balbuceó:

—No sé si incomodo...

Un caballero alto, de bigote gris, y anteojos de oro se volvía hacia él sorprendido. Era el señor conde.

—Soy Amaro...

—¡Ah! —dijo el conde—, el señor cura Amaro. ¡Le conozco muy bien! Tenga la bondad de... Ya me habló mi mujer. Tenga la bondad... —Y dirigiéndose a otro caballero bajo, gordo, le dijo:

—Es la persona de quien le hablé. —Volviéndose de nuevo hacia el cura, añadió—: Es el señor ministro.

Amaro se inclinó servilmente.

El conde de Ribamar continuó: —El señor cura se crió en casa de mi suegra y hasta creo que allí nació...

—Así fue, señor conde —respondió Amaro, que continuaba acobardado sin soltar de la mano el quitasol.

—Mi suegra, que era muy devota y una gran señora —ya no queda mucho de eso—, le hizo cura y creo que le dejó un legado... En fin, aquí le tenemos hecho párroco de... ¿de dónde, señor cura?

—De Feiron, excelentísimo señor.

—¿Feiron? —dijo el ministro con extrañeza.

—En la sierra de Gralheira —aclaró el otro caballero que aún no hablara. Era un hombre delgado, con soberbias patillas de un negro de tinta, y admirable cabello lustroso en fuerza de pomada, separado sobre la frente por una raya perfecta.

—En fin —resumió el conde—, ¡un horror! En la sierra, una aldea miserable, sin distracciones, con un clima horrible...

—Yo ya envié una solicitud, excelentísimo señor —se atrevió a decir Amaro.

—Bien, bien —afirmó el ministro—; se arreglará todo. —Y mascaba su cigarro puro.

—¡Es una justicia y una necesidad! —añadió el conde—. Los hombres jóvenes y activos deben estar en las parroquias difíciles, en las ciudades...

—Es verdad —contestó el ministro—; pero esas colocaciones en buenas parroquias deben ser agradecidas con buenos servicios...

—Perfectamente —replicó el conde—, pero servicios religiosos, profesionales, servicios a la Iglesia, no servicios a los gobiernos.

El hombre de las soberbias patillas tuvo un gesto de objeción. El padre Amaro escuchaba inmóvil.

—Mi mujer tendrá mucho gusto en verle —y alzando un cortinaje, el conde dijo—: Pase usted. ¡Juana!, aquí tienes al padre Amaro.

Amaro entró en una sala blanca, con muebles cubiertos de cachemira clara. En los huecos de las ventanas, entre las cortinas de seda blanca también, arbustos esbeltos, sin flor, erguían su delicado follaje. Una media luz daba a aquellas alburas un tono suave de nube. Amaro, con el embarazo, se inclinó ante el sofá donde estaba la señora condesa con sus pelillos rubios y rizados y los dos aros de oro de sus anteojos que relucían. Un mozalbete gordo, de rostro rechoncho, sentado ante ella, se ocupaba en balancear como un péndulo, un *pinces-nez* de concha antigua. La condesa acariciaba con su mano seca y fina, llena de venas, a una perrilla de lanas blancas.

—¿Cómo está, señor cura? —La perrilla gruñó—. Quieta, Joya... ¿Sabe que me ocupé de su asunto? Quieta, Joya...

—Sí, señora —dijo Amaro sin sentarse.

—Siéntese aquí, padre Amaro.

Amaro se sentó en el borde de una butaca, sin soltar el quitasol, y reparó entonces en una señora alta, que de pie, junto al piano, hablaba con un joven rubio.

—¿Qué hizo estos días, señor cura? —preguntó la condesa—. Dígame una cosa: ¿y su hermana?

—Está en Coimbra. Se casó.

—¡Ah! ¡Se casó! —dijo la condesa dando vueltas a sus anillos.

Hubo un silencio; Amaro con los ojos bajos, la expresión errante y acobardada, se pasaba los dedos por los labios.

—¿El padre Liset está ausente? —preguntó.

—Fue a Nantes. Su hermana está muriéndose. Es el mismo de siempre: tan amable, tan dulce. ¡Con un alma tan virtuosa!...

—Yo prefiero al padre Félix —dijo el mozalbete gordo estirando las piernas.

—¡No digas eso, primo! Cierto que el padre Félix es una persona virtuosísima; pero el padre Liset tiene una religión más... —Y con un gesto delicado buscaba la palabra—: más fina, más distinta... En fin, vive entre otra gente. —Y dirigiéndose a Amaro le preguntó sonriente—: ¿No le parece a usted?

Amaro, que no conocía al padre Félix, y no recordaba al padre Liset, se limitó a decir:

—Sí, pero está muy bien conservado. ¡Y qué vivacidad, qué entusiasmo!... ¿No es verdad, Teresa? —dijo la condesa dirigiéndose a la señora que conversaba junto al piano.

—Ya voy —contestó Teresa distraídamente.

Amaro se fijó entonces en ella.

Le pareció una reina o una diosa, con su alta estatura, la línea magnífica del seno y de los hombros; los negros cabellos ligeramente ondulados, se destacaban sobre la palidez del rostro aguileño, que recordaba el perfil dominador de María Antonieta. Su traje obscuro, de mangas cortas y escote cuadrado, quebraba, con sus largos pliegues adornados de encaje, las blancuras monótonas de la estancia. Su cuello y sus brazos estaban cubiertos por una gasa negra que permitía admirar la blancura de la carne y se adivinaban en sus formas la firmeza de los mármoles antiguos con el calor de una sangre vigorosa.

Hablaba bajo, sonriendo, una lengua áspera que Amaro no comprendía, y el joven rubio la escuchaba retorciendo la punta de su fino bigote, con el monóculo incrustado en el ojo.

—¿Había mucha devoción en su parroquia, señor cura? —preguntó en tanto la condesa.

—Mucha, era muy buena gente.

—Es donde aún se conserva la fe, en las aldeas —dijo la señora con un tono piadoso. Quejándose de la obligación de vivir en la ciudad, esclava del lujo—. ¡Desearía habitar siempre su quinta de Carcavellos, rezar en la antigua capilla y conversar con los aldeanos! —y su voz aquí se tornaba tierna.

El mozalbete rechoncho reía.

—Pues, prima —decía—, si a mí me obligaran a oír misa en una capillita de aldea, hasta perdería la fe... No comprendo la religión sin música... ¿Es posible una fiesta religiosa sin una buena voz de contralto?

—Siempre es más bonito —dijo Amaro.

—¡Claro está que es! ¡Tiene cachet! Prima, ¿te acuerdas de aquel tenor...? ¿cómo se llamaba? Vidalti, sí, Vidalti. ¿Te acuerdas de cómo cantó el *tamtum ergo* el día de Jueves Santo?

—Yo le prefería en un *Ballo in Maschera* —dijo la condesa.

—No sé, prima, no sé.

En esto el joven rubio vino sonriente a estrechar la mano de la señora condesa. Amaro admiraba la nobleza de su figura y la dulzura de sus ojos azules; reparó en un guante que se le había caído y lo recogió servilmente. Cuando el joven salió, Teresa, después de aproximarse a la ventana y de mirar a la calle, fue a sentarse en una *causese* con abandono que puso de relieve la magnífica escultura de su cuerpo, y volviéndose perezosamente hacia el muchacho rechoncho, le dijo:

—¿Vámonos, Juan?

La condesa entonces la retuvo, diciéndola:

—¿Sabes? El padre Amaro se crió conmigo en Benfica.

Amaro enrojeció, sintiendo que Teresa fijaba en él sus bellos ojos de un negro húmedo, semejantes al raso cubierto de agua.

—¿Ahora estaba en provincias? —preguntó ella bostezando un poco.

—Sí, señora mía; vine hace unos días.

—¿De alguna aldea? —continuó la dama cerrando y abriendo ruidosamente su abanico. Amaro miraba brillar las piedras preciosas en sus dedos finos y contestó, acariciando el puño del quitasol:

—De la sierra, señora.

—Imagínate —añadió la condesa—, ¡un horror! Siempre nevando, no hay más que pastores y dice que la iglesia no tenía techo. Es una desgracia vivir allí. Yo ya pedí al ministro que le trasladara. Pídele tú también...

—¿El qué? —dijo Teresa.

La condesa contó que Amaro pretendía una parroquia mejor. Habló de su madre, de la amistad que ella sentía por el cura...

—Cuando niña me moría por él... ¿recuerda cómo le llamaba?...

—No sé, señora.

—Fray Miseria... ¡Tiene gracia! ¿verdad? Como el señor

cura era entonces tan amarillo, tan flaco, siempre encerrado
en la capilla...

Teresa interrumpió, dirigiéndose a la condesa:

—¿Sabes a quién se parece este señor?

La condesa le miró y el joven gordo se afirmó los lentes.

—¿No le encuentras parecido con aquel pianista del año
pasado? No me acuerdo ahora del nombre.

—Sí, ya sé, Jalette —dijo la condesa—. En efecto, se parece, pero no en el pelo.

—Naturalmente, aquel no tenía corona.

Amaro enrojeció como la grana; Teresa se irguió, y arrastrando su soberbia cola, fue a sentarse al piano.

—¿Sabe V. música? —preguntó, volviéndose hacia Amaro.

—Se aprende algo en el seminario, señora.

Ella corrió la mano por el teclado de sonoridades profun-
das, y tocó una frase de *Rigoletto* parecida al *Minué de Mo-
zart*, que la dice Francisco I al despedirse en el sarao del primer acto, de la señora de Crecy, y cuyo ritmo desolado tiene
la tristeza lánguida de los amores que terminan, de los brazos que se desunen en despedidas supremas.

Amaro estaba embelesado. Aquella sala con sus alburas de
nieve, el piano apasionado, el cuello de Teresa que se trans-
parentaba bajo la gasa negra, su aspecto de diosa, sus tran-
quilos árboles del jardín hidalgo, le daban vagamente la idea
de una existencia superior, de romance, pasada sobre alcati-
fas preciosas, en *coupés* acolchados, con arias de óperas, melancolías de buen gusto y amores de un goce extraño. Enterrado en la elasticidad de la *causese*, recordaba el comedor
de su tía, con olor de guisado, y era como un mendigo que
probase una delicada crema y asustado demorara su placer,
pensando que ha de volver a la dureza de los mendrugos secos y al polvo de los caminos.

En tanto, Teresa, mudando bruscamente de melodía, cantó una antigua aria inglesa de Haydn, que dice tiernamente
las melancolías de una separación.

The village seems dead and asleep
When Lubin is away!...

—¡Bravo! ¡Bravo! —exclamó el ministro de Justicia, apareciendo en la puerta y batiendo las palmas—. ¡Muy bien, muy bien! ¡Deliciosamente!

—Tengo que pedirle un favor, señor Correa —dijo Teresa levantándose con ligereza.

El ministro se acercó con galantería.

—¿Qué es ello, señora mía?

El conde y el señor de las patillas entraron discutiendo. Teresa continuó:

—Juana y yo tenemos que pedirle...

—Yo ya he pedido y hasta dos veces —interrumpió la condesa.

—¿Pero de qué se trata, señoras mías? —dijo el ministro sentándose confortablemente con las piernas muy estiradas y el rostro satisfecho—. ¿Es algo grave? ¡Dios mío! prometo, prometo solemnemente...

—¡Ah! —dijo el ministro comprendiendo y mirando al cura que encogía los hombros avergonzado. El señor de las patillas se adelantó para informar a las señoras.

—La mejor vacante es Leiria, capital del distrito y sede del obispado.

—¿Leiria? —dijo Teresa—. ¿No hay allí unas ruinas?

—¡Leiria me parece excelente!

—¡Perdón, perdón! —dijo el ministro—. Leiria es sede del obispado, es una ciudad... Y el señor párroco como sacerdote joven...

—¡Ay, señor Correa! —exclamó Teresa—. ¿Acaso no es Ud. joven también?

El ministro se inclinó sonriendo:

—Di tú algo, hombre —dijo la condesa a su marido.

—¡Ya es inútil, el pobre Correa está vencido! ¡La prima Teresa le llamó joven!

El ministro protestó:

—Pues no me parece que sea una lisonja excepcional, porque no soy tan viejo...

—¡Oh! ¡Desdichado! —gritó el conde—, acuérdate que ya conspirabas en 1820.

—¡Era mi padre, calumniador, era mi padre!

Todos rieron.

—Pues, señor Correa —dijo Teresa—, está entendido. El padre Amaro ocupará la vacante de Leiria.

—Bien, bien, sucumbo —y el ministro hizo un gesto resignado—. ¡Pero conste que es una tiranía!

—*Thank you* —respondió Teresa alargando su mano.

El ministro dijo:

—¿Pero qué le pasa a usted? La desconozco.

—Hoy estoy muy contenta. —Miró un momento al suelo como distraída y dándose golpecitos en su hueca falda de seda, se levantó bruscamente, y sentándose al piano comenzó de nuevo la dulce aria inglesa.

The village seems dead and asleep
When Lubin is away!...

En tanto, el conde se aproximó al cura, y éste se levantó.

—Es negocio hecho —le dijo—. Correa se entenderá con el obispo y dentro de una semana recibirá usted el nombramiento. Vaya tranquilo.

Amaro hizo una reverencia, y servilmente fue a decir al ministro que estaba junto al piano:

—Señor ministro, yo agradezco...

—A la señora condesa, a la señora condesa —dijo el ministro sonriendo.

Amaro se volvió inclinándose:

—Señora, yo agradezco...

—¡Agradézcaselo a Teresa, que parece que trata de ganar indulgencias!

—Señora mía... —fue a decir a Teresa.

—Acuérdese de mí en sus oraciones, señor cura —le dijo, y continuó con su voz pastosa cantando ¡las tristezas de la aldea cuando Lubin está ausente!

* * *

Amaro recibió una semana más tarde su nombramiento, pero no podía olvidar aquella mañana pasada en casa de la señora condesa de Ribamar. El ministro, enterrado en la poltrona, prometiéndole su nombramiento; la luz clara y tranquila del jardín apenas entrevisto; el joven alto y rubio que decía *yes*... En sus oídos sonaba siempre aquella triste aria de *Rigoletto*, con el pensamiento perseguía la blancura de los brazos de Teresa, bajo la gasa negra, e instintivamente los veía enlazarse despacio, despacio, en torno del cuello airoso del joven rubio, y entonces detestaba a aquel hombre, la lengua bárbara que hablaba, la tierra herética donde naciera. Latían sus sienes con la idea de poder confesar algún día a aquella divina mujer y sentir su vestido de seda negra rozándole la sotana de vieja lustrina en la obscura intimidad del confesionario.

Un día, al amanecer, después de grandes abrazos de su tía, partió para Santa Apolonia, con un gallego que le llevaba el baúl. La madrugada rompía. La ciudad estaba silenciosa, los faroles se apagaban. Alguna que otra voz ronca pregonaba periódicos.

Cuando Amaro llegó a Santa Apolonia, la claridad del sol anaranjaba los montes de Outra-Banda: el río se extendía inmóvil, surcado por corrientes de un color azul opaco, y la vela de una falúa pasaba vagarosa, blanca.

Capítulo IV

Al día siguiente sólo se hablaba en la ciudad de la llegada del párroco nuevo. Todos sabían ya que había traído un baúl de lata, que era flaco y alto y que llamaba Padre Maestro al canónigo Días.

Las amigas de la San Juanera —las íntimas, doña María de la Asunción, las Gangoso— fueron por la mañana temprano a "ponerse al tanto"... Eran las nueve. Amaro había salido con el canónigo. La San Juanera, radiante y dándose importancia, las recibió en lo alto de la escalera con las mangas regazadas por los arreglos de la mañana, e inmediatamente las contó con animación la llegada del párroco, sus buenos modales, lo que había dicho...

—Vengan para abajo, vengan a ver.

Y fue a enseñarles el cuarto del padre, el baúl de lata, una papelera que le había arreglado para los libros.

—Muy bien, muy bien está todo —decían las viejas andando por el cuarto, despacio, con respeto, como en una iglesia.

—¡Rico capote! —observó doña Joaquina Gangoso, palpando el paño de unas largas bandas que pendían de la percha.

—¡Ya vale unos cuartos!

—Y muy buena ropa blanca —dijo la San Juanera levantando la tapa del baúl.

El grupo de viejas se inclinó con admiración.

—A mí lo que me encanta es que sea un muchacho joven —dijo piadosamente doña María de la Asunción.

—También a mí —agregó con autoridad doña Joaquina Gangoso—. Estar confesándose y no ver más que manchas

38

de rapé como ocurre con el padre Raposo, creedme que es para quitar la devoción. Pues y el bruto de don José Migueis. ¡No, no, a mí que Dios me dé gente joven!

La San Juanera seguía mostrando otras maravillas del párroco: un crucifijo que aún estaba envuelto en un periódico viejo, un álbum de retratos, donde la primera fotografía era el Papa bendiciendo a la cristiandad. Todas se extasiaban.

—Es de lo mejor —decían—, de lo mejor.

Al salir, besuqueando mucho a la San Juanera, la felicitaban porque hospedando al párroco adquiría una autoridad casi eclesiástica.

—Vengan por aquí esta noche —dijo ella desde la escalera.

—Puede que sí —gritó doña María de la Asunción, ya en la calle, arreglándose la manteleta—. ¡Puede que sí...! ¡Voluntad no faltará!

Al medio día llegó Libaniño, el beato más activo de Leiria; subía corriendo los escalones y gritó con su vocecilla aguda:

—¡Hola, San Juanera!

—Pasa, Libaniño, pasa —dijo ella que cosía cerca de la ventana.

—¿Llegó el señor párroco, *hein*? —preguntó Libaniño asomando en la puerta del comedor su rostro inflado de color de limón, su calva luciente, y acercándose a la dueña de la casa con menudo andar, como paso de baile:

—¿Y qué tal, qué tal? ¿Tiene buenos hechos? —dijo.

La San Juanera comenzó de nuevo la glorificación de Amaro: su juventud, su aspecto piadoso, la blancura de sus dientes...

—¡Pobrecillo! ¡pobrecillo! —decía Libaniño babeando de ternura devota.

—¡Ay, no puedo detenerme! ¡Adiós, hijiña, adiós! —y golpeaba con su mano rechoncha el hombro de la San Juanera—. Cada día estás más gordica. Oye, ya recé la Salve que tú me pediste, ¡ingrata!

La criada entró.

—¡Adiós, *Ruca*! ¡Qué delgadica estás: acércate a la Madre

de los hombres! —Y reparando en Amelia que aparecía por
la puerta entreabierta—: ¡Ay! que estás aquí lo mismo que
una flor Meliña. ¡Ya sé, ya, quién se salvaba con tu gracia,
ya sé!

Y apresurado, zarandeándose, con ligero andar, descendió la escalera rápidamente, chillando:

—¡Adiós, adiós, pequeñas!

—Escucha, Libaniño: ¿vienes esta noche?

—¡Ay, no puedo, hija, no puedo! —y su vocecilla era casi
llorosa—. ¡Ay, que mañana es Santa Bárbara! ¡Tienes derecho a seis Padrenuestros!

* * *

Amaro fue a visitar al chantre con el canónigo Días, y le
entregó una carta de recomendación del señor conde de
Ribamar.

—Conocí mucho al señor conde —dijo el chantre—, el
año cuarenta y seis en Oporto. Somos viejos amigos...
Entonces era yo cura de San Ildefonso: ¡ya hace años de
esto!

Y recostándose en la vieja poltrona de damasco, habló
con satisfacción de sus buenos tiempos: contó anécdotas de
la Junta, alabó a los hombres de entonces, les remedó la voz
(era una especialidad de su excelencia), los *tics*, los estribi-
llos. Describía a Manuel Passos, luciendo en la plaza Nueva
su ajustada casaca parda, el sombrero de anchas alas, y
diciendo:

—¡Ánimo, patriotas! ¡Javier se sostiene!

Los señores eclesiásticos rieron gozosos. Hubo una gran
cordialidad. Amaro salió muy lisonjeado.

Después de comer en casa del canónigo Días, ambos fueron a pasear por la carretera de Marrazes. Una luz dulce y
límpida se extendía por el campo; había en los oteros, en el
aire azul, un aspecto de reposo, de sosegada tranquilidad.
Humos blanquecinos salían de los casales y se oían las esqui-
las melancólicas del ganado al recogerse. Amaro se detuvo
junto al puente, contempló el suave paisaje y dijo:

—Pues, señor, me parece que voy a estar muy bien aquí.

—Estará regaladamente —afirmó el canónigo, sorbiendo un rapé.

A las ocho entraba en casa de la San Juanera.

Las viejas amigas esperaban ya en el comedor. Amelia cosía junto a la lámpara de petróleo. Doña María de la Asunción lucía el traje de seda negra que usaba los domingos. Cubría su moño, de un rubio azafranado, una cofia de encaje negro; las manos descarnadas, calzadas con mitones, reposaban soberanamente sobre el regazo, ostentando anillos; del cuello a la cintura caía una gruesa cadena de oro con pasadores labrados. Se mantenía derecha y ceremoniosa, con la cabeza un poco torcida y los anteojos de oro asentados sobre su nariz acaballada; tenía en la barbeta un gran lunar peludo, y cuando se hablaba de devociones o milagros, movía lentamente el cuello y mostraba en una muda sonrisa sus enormes dientes verduzcos, clavados como cuñas en las encías. Era viuda, rica, y padecía un catarro crónico.

—Aquí tiene usted al señor párroco, doña María —la dijo la San Juanera.

Ella se levantó, y conmovida, hizo con mesura un saludo de rigodón.

—Estas son las señoras de Gangoso, de quien ya habrá usted oído hablar... —y la San Juanera se las presentaba al párroco.

Amaro las cumplimentó tímidamente. Eran dos hermanas. Pasaban por tener algún dinero, pero acostumbraban a recibir huéspedes. La más vieja, doña Joaquina Gangoso, era una mujer seca, de enorme y alargada cabeza, los ojillos vivos, la nariz colorada, la boca muy sumida. Envuelta en su chal, tiesa, con los brazos cruzados, charlaba constantemente en un tono de voz agudo y dominante. Hablaban mal de los hombres y se entregaba a la Iglesia por completo.

Su hermana, doña Ana, era extraordinariamente sorda. No hablaba nunca; con los dedos cruzados sobre el regazo y los ojos bajos hacía girar tranquilamente sus dos pulgares. Gruesa, con su perpetuo vestido negro de listas amarillas y un rollo de armiño en el cuello, dormitaba toda la noche, haciendo notar su presencia de tiempo en tiempo por agudos suspiros. Decíase que sentía una pasión funesta por el administrador de Correos. Todos la estimaban, admirando su habilidad en recortar papeles para cajas de dulce.

También estaba allí doña Josefa, la hermana del canónigo Días. Tenía todo el aspecto de una "castaña pilonga". Era una mujercita esmirriada de líneas angulosas, de cutis arrugado y color de cidra: vivía en un perpetuo estado de irritabilidad, con los ojillos siempre sañudos y contracciones de bilis, toda ella saturada de hiel. La temían. El maligno doctor Godiño la llamaba "estación central" de las intrigas de Leiria.

—¿Se paseó mucho, señor párroco? —preguntó impacientándose.

—Fuimos por la carretera de Marrazes —dijo el canónigo sentándose pesadamente detrás de la San Juanera.

—¿Le gustó a usted, señor párroco? —interrogó doña Joaquina Gangoso.

—Mucho, es muy bonito.

Hablaron de los bellos paisajes de Leiria, de las buenas vistas: a doña Josefa le gustaba mucho el paseo de junto al río; a doña Joaquina Gangoso la iglesia de la Encarnación en un alto.

—Allí se disfruta mucho.

Amelia dijo sonriendo:

—Para mi gusto no hay como aquel sitio cerca del puente, debajo de los cipreses. —Cortó con los dientes el hilo de la costura, añadiendo—: ¡Es tan triste!

Amaro la miró por primera vez. Llevaba un vestido azul muy ceñido, que dibujaba las líneas del hermoso seno, el cuello blanquísimo asomaba por un encaje vuelto, entre los labios rojos y frescos brillaba el esmalte de los dientes, y al párroco le pareció que un ligerísimo bozo ponía sobre aquella boca una sombra sutil y dulce.

Hubo silencio; el canónigo comenzó a cerrar los párpados.

—¿Qué habrá sido del padre Brito? —preguntó doña Joaquina Gangoso.

—¡Estará tal vez con jaqueca! —recordó piadosamente doña María de la Asunción.

Un joven que estaba cerca del aparador dijo entonces:

—Yo le vi hoy a caballo, iba hacia Barrosa.

—¡Hombre! —dijo con acritud la hermana del canónigo—. ¡Milagro que usted reparó en él!

—¿Por qué razón, señora? —contestó el muchacho acercándose al grupo de viejas.

Era alto, vestía de negro, sobre su rostro regular, un poco fatigado, se destacaba un bigotillo negro, cuyas guías caídas acostumbraba a morder entre los dientes.

—¡Vaya una pregunta! —exclamó doña Josefa—, ¡porque usted no le saluda siquiera!

—¿Yo?

—Dígamelo a mí —afirmó ella con una voz cortante: y añadió con una risita maligna—: ¡Ay, señor párroco, bien puede usted llevar por buen camino a Juan Eduardo!

—Yo no creo ir por mal camino —replicó el joven sonriendo con las manos en los bolsillos, mientras sus miradas se volvían hacia Amelia constantemente.

—Es una gracia; pero con lo que hoy dijo usted de la santa de Arragasa, no ganará el cielo —dijo doña Joaquina Gangoso. La hermana del canónigo se volvió bruscamente hacia Juan Eduardo y le gritó:

—¿Qué tiene usted que decir de la santa? ¿Tal vez creerá usted que es una impostora?

—¡Jesús! —dijo doña María de la Asunción, cruzando sus manos con terror piadoso—. ¿Cómo había de decir eso? ¡Ave María!

El canónigo, que despertara, desdobló su pañuelo encarnado y afirmó gravemente:

—No, Juan Eduardo no es capaz de decir semejante cosa.

Amaro preguntó entonces:

—¿Quién es la santa de Arragasa?

—¿Pues no ha oído hablar de ella el señor párroco? —exclamó admirada doña María.

—Debe haber oído —afirmaba autoritariamente doña Josefa—. Los periódicos de Lisboa venían llenos de eso.

El canónigo, con tono profundo, ponderó:

—En efecto, es una cosa extraordinaria.

La San Juanera interrumpió su calceta y se quitó las gafas.

—¡Ay, señor párroco, es el milagro de los milagros!

Todos a coro dijeron:

—¡Sí que lo es! ¡Lo es!

Hubo un recogimiento devoto, y Amaro con curiosidad preguntó de nuevo:

—Pero, en fin, ¿qué es ello?...

Doña Joaquina Gangoso enderezando su chal comenzó a hablar soberanamente:

—La Santa es una mujer que está en cama hace veinte años...

—Veinticinco —la advirtió por lo bajo doña María, tocándola en el brazo con el abanico—. Veinticinco.

—¿Veinticinco? Pues yo oí decir al chantre que veinte.

—Veinticinco, veinticinco —afirmó la San Juanera.

El canónigo la apoyó moviendo gravemente la cabeza, y su hermana interrumpió vivamente ávida de hablar:

—¡Está baldadita del todo, señor párroco! Los bracitos son como esto. —Y mostraba el dedo meñique—. ¡Para oírla hablar hay que poner la oreja en la boca!

—¡Pues la cuitada se sustenta de la gracia de Dios!... —dijo lastimosamente doña María de la Asunción.

Hubo entre las viejas un silencio conmovedor, y Juan Eduardo, que detrás de ellas mordía su bigote sonriendo, exclamó entonces:

—La cosa es, señor párroco, que los médicos aseguran que la Santa padece una enfermedad nerviosa.

Aquella irreverencia produjo entre las viejas un escándalo; doña María se persignó inmediatamente "con cautela"; doña Josefa gritó:

—¡Cállese, por amor de Dios, y diga eso delante de cualquiera menos de mí! ¡Es un insulto! —Y dirigiéndose a Amelia, añadió severamente:

—Hija mía, yo en tu lugar, le daba un no.

Amelia enrojeció, y Juan Eduardo, poniéndose también colorado, se inclinó sarcásticamente:

—Yo repito lo que dicen los médicos. Por lo demás, créame que no pretendo casarme con nadie de su familia, ni siquiera con ella, doña Josefa.

El canónigo dio una fuerte risotada.

—¡Jesús! ¡Ave María! —gritó furiosa su hermana.

Amaro, deseando poner paz, interrogó:

—Pero, ¿qué hace esa Santa?

—Lo hace todo, señor párroco —dijo doña Joaquina—. Está siempre en cama, sabe rezos para todo; persona por quien ella pida, tiene gracia del Señor; la gente que se acerca a ella sana de toda molestia. Y después, cuando comulga, comienza a erguirse y queda con todo el cuerpo en el aire, y con los ojos fijos en el cielo, que da miedo verla.

En este momento una voz interrumpió desde la puerta, diciendo:

—¡Viva la sociedad! ¡Hoy está esto delicioso!

Era un joven extraordinariamente alto, amarillo, con las mejillas hundidas, unas greñas rizadas, un mostacho a lo Don Quijote; al reír mostraba su boca negra donde faltaban casi todos los dientes de delante; en sus ojos hundidos, cercados de grandes ojeras, erraba un sentimentalismo cursi. Traía una guitarra en la mano.

—¿Cómo estamos hoy? —le preguntaron con interés.

—Mal —respondió con voz triste—. Siempre el dolor en el pecho, la tosecita…

—¿Entonces, no le probó bien el aceite de hígado de bacalao?

—¡Quiá! —dijo desconsoladamente.

—Un viaje a Madera, eso, eso era lo que le hacía falta. —Indicó con autoridad doña Joaquina.

Él reía con súbita jovialidad:

—¡Un viaje a Madera! ¡No está mal! ¡Qué ocurrencias tiene doña Joaquina! Un pobre amanuense de administración, con catorce reales diarios, mujer y cuatro hijos… a Madera!

—¿Y cómo está la Juanita?

—Pobrecilla, así va. Tiene salud, a Dios gracias. Siempre gorda y con buen apetito. Tuve a los dos chicos mayores malos, y ahora tengo en cama a la criada. ¡Qué diablo! ¡Paciencia, paciencia! —Y se encogía de hombros. Se volvió hacia la San Juanera y la dio una palmadita en las rodillas.

—¿Cómo está nuestra Madre Abadesa?

Todos rieron. Doña Joaquina Gangoso informó al párroco de que aquel muchacho se llamaba Arturo Conceiro, era muy gracioso y tenía muy buena voz.

Pitusa entró en aquel momento con el té. La San Juanera empezó a llenar las tazas, diciendo:

—¡Acercarse, acercarse, hijas, que hoy está bueno! Es de la tienda de Susa...

Arturo, con su reconocido gracejo, ofrecía azúcar:

—¡Si está amarguillo, cargarle de sal!

Las viejas sorbían pequeños tragos, escogían cuidadosamente las tostadas, se oía el rumiar de sus encías masticando, y para evitar mancharse de manteca, o de gotas de té, extendían prudentemente los pañuelos sobre el regazo.

—Señor párroco, ¿quiere un dulce? Son de la Encarnación. Están recién hechos. —Y Amelia los ofrecía en un plato.

—Gracias.

—Este de aquí. Es tocino del cielo.

—¡Ah! Pues siendo del cielo...

La miró sonriendo y con la punta de los dedos tomó el dulce.

Arturo acostumbraba a cantar después del té, así es que cuando Pitusa quitó la bandeja, Amelia, sentándose al piano, recorrió con sus dedos finos el amarillo teclado.

—¿Qué va a ser hoy? —preguntó Arturo—. Los pedidos se cruzaron.

"¡El guerrillero!" "¡El descreído!" "¡Los amores del sepulcro!" "¡Nunca más!"

El canónigo pidió calurosamente:

—Conceiro, aquello de "¡Tío Cosme, encanto mío!"

Las mujeres lo rechazaron.

—¡Qué cosas pide el señor canónigo! ¡Vaya una idea!

Doña Joaquina resolvió:

—Nada: una cosa sentimental, para que el señor párroco forme idea...

—¡Eso, eso! —apoyaron todas—, ¡una cosa sentimental, Arturo, una cosa sentimental!

Arturo tosió, escupió, y dando súbitamente una expresión dolorosa a su rostro, levantó la voz cantando lúgubremente:

Adiós, ángel mío,
voy ya a partir sin ti.

Era "El Adiós", una canción romántica del 51 que decía los dolores de una suprema despedida en un bosque, una pálida tarde de otoño; después el amante solitario que erraba desgreñado por la orilla del mar. Había una sepultura olvidada en un lejano valle, y blancas vírgenes lloraban sobre ella a la luz de la luna...

—¡Muy bonito!, ¡muy bonito! —exclamaban las viejas.

Arturo cantaba enternecido, con la mirada en vago; mas, durante las pausas del acompañamiento, sonreía al auditorio y en su boca llena de sombra se veían restos de dientes podres. El padre Amaro, en pie, junto a la ventana, fumaba contemplando el perfil fino de Amelia, la curva armoniosa de su seno, los párpados de largas pestañas, que del teclado al papel de música, se erguían o se bajaban con un movimiento dulce. Juan Eduardo, junto a ella, volvía las hojas de música, mientras Arturo, con una mano sobre el pecho, otra levantada en el aire, y el gesto desolado, vehemente, soltó la última estrofa:

Un día, en fin, de este vivir fatal,
¡reposaré en obscura soledad!

—¡Bravo! ¡Bravo! —exclamaron.

El canónigo comentó con el párroco:

—¡Ah! para cosas sentimentales no hay otro.

Bostezó enormemente y continuó:

—Pues, hijo, tengo toda la noche los calamares de la colación aquí dentro.

Llegó la hora de la lotería. Cada una escogía sus habituales cartones. Doña Josefa, con sus ojillos relucientes de avara, golpeaba el abultado saco de números.

—Aquí tiene un sitio, señor párroco —dijo Amelia, indicándole una silla junto a ella; él dudó, pero al fin, un poco colorado, se sentó mirando tímidamente la "rueda".

Se hizo un gran silencio, y con voz dormilona, el canónigo comenzó a cantar números. Doña Ana Gangoso, en su rincón, dormitaba roncando ligeramente.

La pantalla dejaba en sombra las cabezas y la luz cruda caía sobre el tapete destacando los cartones ennegrecidos por el uso y las manos secas de las viejas que removían las marcas de vidrio. Sobre el piano abierto se consumían las velas en una llama alta y derecha.

El canónigo rosmaba los números con las picardías venerables de tradición: el uno, "cabeza de puerco"; tres, "figura de entremés". —Necesito el veinte —decía una voz.

—Terno —murmuraba otra con gozo.

La hermana del canónigo sufría.

—¡Qué números sacas, hermano!

—Tráigame ese cuarenta y siete aunque sea arrastrado —decía Arturo con la cabeza entre los puños.

Por fin el canónigo hizo "quina". Amelia miró en torno de la sala diciendo:

—¿Y Juan Eduardo? ¿Por qué no juega? ¿Dónde está?

Juan Eduardo salió de la sombra de la ventana por entre las cortinas.

—Tome este cartón y juegue. Ya que está en pie reciba las entradas —dijo la San Juanera.

Juan Eduardo recorrió la "rueda" con los platillos de porcelana. Al terminar faltaban diez céntimos.

—¡Yo ya eché, yo ya eché! —exclamaron todos, excitados.

Fue la hermana del canónigo quien no tocara su portamonedas. Y Juan Eduardo con una cortesía se lo recordó:

—Creo que quien falta es doña Josefa.

—¡Yo! —gritó ella furiosa—. ¡Yo! Precisamente eché de las primeras. ¡Ya lo creo! ¡Dos monedas de cinco céntimos! ¡Vaya con el hombre!

—¡Ah! ¡Bien, bien, entonces yo fui quien se olvidó!...
Ahora lo pongo —y murmuró entre dientes—: Beata y
ladrona.

La hermana del canónigo decía en tanto en voz baja a
doña María:

—¡Quería ver si no lo notábamos, tunante! ¡Qué falta de
temor de Dios!

—El señor párroco se aburre —observó alguien.

Amaro sonrió. Estaba distraído, fatigado, a veces se olvidaba de marcar, y Amelia, tocándole en los nudillos, le
decía:

—¿Qué no marcó, señor párroco?

Habían apostado dos ternos: ganó ella; después necesita-
ban los dos para hacer "quina", el número treinta y seis.

En la "rueda" lo advirtieron.

—Vamos a ver si "quinan" —decía doña María envol-
viéndoles en una mirada babosa.

Pero el treinta y seis no salía. Amelia recelaba que "quina-
se" doña Joaquina, porque se agitaba mucho en su silla pidiendo el cuarenta y ocho. Amaro reía, interesado
involuntariamente.

El canónigo sacaba los números con una pachorra
maliciosa.

Amelia, de bruces sobre la mesa, con los ojos brillantes,
murmuró:

—No sé qué daría porque saliera el treinta y seis.

—¿Sí? Pues ahí le tienes... ¡Treinta y seis! —dijo el
canónigo.

—¡"Quinamos"! —gritó ella triunfante. Y cogiendo su
cartón y el del párroco los mostraba orgullosa y muy
sofocada.

—Ahora que Dios os bendiga —dijo jovialmente el canónigo, entregándoles los platillos llenos de monedas de diez
céntimos.

—¡Parece un milagro! —consideraba piadosamente doña
María.

Dieron las once; las viejas comenzaron a componerse

para marchar. Amelia se sentó al piano y tocó despacio una polka. Juan Eduardo se aproximó y bajando la voz, murmuró:

—Mis parabienes por haber "quinado" con el párroco. ¡Qué entusiasmos! —Como ella fuera a responder, él, envolviéndose en su bufanda, dijo secamente—: ¡Buenas noches!

Pitusa alumbraba. Las viejas, empaquetadas en sus abrigos, iban musitando "adioses", escaleras abajo. Arturo hacía arpegios en la guitarra canturreando "El descreído".

* * *

Amaro se encerró en su cuarto, y comenzó a rezar en el breviario, pero se distraía recordando las figuras de las viejas, los dientes podres de Arturo y, sobre todo, el perfil de Amelia. Sentado junto a la cama, con el breviario abierto, veía sus manos pequeñas, con los dedos un poco morenos, picados por la aguja, y aquella sombra graciosa de bozo.

Sentía la cabeza pesada por la monotonía del juego; la comida en casa del canónigo, los calamares y el vinillo de Oporto, diéronle una gran sed. Quiso beber, pero como no tenía agua en el cuarto, recordó que sobre la mesa del comedor había un botijo de Extremoz con agua fresca muy buena, que nacía en el Morenal. Se calzó las zapatillas y subió despacito. Había luz en la habitación, y estaba la cortina descorrida. Amaro retrocedió con un "¡ah!". Amelia, en enaguas, estaba cerca de la lámpara deshaciendo el nudo que sujetaba sus cabellos; el descote de la camisa dejaba ver sus brazos blancos y el delicioso seno. Al sentir ruido dio un grito, y corrió hacia su cuarto. Amaro quedó inmóvil con un sudor frío en la raíz de los cabellos. ¡Podían sospechar una ofensa! ¡Frases de indignación iban a salir seguramente a través de la cortina que aún se balanceaba!

Pero la voz de Amelia, serena, preguntó desde dentro:

—¿Qué quería, señor párroco?

—Venía a buscar agua... —balbuceó él.

—¡Qué Pitusa! ¡qué descuidada! Perdone, señor párroco, perdone. Oiga, ahí, sobre la mesa, está el botijo. ¿Lo halló?

—¡Sí! ¡Sí!

Descendió lentamente con la copa llena; su mano temblaba, y el agua le corría por los dedos.

Acostose sin rezar. En las altas horas de la noche, Amelia sintió pasos nerviosos en el piso bajo; era Amaro que con el abrigo sobre los hombros, en zapatillas, paseaba excitado por el cuarto fumando un cigarro.

CAPÍTULO V

Ella no dormía tampoco. Sobre la cómoda se extinguía la lamparilla, esparciendo desagradable olor de aceite; los ojos del gato relucían con claridad fosfórica y verde.

En la casa vecina una criatura lloraba sin cesar. Amelia oía que la madre mecía la cuna cantando bajo:

Duerme, duerme, niño mío,
que tu madre fue a la fuente.

Era Catalina, la pobre planchadora, a quien abandonó el teniente Souza con un hijo en la cuna y embarazada de otro, para casarse en Extremoz. ¡Catalina, antes tan joven, tan rubia, tan bonita, tan escuálida y acabada ahora!

Duerme, duerme, niño mío,
que tu madre fue a la fuente.

¡Cómo conocía Amelia aquel cantar! Cuando tenía ella siete años, su madre lo cantaba para dormir al hermanito que muriera. ¡Lo recordaba bien! Vivían entonces en otra casa, cerca de la calle de Lisboa.

En la ventana de su cuarto había un limonero en cuyas ramas tendía su madre los pañales de Juanito para que se secaran al sol. No había conocido a su padre. Fue militar y murió joven; su madre suspiraba aún recordando la arrogancia de su figura, vestido de uniforme de caballería. Cuando Amelia tenía ocho años, la mandaron a la escuela. ¡Cómo se acordaba! La maestra era una viejecilla blanca y rolliza, que quiso —en su juventud— ser monja. Sentada junto a la ventana, con sus anteojos redondos, empujando la aguja, se desvivía por contar historias del convento, sobre todo la leyenda de una monja que muriera de amor, y cuya ánima, en ciertas noches erraba por los largos corredores, lanzando gemidos y clamando: —¡Augusto! ¡Augusto!

Amelia oía encantada aquellas historias, y deseaba ser una "monjita muy guapa con su velito blanco".

Su madre recibía muchas visitas de curas. El chantre Carvallosa, hombre viejo y robusto que padecía de asma, iba todos los días como amigo de la casa. Amelia le llamaba "padrino", y cuando ella volvía de la escuela por la tarde, le encontraba siempre platicando con su madre en la sala, con la sotana desabrochada y dejando ver su chaleco de terciopelo negro, con ramitos bordados en seda amarilla. El señor chantre la preguntaba por las lecciones y la hacía decir la tabla.

Por la noche había reuniones. Iba el padre Valente, el canónigo Cruz, y un viejecillo calvo con perfil de pájaro y anteojos azules, a quien llamaban fray Andrés, porque había sido fraile franciscano. Iban las amigas de su madre y un capitán de cazadores que tenía los dedos negros por el cigarro y llevaba siempre la guitarra. Amelia se acostaba a las nueve; pero por la rendija de su cuarto veía la luz y oía las voces.

Así creció, entre curas. Algunos le eran antipáticos como el padre Valente, tan gordo, tan sudoroso, con aquellas manos papudas, blandas, de uñas cortas. Se complacía en sentarla sobre sus rodillas, tirándola de la oreja despacito, y ella sentía cerca aquel aliento impregnado de cebolla y cigarro. Su gran amigo era el canónigo Cruz, tan delgadito, con el cabello todo blanco, la sotana siempre limpia y las hebillas de los zapatos relucientes. Ella entonces sabía ya el catecismo, pero en casa, en la escuela, por cualquier bagatela la amenazaban con los castigos del cielo, de tal suerte que Dios aparecía a sus ojos como un ser que sólo sabe dar muerte y sufrimiento, y a quien hay que ablandar rezando, ayunando, haciendo novenas y mimando a los curas. Por eso, si alguna vez al acostarse olvidaba rezar una Salve, al otro día hacía penitencia, temiendo que Dios la mandase calenturas o la hiciera caer por la escalera.

Sus mejores recuerdos eran de los tiempos en que apren-

día música. Tenía la costumbre de canturrear en casa y su voz
fresca y fina agradaba al chantre que un día dijo a su madre:

—Teniendo ahí un piano, ¿por qué no haces que aprenda
música la pequeña? Siempre es un adorno y hasta puede ser-
la útil.

El chantre conocía un buen maestro, antiguo organista,
de la Catedral de Évora, persona buenísima. Tenía una hija
única, muy linda, que se escapó a Lisboa con un alférez, y el
pobre viejo desde entonces cayó en una gran tristeza que
le llevó a la miseria. Por caridad le dieron un empleo en el
escritorio de la cámara eclesiástica. Era una figura triste de
romance picaresco. Muy flaco, alto como un pino, con los
cabellos blancos y finos que dejaba crecer hasta los hombros,
y los ojos cansados, llorosos. Parecía sentir siempre frío y se
abrigaba con un capote color de vino, con cuello de astra-
cán, que no le llegaba más que a la cintura. Le llamaban el
"Tío Cigüeño" por su delgadez y su alta estatura. Amelia un
día le llamó así, pero en seguida se mordió los labios
avergonzada.

El viejo sonrió con su sonrisa resignada y dulce.

—¡No te avergüences, tontina! ¡llámame como quieras!
¿qué tiene de malo eso? Cigüeño soy, y bien Cigüeño.

Era invierno. Las grandes lluvias no cesaban, la aspereza
de la estación oprimía a los pobres. Muchas familias ham-
brientas pedían pan. El Tío Cigüeño daba la lección al medio día tiritando; su paraguas azul dejaba un reguero en la
escalera, y cuando el pobre viejo se sentaba, escondía avergonzado sus botas encharcadas y con las suelas rotas. Quejá-
base de frío en las manos porque esto le impedía herir con
precisión el teclado, y no le dejaba mover la pluma en el
escritorio.

—Se agarran los dedos... —decía tristemente.

Cuando la San Juanera le pagó el primer mes de lección,
el viejo, contentísimo, se presentó al día siguiente con las
manos enfundadas en gruesos guantes de lana.

—¡Ah! Tío Cigüeño. Hoy sí que viene abrigado —dijo
Amelia.

—Gracias a ti y a tu dinero, monina. Dios te bendiga,

hija, Dios te bendiga. Ahora he de juntar para unas medias de lana.

Y sus ojos se arrasaban de lágrimas, contemplando a su única amiga, su confidente, su discípula.

Amelia no echó en olvido lo de las medias de lana, y un día pidió al chantre que se las diera.

—¡Unas medias! ¿para qué? —preguntó riendo estrepitosamente el chantre.

—Para mí, padrino.

—¡No la haga caso! ¡Vaya una ocurrencia! —decía la San Juanera.

Pero Amelia, abrazada al cuello del chantre, y, mirándole con mimo, insistía pidiéndolas.

—Vaya, será lo que quieres. Ahí tienes, diablillo, dos pesetas para unas medias.

Al día siguiente, Amelia entregaba a su maestro un envoltorio de papel en el que había escrito con letras garrafales: "Para mi queridísimo amigo Tío Cigüeño, su discípula".

Cierta mañana reparó en que el viejo estaba más amarillo, más chupado.

—Tío Cigüeño, ¿cuánto le dan en el escritorio? —preguntó de repente.

El viejo sonrió.

—¡Ay, monina! ¿qué me han de dar? Poco, poco. Dos pesetas diarias. Pero el señor Nieto me favorece bastante.

—¿Y le llegan para vivir las dos pesetas?

—Como llegar...

Sintiéronse pasos, y Amelia, conociendo que era su madre, tomó gravemente su actitud de discípula y comenzó a solfear en un tono profundo.

Desde ese día no cesó de rogar a su madre hasta conseguir que el Tío Cigüeño almorzara y comiera con ellas los días de lección. Así se estableció entre ella y el viejo una gran intimidad.

Se aplicaba mucho, y le parecía que el piano, la música, era lo más delicado de la vida. Tocaba ya contradanzas y arias antiguas, de viejos compositores. A doña María de la

Asunción la extrañaba mucho que el maestro no la hubiera hecho aprender "El Trovador".

—¡Cosa más linda! —decía la vieja.

Pero el Tío Cigüeño no conocía más que la música clásica, arias ingenuas de Lully, motivos de minuetos.

Una mañana el Tío Cigüeño encontró a Amelia pálida y triste. Desde la víspera se quejaba de "malestar". Era un día nublado y frío. El viejo quiso marcharse en seguida, pero Amelia le rogó:

—No se vaya, toque algo bonito para entretenerme.

El maestro, quitándose el capote, se sentó ante el piano y tocó una melodía sencilla y melancólica.

—¡Qué lindo! ¡Qué lindo! —decía Amelia en pie junto al piano.

Y cuando el viejo terminó:

—¿Qué es esto?

Tío Cigüeño la explicó que era una "Meditación" escrita por un fraile amigo suyo.

—¡Pobrecillo! —decía—, ¡mucho sufrió!

Amelia quiso saber por qué, y sentada en el borde del piano, arrebujada en su chal, suplicaba:

—¡Cuente esa historia, cuéntela!

El viejo la habló de un joven que se enamoró de una monja; ella murió en el convento por aquel amor infeliz, y él, de dolor, se hizo fraile franciscano...

—¡Parece que le estoy viendo!

Y el viejo, conmovido, repetía en el piano las notas plañideras de la "Meditación" en re menor. Amelia pensó todo el día en aquella historia. Por la noche tuvo una gran fiebre, con angustiosos sueños en los que dominaba la figura del fraile franciscano. Veía sus ojos profundos, sus mejillas hundidas, y a lo lejos, la sombra pálida de la monja, con sus blancos hábitos, sollozando de amor. Después, el sueño cambiaba, y en la obscuridad veía aparecer un corazón enorme, traspasado de espadas, y las gotas de sangre que caían de él, llenaban un cielo de lluvia roja.

Al día siguiente la fiebre cesó. El doctor Gouvea tranquilizó a la San Juanera:

—No hay que asustarse; son los quince años. Hoy sentirá vértigos y ahogos... Después se acabó. Tendremos a la niña hecha mujer.

La San Juanera comprendió.

—¡Esta chiquilla tiene una sangre poderosa, y sentirá las pasiones fuertemente! —añadió el anciano, sonriendo y sorbiendo su rapé.

Por aquel tiempo, el señor chantre, cierta mañana después de almorzar, cayó muerto repentinamente de una apoplejía. ¡Qué consternación inesperada para la San Juanera! Durante dos días anduvo en enaguas, desgreñada, llorando a gritos. Doña María y las Gangoso trataban de consolarla, y doña Josefa Días resumía los consuelos de todas diciendo:

—¡Déjalo, hija, que no te faltará quien te ampare!

Sucedía esto en los primeros días de septiembre, y doña María, que tenía una casa en la playa de Vieira, propuso llevarse a la San Juanera y su hija para que olvidaran su pena con el cambio de sitio y con los aires puros y saludables.

—No puedo, no puedo marcharme de aquí —decía la San Juanera—. Me consuela mirar aquel rincón donde él dejaba su paraguas y esa silla donde se sentaba para verme coser.

—Bueno, bueno, deja todo eso. Come y bebe, y lo que pasó, pasó. Piensa en que ya tenía bien cumplido sus sesenta años.

—¡Ay, hija, a las personas se las quiere por ellas, y no por los años!

Para Amelia, que aunque tenía quince años y era ya una mujer alta y bien formada, fue una alegría aquel viaje a Vieira. Nunca había visto el mar, y no se cansaba de estar sentada en la arena, fascinada por el agua azul, mansa, llena de sol. Se levantaba al amanecer, esperando la hora del baño; las casetas de lona se alineaban alrededor de la playa; las señoras sentadas en sillitas de madera, con las sombrillas abiertas, charlaban mirando al mar. Los hombres, con zapatos blancos, chupaban su cigarro y dibujaban emblemas en la arena. Amelia salía entonces de su caseta con el traje de franela azul y la sábana de baño al brazo, tiritando de miedo y de frío. A escondidas, toda trémula, se santiguaba, y agarrada de la mano del bañero, resbalando en la arena, entraba en el mar rompiendo con el cuerpo el agua verdosa que hervía en rededor. La ola espumosa venía, y Amelia se sumergía en ella sofocada, nerviosa, escupiendo el agua salada. Después salía satisfecha, y casi arrastrándose por el peso del traje encharcado, llegaba a la caseta risueña, encendida por la reacción; voces amigas la preguntaban:

—¿Qué tal? ¿Estaba fresquita el agua?

Después de la caída de la tarde, paseaba por la orilla del mar buscando conchitas o viendo recoger las redes, donde la sardina viva bullía a millares, brillando sobre la arena mojada. Y entonces, ¡qué bellas perspectivas de dorados ocasos sobre la vastedad del mar triste que gime y va obscureciéndose!

Doña María, a poco de llegar, recibió la visita de un muchacho pariente suyo, que estaba terminando el quinto año de derecho en la Universidad. Se llamaba Agustín Brito. Era un mozo delgado, de bigote castaño y abundante cabello, peinado hacia atrás. Recitaba versos, contaba anécdotas, organizaba "partidas", y se distinguía sobre los demás hombres de Vieira en que sabía "conversar con las señoras".

Desde los primeros días, Amelia reparó que los ojos de Agustín la miraban amorosos. Amelia se ruborizaba y sentía el pecho ensancharse bajo su vestido.

Un día en casa de doña María pidieron que Agustín recitase.

—¡Ay, señoras no está la forja para el herrero! —decía él jovialmente.

Pero doña María insistía:

—Vamos, vamos, no se haga rogar tanto.

—Bueno, pues, por eso no reñiremos.

El recaudador de Alcobaza dijo:

—Recita aquello que se llama "Julia".

—¡Qué Julia! —contestó él—. Será algo mejor. Recitaré "La Morena" —y mirando a Amelia—. Es una poesía que compuse anteayer.

—¡Venga, venga!

Se hizo un silencio: Agustín pasó la mano por sus cabellos, se apoyó en el respaldo de una silla, y mirando a Amelia, dijo:

—¡La Morena de Leiria!

Naciste en los verdes campos
Por los que Leiria es famosa;
Tienes frescura de rosa,
Y tu nombre sabe a miel...

—¡Perdón! —exclamó el recaudador—. Doña Juliana se siente mal...

Era la hija del escribano de Alcobaza que había palidecido, y lentamente se desmayaba en su silla con los brazos caídos y la barbeta sobre el pecho.

La rociaron con agua, la llevaron al cuarto de Amelia, y, desabrochando su vestido, la hicieron oler vinagre. Ella se irguió, miró en rededor, comenzaron a temblar sus labios, y rompió a llorar. Fuera del cuarto, los hombres en grupo comentaban el desmayo.

—Ha sido el calor —decían unos.

—Sí, sí, no está mal el calor —murmuraban otros.

Agustín, contrariado, retorcía su bigote. Algunas señoras se ofrecieron para acompañar hasta su casa a la enferma. Doña María y la San Juanera fueron también con ella, arrebujadas en sus chales. Hacía mucho viento; un criado alumbraba con un farol, y todos caminaban en silencio. Doña María, quedándose rezagada, susurró al oído de la San Juanera.

—Todo esto va a favor tuyo.

—¿A favor mío?

—Claro. ¿Pues tú no has notado?... Juliana, en Alcobaza, era novia de Agustín, pero el chico ahora bebe los vientos por Amelia. Juliana lo notó oyéndole recitar aquellos versos sin dejar de mirar a tu hija, y ¡zas!

—¡Jesús!...

—¡Déjalos! Agustín heredará de sus tías unos miles de duros, y es un buen partido.

Al día siguiente, después del baño, mientras la San Juanera se vestía en la caseta, Amelia esperaba sentada en la arena embobada en la contemplación del mar. Una voz dijo detrás de ella:

—¡Hola! ¿Está solita?

Era Agustín. Amelia calló, arañando la arena con el regatón de su sombrilla, y Agustín, suspirando, escribió en la playa un nombre: Amelia. Ella, ruborosa, quiso borrarlo con la mano.

—¿Por qué? —dijo él—. Este es el nombre de "La Morena". "¡El nombre que sabe a miel!..."

Ella sonreía, diciendo:

—¡Pícaro! ¡Por su causa se desmayó la pobre Juliana!

—¡Qué me importa a mí! ¡Estoy harto de semejante estafermo! Y ella lo sabe bien; tan bien, como que hay otra persona por quien yo daría todo lo del mundo...

—¿Quién es? ¿Es doña Bernarda?

Doña Bernarda era una vieja hedionda, viuda de un coronel.

—La misma —dijo Agustín riendo—. Justamente por doña Bernarda estoy yo apasionado.

—¡Ah! ¿Está usted "apasionado"? —dijo Amelia con los ojos bajos, y sin dejar de arañar la arena.

—Dígame una cosa, ¿está enfadada conmigo? —preguntó el muchacho arrastrando una silla y sentándose junto a Amelia.

Ella se puso en pie.

—¿No quiere que me siente cerca de usted? —preguntó ofendido.

—Es que me cansé de estar sentada.

Callaron un momento.

—¿Tomó ya el baño? —dijo ella.

—Sí.

—¿Estaba frío hoy?

—Estaba.

Agustín hablaba secamente.

Ella le puso suavemente la mano en el hombro, y preguntó con dulzura:

—¿Se enfadó?

Agustín levantó los ojos, y contemplando el lindo rostro trigueño que le miraba risueño, exclamó con vehemencia:

—¡Estoy loco por usted!

—¡Chist!… —dijo ella.

La San Juanera salía de la caseta con la toalla liada a la cabeza.

—¿Hace fresquillo? —la preguntó Agustín, después de saludarla quitándose su sombrero de paja.

—¿Cómo? ¿Usted por aquí?

—Vine a recrear los ojos. Ya es hora de almorzar, ¿eh?

—Si usted gusta… —dijo la San Juanera.

Agustín la ofreció el brazo galantemente.

Desde entonces acompañaba a Amelia siempre. Por las mañanas en la playa, y por las tardes en los paseos junto al mar, la recogía conchas y la dedicaba versos. Uno de ellos se llamaba "El Sueño", y tenía estrofas violentas:

> *Te sentí junto a mi pecho*
> *Temblar, palpitar, ceder…*

Ella por la noche los repetía emocionada, suspirando, abrazándose con la almohada.

A fines de octubre, una noche doña María propuso a su tertulia dar un paseo a la luz de la luna. Al regreso, se levantó viento fuerte, nubes negras obscurecieron el cielo, y empezaron a caer gotas de agua. Estaban cerca de un pinar, y las señoras quisieron refugiarse allí. Agustín, llevando a Amelia del brazo, se internó en la espesura, alejándose del grupo que formaban las amigas, mientras bromeaba y reía fuerte. Entonces, bajo el monótono y crujiente rumor de ramas, dijo al oído de Amelia:

—¡Estoy loco por ti!

—No te creo —murmuró ella.

Pero Agustín, con tono grave, añadió:

—¿Sabes? Tal vez tendré que marcharme mañana temprano.

—¿Te vas?

—Tal vez; no lo sé aún. Pasado mañana tengo que matricularme.

—Te vas… —suspiró Amelia.

Él la estrechó con furor una mano.

—¡Escríbeme! —dijo.

—Y tú, ¿me escribirás? —preguntó ella.

Agustín la sujetó por los hombros y la cubrió la boca de besos voraces.

—¡Déjame!, ¡déjame! —gritaba ella sofocada.

De repente tuvo un gemido dulce como arrullo de ave, y se abandonaba ya, cuando la voz aguda de doña Joaquina Gangoso gritó:

—Vámonos, vamos aprovechando este claro.

Amelia, desprendiéndose de los brazos que la sujetaban, aturdida, corrió a buscar a su madre.

Al otro día, en efecto, Agustín se marchó. Empezaron las lluvias, y poco tiempo después, Amelia, su madre, y doña María, volvieron a Leiria.

Transcurrió el invierno.

Un día doña María dio cuenta a la San Juanera de que la escribían desde Alcobaza participándola que Agustín Brito se había casado con una muchacha del Vinieiro.

—¡Caramba! —exclamó doña Joaquina—. Buena dote atrapó. No ha sido tonto.

Y Amelia, no pudiendo contenerse, rompió a llorar delante de todos.

Quería a Agustín, y no podía olvidar los besos de aquella noche en el pinar obscuro. Parecíale que jamás volvería a experimentar aquella alegría, y recordando la historia que la contara el Tío Cigüeño del joven que por amor se ocultó en la soledad de un claustro, comenzó a pensar en ser monja, y se entregó a una devoción exagerada. Leía durante todo el día libros de oraciones; llenó las paredes de su cuarto de litografías con imágenes de santos. Oía misa diariamente, comulgaba todas las semanas, y las amigas de la madre la llamaban "modelo de virtud".

Fue por aquel tiempo cuando el canónigo Días y su hermana Josefa comenzaron a frecuentar la casa de la San Juanera, y poco después el canónigo era el "amigo de la casa".

No faltaba ningún día después de almorzar, con su perrita, como en otro tiempo el chantre con su paraguas.

La San Juanera hablando de él, decía:

—Le tengo mucha amistad, me hace muchos favores, pero no puedo olvidar al señor chantre.

La hermana del canónigo organizó entonces con la madre de Amelia, una "Asociación de Siervas de Nuestra Señora de la Piedad". Doña María y las Gangoso se afiliaron, y la casa de la San Juanera se convirtió en un centro eclesiástico. Parte de los canónigos y el nuevo chantre iban todos los viernes... Había imágenes de santos hasta en la cocina. Las criadas, antes de ser admitidas, eran examinadas de Doctrina. Toda la casa olía a cera y a incienso, y hasta para vestirse no se adoptaban más que los colores negros o carmesí. La San Juanera llegó hasta monopolizar el comercio de hostias.

Así pasaban los años, pero, poco a poco, el grupo devoto se dispersó. Los padres del cabildo se molestaron por lo comentadas que eran las relaciones del canónigo con la madre de Amelia. El chantre —como era tradicional en aquella diócesis, fatal para los chantres— murió también de una apoplejía. Amelia cambió mucho; creció y se hizo una arrogante moza de veintidós años con ojos aterciopelados y labios frescos. Al recordar su amor por Agustín, reía pensando en "aquella tontería de criatura". Su devoción subsistía, pero alterada. Lo que le gustaba ahora de la religión, de la Iglesia, era el aparato, la pompa, las misas cantadas, las capas recamadas de oro, los cánticos rompiendo briosamente en coro de aleluyas. Tomaba la Catedral como la ópera. Dios era su lujo. Los días de misa le gustaba engalanarse y se perfumaba con agua de colonia, se colocaba junto al altar mayor sonriendo al padre Brito y al canónigo Saldaña. Lamentaba que la Catedral fuese de amplia estructura, de un estilo frío y jesuítico: hubiese querido una iglesia pequeñita, dorada, alfombrada, iluminada por gas; y que curas guapos oficiasen ante el altar adornado como una *etagére*.

Tenía veintitrés años cuando conoció a Juan Eduardo, un día de Corpus, en casa del actuario Nunes Ferral, donde estaba como escribiente. Amelia, su madre y doña Josefa, fue-

ron a presenciar la procesión desde el amplio balcón adornado con colchas de damasco amarillo. Juan Eduardo estaba
allí modesto, serio, vestido de negro. Amelia le conocía;
pero aquella tarde, reparando en la blancura de su cutis y en
el respeto con que la miraba, encontró "que era un buen
muchacho".

Por la noche, después del té, el gordinflón Nunes recorrió el salón gritando con su voz de grillo: —¡Busquen pareja, busquen pareja!— en tanto que su hija mayor tocaba en el
piano con brío estridente, una mazurca francesa. Juan
Eduardo se aproximó a Amelia:

—¡Ay, yo no bailo!... —dijo ella secamente.

Juan Eduardo no bailó tampoco; en un rincón contemplaba a Amelia. Ella lo notaba y volvía el rostro, pero estaba
contenta; y cuando Juan Eduardo, viendo cerca de ella una
silla vacía fue a ocuparla, Amelia le hizo sitio complacida,
apartando los pliegues de su falda de seda. El escribiente,
turbado, atusaba su bigote con mano trémula. Por fin, Amelia le preguntó:

—¿Usted tampoco baila?

—No bailando usted... dijo él en voz baja.

Ella se inclinó hacia atrás, alisando las arrugas que hacía
su vestido.

—¡Ah! estoy vieja para estas diversiones. Soy una persona
seria.

—¿Nunca ríe? —interrogó él, poniendo en su voz una intención fina.

—A veces río cuando hay que reír —contestó ella mirándole de reojo.

—¿De mí, por ejemplo?

—¿De usted? ¿Por qué he de reírme?... ¿Qué tiene usted
para hacer reír? ¡Vaya una idea!... —y agitaba su abanico de
seda negra.

Él callaba buscando ideas, delicadezas.

—Entonces, seriamente, ¿no baila usted?

—¡Ay, qué preguntón! Ya le dije que no.

—Pregunto porque me interesa usted.

Ella hizo un gesto de indolente negativa.

—¡Palabra! —afirmó el mozo.

En esto, doña Josefa, que los vigilaba, se aproximó, y Juan Eduardo abandonó su sitio. A la salida, en el pasillo, mientras Amelia se ponía el abrigo, Juan Eduardo la dijo:

—Abríguese bien, no tome frío.

—¿Continúa usted interesándose por mí?

—Más de lo que supone usted.

Dos semanas después llegó a Leiria una compañía de zarzuela, y doña María, que tenía palco, llevó una noche a la San Juanera y a su hija para oír a la Camacho, contralto muy nombrada entonces. Juan Eduardo esperaba en las butacas, y mientras la Camacho cantaba malagueñas agudas luciendo mantilla española y agitando con gracia decrépita su abanico de lentejuelas, el escribiente no se cansó de contemplar, de desear a Amelia.

Al terminar la representación, subió a saludarla y la ofreció el brazo hasta su casa. La San Juanera y doña María marchaban detrás, acompañadas por Nunes Ferral.

—¿Le gusta a usted la Camacho? —preguntó Amelia.

—Si he de decir verdad, no reparé en ella.

—¿Qué hizo entonces?

—Mirarla a usted.

Amelia se detuvo inmediatamente, y dijo con la voz un poco alterada:

—¿Dónde queda mamá?

—¡Deje a mamá!

Y Juan Eduardo la habló resueltamente de "su gran pasión", repitiendo turbado mientras la estrechaba una mano:

—¡La adoro!, ¡la adoro!

Amelia, nerviosa por la música del teatro, por aquella noche ardiente de verano, languidecía, y abandonándole la mano, suspiró bajito.

—¿Me quiere usted, verdad? —preguntó él.

—Sí —respondió Amelia, apretando con pasión los dedos de Juan Eduardo.

Mas, como ella pensó más tarde, "aquello fue un chispazo", porque días después, cuando conoció mejor a Juan Eduardo, cuando pudo hablarle libremente, reconoció "que

no sentía ningún cariño por el muchacho". Le estimaba, le
hallaba simpático, buen mozo, podía ser un buen marido,
pero sentía dentro de ella el corazón dormido. A pesar de
esto, el escribiente iba todas las noches a la calle de la Misericordia, y la San Juanera le estimaba por "su propósito" y
por su honradez, pero Amelia se mostraba más "fría" cada
día. Si le esperaba en la ventana por las mañanas cuando pasaba hacia el escritorio, si por la noche le miraba dulcemente, era para no alejarle, y tener así un interés amoroso en su
existencia desocupada. Juan Eduardo habló un día de
casamiento.

—Si Amelia quiere, yo por mí muy gustosa —dijo la
madre.

Amelia respondía vagamente:

—Más tarde, por ahora no, veremos.

Por fin se acordó esperar hasta que el muchacho obtuvie-
ra una plaza de amanuense en el gobierno civil, cargo que
generosamente le había ofrecido el doctor Godiño, el terrible doctor Godiño.

Así vivía Amelia hasta la llegada de Amaro, y aquella noche la acudían estos recuerdos, como jirones de nubes que el
viento deshiciese arrastrándolas.

Se durmió tarde, y al despertar oyó decir a Pitusa en el
comedor:

—El señor párroco va para la iglesia con el señor
canónigo.

Amelia saltó de la cama, corrió a la ventana en camisa, y
levantando una punta de la cortina de batista, miró hacia la
calle: el padre Amaro, muy airoso con su sotana de fino
paño, conversaba en medio de la calle con el canónigo.

Capítulo VI

Amaro, rodeado de comodidades, se sentía feliz. La San Juanera cuidaba maternalmente su ropa blanca, "el cuarto del señor párroco estaba como el oro". Amelia tenía con él familiaridades picantes de parienta guapa, y los días pasaban para el clérigo dichosos, con buena mesa, blandos colchones, y convivencia amiga de mujeres. Después de las tristezas en casa del tío, de los desconsuelos del seminario, y del rudo invierno en Gralheira, aquella vida era para Amaro como si tras larga jornada por la sierra, en noche de truenos y chubascos, hubiera hallado un albergue abrigado con lumbre en el hogar y oloroso caldo que humease en la mesa.

Decía misa muy temprano, y marchaba a la iglesia abrigado con su gran capote, guantes y medias de lana, y altas botas de agua. En la parroquia algunas devotas, con el manteo obscuro por la cabeza, rezaban aquí o allá ante el altar barnizado de blanco. Amaro entraba deprisa en la sacristía, y se revestía golpeando las losas con los pies, en tanto que el sacristán le contaba las "novedades del día".

Después, con el cáliz en la mano y los ojos bajos, cruzaba la iglesia, rápidamente se arrodillaba ante el Santísimo Sacramento, subía las gradas, juntaba las manos, y murmuraba inclinándose:

—*Introito ad altare Dei.*

—*Ad Deum qui lætificat juventutem meam* —rezongaba el sacristán.

Amaro ya no celebraba la misa con el fervor de los primeros tiempos. "Estaba acostumbrado", según decía. Como no cenaba, a tales horas sentía apetito, y mascullaba de prisa, monótonamente, las santas lecturas de la Epístola y de los Evangelios.

Después de rezar el Ofertorio, limpiaba el cáliz con el purificador; el sacristán, doblando la cintura, le presentaba las vinajeras. En aquella parte de la misa, Amaro sentía aún restos de emoción mística: con los brazos abiertos volvíase hacia los fieles, exhortándoles a la oración.

—*Orate frates* —Y las viejas apretaban más contra el pecho sus manos, de donde pendían rosarios negros. Amaro consagraba el vino, levantaba la hostia —*Hoc est enim corpus meum!*—, elevaba los brazos hacia el Cristo cubierto de sangre y clavado en la cruz de madera negra: la campanilla sonaba, las manos golpeaban los pechos, y en el silencio se oían los carros de bueyes rodando por las losas al volver del mercado.

—*Ite, misa est!* —decía por fin el cura.

—*Deo gratias!* —respondía el sacristán, respirando fuerte con el alivio de la obligación cumplida.

Cuando Amaro, después de besar el altar, bajaba las gradas, iba pensando en el almuerzo; en las tostadas de manteca, en la alegría del comedor, donde Amelia le esperaba con el cabello tendido sobre el peinador y el fresco cutis oliendo a jabón de almendras.

* * *

Por la tarde, generalmente Amaro subía al comedor, donde cosían Amelia y su madre. "Se aburría abajo, y quería charlar un ratito". La San Juanera, cerca de la ventana, trabajaba con el gato anidado en el ruedo del vestido. Amelia, junto a la mesa, con la cabeza inclinada sobre la labor, mostraba su nuca fina, nítida, enterrada en la abundante cabellera; sus largos pendientes de oro oscilaban dibujando una sombra ligera en la blancura del cuello; las orejas leves desvanecíanse delicadamente sobre aquel cutis trigueño, suave, que una sangre ardiente coloreaba. A veces, clavando la aguja sonreía cansada, y entonces Amaro bromeaba:

—¡Ah, perezosa! ¡Vaya una mujer de su casa!

Ella reía: charlaban. La madre contaba las cosas interesantes del día; fulano despidió a la criada; a mengano le ofrecen cincuenta duros por el cerdo.

De vez en cuando Pitusa entraba y buscaba un plato, o una cuchara en el aparador; entonces se hablaba del precio de los géneros, de lo que había para comer.

—Hoy tenemos potaje con hocico. No sé si le gustará al señor párroco, pero por variar...

Al párroco le gustaba todo.

Amelia le trataba con mucha familiaridad; un día le pidió que la sostuviera una madeja para devanarla. Su madre, escandalizada, exclamó:

—¡No la haga caso, señor párroco! ¡Habrase visto loca igual! Ésta, en cuanto toma confianza...

Pero Amaro, contentísimo, sostenía la madeja; ¡allí estaba él para que lo mandasen, hasta para servir de devanadera! Las mujeres reían encantadas de "las maneras" del señor párroco. Algunas veces Amelia dejaba la costura y cogía al gato que se enroscaba en su regazo. Amaro se acercaba y pasaba la mano por el lomo de Maltes, el animal se adormecía, haciendo un ron-ron de gozo.

—¿Te gusta? —decía ella al gato, mirándole un poco ruborizada. Y la voz de Amaro, turbándose, murmuraba:

—¡Misito gatito! ¡Gato misito!

Algunas veces la San Juanera se levantaba para dar una medicina a la idiota o para ordenar algo en la cocina. El cura y Amelia quedaban solos; no hablaban, pero sus ojos sostenían largo y menudo diálogo. Amelia cantaba el "Adiós" o el "Descreído"; Amaro encendía el cigarro y la escuchaba balanceando una pierna.

—¡Es bonito eso!

Ella cantaba con más intención y cosía de prisa. De tiempo en tiempo levantaba la vista, miraba la costura, y para asentarla pasaba por encima su uña pulida y larga.

Amaro hallaba aquellas uñas admirables, porque todo lo que era de "ella" o de "ella" venía le parecía perfecto. Le gustaba su modo de andar, el color de sus vestidos, la manera que tenía de pasarse los dedos por los cabellos, y miraba

con ternura las enaguas blancas que Amelia ponía a secar en
la ventana de su cuarto.

Nunca había estado en intimidad con una mujer, y cuando al pasar por el cuarto de ella veía la puerta abierta, dirigía
al interior una mirada rápida, curiosa y llena de deseos. Una
falda colgada, una media caída, una liga olvidada sobre el
baúl, eran como revelaciones de su desnudez, que le hacían
palidecer apretando los dientes.

Junto a ella olvidaba que era cura: el Sacerdocio, Dios, el
Pecado, quedaban lejos, abajo los miraba desvanecerse como
desde la altura de una montaña se ven desaparecer las casas
en la neblina de los valles. Sólo pensaba entonces en la dulzura inefable de besar aquel cuello blanco, de morder aquella orejita.

A veces intentaba sobreponerse a tales desfallecimientos.

—¡Qué diablo!, es necesario tener juicio. Hay que ser un
hombre.

Bajaba a su cuarto, hojeaba el breviario. Pero la voz de
Amelia hablaba arriba, el tic-tac de sus botitas golpeaba el techo... ¡Adiós! la devoción caía como vela que apaga el viento; las buenas resoluciones huían, y tornaban las tentaciones
para apoderarse de su cerebro, tremantes, arrolladoras, ro-
zándose unas con otras como bandada de palomas que se re-
cogiesen al palomar.

La hora de comer, sobre todo, era su hora feliz y peligrosa; la mejor del día. La San Juanera hacía platos, en tanto
que Amaro conversaba escupiendo los huesos de aceituna en
la palma de la mano y alineándolos sobre el mantel. Pitusa,
cada vez más ética, servía mal, tosiendo siempre, y muchas
veces se levantaba Amelia para buscar un cuchillo o un plato
en el aparador. Amaro quería ayudarla atentamente, pero
ella lo impedía poniéndole una mano en el hombro y
diciendo:

—¡No se moleste, señor párroco!

Amaro, con las piernas tendidas y la servilleta sobre el estómago, gozaba satisfecho; después de apurar la segunda
copa de Bairrada tornábase expansivo, decía chistes y alguna

vez se permitía tocar furtivamente el pie de Amelia, mientras la contemplaba con los ojos brillantes y apasionados.

Amelia tenía por costumbre mojar pan en la salsa de los guisos, y la madre la reñía siempre:

—¡Ya sabes que no quiero verte hacer eso delante del señor párroco!

Amaro replicaba riendo:

—¡Pues mire usted, a mí también me gusta mucho! ¡Simpatía! ¡Magnetismo!

Y los dos mojaban pan, y reían a carcajadas sin razón alguna. Al poco rato se servía el café; era el momento en que invariablemente aparecía el canónigo Días. Le sentían subir pesadamente, diciendo desde la escalera:

—¿Hay permiso para dos?

Eran él y la perra, la Triguera.

—Que Nuestro Señor nos dé muy buenas noches —decía apareciendo en la puerta.

—¿Quiere una tacita de café, señor canónigo? —preguntaba la dueña de la casa.

Él se sentaba exhalando un profundo ¡uff!

—Venga esa tacita. —Y mirando a la San Juanera preguntaba:

—¿Qué tal le va con el nuevo hijo?

Reían; después contaban las historias del día. El canónigo acostumbraba a traer en el bolsillo el *Diario Popular*. Amelia se interesaba por la novela, su madre por la correspondencia amorosa de los anuncios.

—¡Miren qué poca vergüenza!... —decía, deleitándose en aquella lectura.

Después de la cena iban a visitar a la baldada. Una lamparilla mortecina alumbraba la cabecera de la cama donde la pobre vieja, cubierta la cabeza con una cofia de rotos encajes negros, que hacía resaltar la lividez de su carita arrugada como una manzana reineta, fijaba en todos con miedo sus ojillos hundidos y llorosos. Amelia la gritaba al oído:

—¡Tía Gertrudis! El señor párroco viene a ver cómo está.

La vieja, haciendo un esfuerzo, decía con voz doliente:

—¡Ah!, es el chico.

—¡Es el chico! —respondían riendo.

Y la vieja, espantada, quedaba murmurando:

—¡Es el chico!, ¡es el chico!

—¡Pobrecilla! ¡Dios la dé una buena muerte! —decía
Amaro.

Y volvían al comedor, donde el canónigo les esperaba enterrado en una poltrona de reps verde, con las manos cruzadas sobre el vientre.

—¡Un poco de música, pequeña! —grita, viéndoles entrar.

Amelia se sentaba ante el piano.

—Toca el "Adiós", hija —recomendaba la San Juanera
empezando a calcetar.

Y Amelia arrastrando melancólicamente la voz, cantaba:

> ¡Ay, adiós! terminaron los días
> que dichosa a tu lado viví...

Amaro, soplando el humo del cigarro, sentíase envuelto
en un sentimentalismo agradable.

Cuando bajaba a su cuarto iba siempre exaltado. Comenzaba a leer los *Cánticos a Jesús*, traducción del francés que
publicaba la hermandad de *Esclavas de Jesús*. Es una obrilla
escrita en un lirismo equívoco, que da a la oración un lenguaje de lujuria. Se invoca en ella a Jesús con las súplicas balbucientes de una concupiscencia alucinada. "¡Oh! ¡ven, amado de mi corazón, cuerpo adorable, mi alma impaciente te
desea! ¡Te amo con pasión! ¡Abrázame! ¡Quémame! ¡Ven!
¡Destrózame! ¡Poséeme! Y un amor divino, ya grotesco por
la intención, ya obsceno por la materialidad, gime, ruge, declama así en cien páginas inflamadas donde las palabras
"gozo, delicia, delirio, éxtasis" se repiten a cada momento
con una persistencia histérica. Y después de estos monólogos
frenéticos vienen todas las imbecilidades sacristanescas: notas para resolver casos difíciles de ayunos, y oraciones para
los dolores de parto. Un obispo aprobó aquel librito bien
impreso, y las educandas lo leen en los conventos. Es devoto
y excitante; une, a las elocuencias del erotismo, todas las
tonterías de la devoción. Se encuaderna en marroquín y se
regala a las confesadas: es la cantárida canónica.

Amaro la leía hasta muy tarde, un poco perturbado por aquellos períodos repletos de sonoridades y deseos. A veces en el silencio de la noche sentía crujir encima de su cabeza el lecho de Amelia: el libro caía de sus manos, recostaba la cabeza en la poltrona, cerraba los ojos, y creía verla en corsé delante del tocador, deshaciendo sus trenzas, o inclinándose para desabrochar una liga, y el descote de su camisa descubría dos senos blanquísimos. El párroco se levantaba, cerrando los dientes con la decisión brutal de poseerla.

Por entonces comenzó a recomendarle la lectura de los *Cánticos de Jesús*.

—Ya verá qué bonitos son —dijo, dejando el libro en su cesta de costura.

Al otro día, durante el almuerzo, Amelia estaba pálida, ojerosa. Se quejaba de insomnio, de palpitaciones.

—¿Le gustaron los *Cánticos*?

—Mucho. Tienen muy bonitas oraciones —respondió. Y durante todo el día no levantó los ojos delante del párroco. Parecía triste, y sin motivo, a veces la sangre la quemaba el rostro.

*   *   *

Los peores días eran para Amaro los lunes y miércoles, cuando Juan Eduardo venía a pasar las noches "en familia". Hasta las nueve el cura no salía de su cuarto, y cuando subía a tomar el té, se desesperaba viendo al escribiente sentado junto a Amelia.

—¡Ay, señor párroco, lo que charlan estos dos! —decía la San Juanera.

Los labios de Amaro dibujaban una sonrisa lívida, y partía en silencio su tostada, sin levantar los ojos de la taza.

Amelia, en presencia de Juan Eduardo, no tenía con el párroco la misma alegre familiaridad. El escribiente chupaba el cigarro. Había grandes silencios en los cuales se sentía ulular el viento encallejonado.

—¡Pobres de los que ahora estén en las aguas del mar! —decía la San Juanera haciendo su media.

—¡Cáspita!, ¡ya lo creo!... —añadía Juan Eduardo.

Sus palabras, sus modales irritaban al padre Amaro: le detestaba por su poca devoción, y por su bigote negro. Delante de él, se encontraba más sujeto por sus deberes de clérigo.

—Toca alguna cosa, hija —decía la San Juanera.

—¡Estoy muy cansada! —respondía Amelia con un suspirito de fatiga.

Su madre entonces proponía una brisca de tres, y el padre Amaro, tomando su candelero, bajaba al cuarto. En estas noches odiaba casi a Amelia. La intimidad del escribiente en la casa le parecía un escándalo; pensaba en hablar a la San Juanera para advertirla que aquellos "amores de puerta adentro no podían agradar a Dios". Después, más razonable, resolvía olvidarla, salir de aquella casa, abandonar la parroquia. Luego veía a Amelia con su corona de flores de azahar, a Juan Eduardo en traje de levita volviendo de la iglesia ya casado... Veía la cama de novios con sus sábanas de encaje... y todas las pruebas de amor que ella daba al "idiota del escribiente", se le clavaban en el pecho como puñales...

—¡Que se casen y que los lleve el diablo!...

Cerraba violentamente la puerta con llave para impedir que penetrase en el cuarto el rumor de la voz o el frufrú de las enaguas de Amelia. Pero al poco rato escuchaba con latidos en el corazón, inmóvil, ansioso, todo lo que ella hacía al desnudarse, charlando con su madre.

* * *

Un día Amaro comió en casa de doña María; después fue a dar un paseo por la carretera de Marrazes, y al regresar para casa, a la caída de la tarde, halló la puerta de la casa abierta.

—La tonta de Pitusa fue a buscar agua y se le olvidó cerrar —pensó Amaro.

Recordó que Amelia había ido con doña Joaquina Gangoso a pasar la tarde en una hacienda, y que la madre habló de visitar a la hermana del canónigo. Cerró sin ruido la puerta, y subió a la cocina para encender una luz. Como las calles estaban mojadas por la lluvia que cayó durante la mañana, el párroco traía las botas enlodadas y sus pasos no hacían ruido en el suelo.

Al pasar junto al comedor, sintió en el cuarto de la San Juanera una tos ronca; sorprendido, levantó ligeramente una esquina del portier y miró por la puerta entreabierta.

¡Oh, Dios Misericordioso! La San Juanera, en corsé, se ataba las enaguas; y sentado junto a la cama, en mangas de camisa, el canónigo resoplaba anhelante. Amaro bajó pegado al pasamanos, cerró muy despacito la puerta, y marchó sin rumbo fijo hacia la Catedral. El cielo se nubló, y empezaron a caer ligeras gotas de lluvia.

—¡Estamos bien! ¡Estamos bien! —decía asombrado.

Nunca sospechó tal escándalo. ¡La San Juanera, la reposada San Juanera! ¡Y el canónigo, su maestro de Moral!... Y era un viejo sin ímpetus, sin sangre nueva, ¿qué haría entonces un hombre joven y fuerte que siente una vida abundante correr por sus venas, reclamando, ardiendo? Era, pues, verdad lo que se cuchicheaba en el seminario, y lo que le decía el viejo padre Sequeira, párroco durante cincuenta años en Gralheira: "Todos son del mismo barro".

Le sacudían entonces otras reflexiones: ¿qué gente era aquélla, la San Juanera y su hija, que vivían sostenidas por la lujuria tardía de un viejo canónigo?

¡Si la San Juanera fuera joven, bonita, bien hecha, todavía podía haber disculpa! Pero, ¿por cuántos brazos no habría pasado hasta caer en aquellos amores seniles y mal pagados? ¡Vaya con las dos mujeres honestas!... ¡Recibían huéspedes y vivían de concubinatos! ¡Y Amelia, con aquellos ojos tan negros, tan bonitos, saliendo sola a comprar, a la iglesia, a los quehaceres, seguramente habría tenido ya un amante! Amaro no advertía que una lluvia fina empapaba sus ropas, y caminaba de prisa con una sola idea en el pensamiento, una idea deliciosa que le hacía estremecerse: ser el amante de la muchacha, lo mismo que el canónigo lo era de su madre.

Imaginaba ya una vida regalada y escandalosa: mientras la San Juanera besuquease al canónigo, Amelia bajaría a su cuarto, recogiendo las faldas, y cubiertos por un chal los desnudos hombros... ¡Con qué frenesí la esperaría él!

La lluvia caía con fuerza cuando Amaro entraba en el comedor de su casa.

—¡Qué frío trae! —dijo Amelia al estrecharle la mano.

Estaba sentada junto a la mesa y cosía, mientras Juan Eduardo, cerca de ella, jugaba a la brisca con la San Juanera.

Amaro se sentó un poco turbado; la presencia del escribiente le producía sin saber por qué, impresión de un duro choque contra la realidad. Todas las esperanzas que habían danzado una zarabanda en su imaginación, caían una a una, marchitas, contemplando allí a Amelia junto a su novio, inclinada sobre la costura, con su honesto vestido obscuro.

Todo en rededor le parecía más recatado; las paredes con su papel de ramajes verdes, el aparador lleno de brillante loza de Vista-Alegre, el palillero tan querido de todos —un Cupido rechoncho con paraguas abierto erizado de palillos— el simpático y panzudo botijo, aquella brisca jugada con los clásicos dicharachos. ¡Todo tan decente!

Fijábase entonces en el cuello de la patrona, queriendo descubrir huellas de los besos del canónigo.

—¡Ah! ¡no hay duda! ¡Tú eres una barragana del clérigo! —pensaba.

Pero Amelia, ¡con aquellas pestañas tan largas, con aquellos labios tan frescos!... De fijo ignoraba los libertinajes de su madre, o si los conocía, estaba resuelta a establecerse sólidamente en la seguridad de un amor legal. Y Amaro, en la sombra, la examinaba como para asegurarse en la palidez de su rostro de la virginidad de su pasado.

—¿Está incomodado, señor párroco? —preguntó Amelia viéndole moverse nerviosamente en la silla.

—No —respondió él secamente.

El escribiente, barajando las cartas, comenzó a hablar de una casa que trataba de alquilar, y la conversación cayó sobre los arreglos domésticos.

—¡Pitusa! ¡Tráeme una luz! —gritó Amaro.

Bajó a su cuarto desesperado. Puso la luz sobre la cómoda, y se contempló en el espejo: se hallaba feo, ridículo, con su cara raspada, el alzacuellos ceñido como una collera, y por detrás de la corona hedionda.

Instintivamente se comparó con el otro, que tenía bigote, todo el cabello, ¡que era libre!

—¿Para qué mortificarme? —pensó.

El otro era un marido; podía darla su nombre, una casa, la maternidad. Él sólo podría ofrecerla sensaciones criminales, después, ¡los terrores del pecado! Tal vez ella simpatizaba con él, a pesar de ser "padre"; pero ante todo, por encima de todo, quería casarse. ¡Nada más natural! Ambicionaba una situación legítima y duradera, el respeto de las vecinas, la consideración de los legistas, todos los provechos de la honradez.

Odió entonces todo lo de ella, su vestido modesto, su honestidad. La estúpida no veía que junto a ella, bajo la negra sotana, una pasión devota la seguía, temblaba y moría de impaciencia. Deseaba que fuese como su madre o peor todavía, una hembra fácil como puerta abierta...

—¡Bien! Estoy deseando que la muchacha sea una sinvergüenza. Está claro: no podemos pensar en mujeres decentes y tenemos que reclamar prostitutas. ¡Bonito dogma! —Se ahogaba. Abrió la ventana. El cielo estaba tenebroso. La lluvia había cesado; sólo interrumpía el silencio de la noche el agudo piar de las cornejas. Aquella obscuridad, aquel reposo de la villa dormida, hizo subir de la profundidad de su ser el amor purísimo, devoto, que Amelia le inspiraba al principio: veía su lindo rostro, de una belleza transfigurada y luminosa, destacándose en la negrura del cielo, y su alma entera iba hacia ella con un desfallecimiento de adoración, como en el culto a María Santísima va la Salutación Angélica. Avergonzado, pedía perdón por haberla ofendido, y decía en voz alta:

—¡Perdón, perdón! ¡Es una santa!

¡Fue aquel un momento dulcísimo de renunciamiento carnal!...

Casi asustado de aquellas delicadezas que descubría dentro de sí, púsose a pensar con tristeza, en que si él fuese un hombre libre, sería un marido tan bueno.

¡Amante, delicado, cariñoso, siempre de rodillas, todo adoración! ¡Y cuánto hubiera él querido a "su" hijo, pequeñín, travieso, tirándole de las barbas! Ante la idea de aquella felicidad inaccesible, sus ojos se arrasaron de lágrimas, y desesperado maldecía "a la grulla de la marquesa que le hizo cura", y al obispo que le ordenó.

—¡Me perdieron, me perdieron! —decía con desvarío.

Sintió en aquel instante los pasos de Juan Eduardo, el rumor de las faldas de Amelia. Corrió a la puerta para mirar por el ojo de la llave, y clavó los dientes en los labios con amargura.

Amelia, después de despedir a su novio, subía canturreando bajito. La sensación de amor místico que, mirando la noche, le penetraba un momento, pasó; y se acostó, con un deseo furioso de Amelia y de sus besos.

Capítulo VII

Días después, el padre Amaro y el canónigo Días fueron a comer con el abad de Cortegasa; un viejecillo jovial, muy cariñoso, que vivía treinta años en aquella aldea, y que pasaba por ser el mejor cocinero de la diócesis.

El abad cumplía años, y convidó a varios amigos. Estaba el padre Natalio, personilla biliosa, seca, con los ojos hundidos, malignos, y la cara picada de viruelas. Decíase de él que tenía "una lengua de víbora". Vivía con dos sobrinas huérfanas, cuya virtud alababa a todo momento, y a las que llamaba "las dos rosas de su jardín".

Estaba también el padre Brito, que era el cura más bruto y más fuerte de la diócesis. El señor chantre, siempre correcto en sus comparaciones mitológicas, le llamaba "el león de Nemea".

Su cabeza era enorme, de lanudo cabello que le caía hasta las cejas, su piel curtida, tenía un tono azulenco del esfuerzo de la navaja contra la barba, y en sus carcajadas bestiales mostraba unos dientecillos menudos, blanquísimos por el uso de la borona.

Al sentarse a la mesa llegó Libaniño, afanado, con la calva sudorosa, y exclamando en tonos agudos:

—¡Ay, hijos, perdonen, me retrasé un poquitín! Pasé por la iglesia de Nuestra Señora de la Ermita, y estaba el padre Núñes diciendo misa. ¡Ay, hijos, la atrapé, y vengo consoladico!

Gertrudis, la vieja y reposada ama del abad, entró trayendo una gran sopera llena de caldo de gallina; Libaniño comenzó a bromear.

—¡Ay, Gertrudis! ¡Bien sé yo a quién harías tú feliz!

La vieja aldeana reía con bondadosa risa, que la sacudía la abundante masa de seno.

—¡Miren qué acomodo se me presenta ahora por la tarde!...

—¡Ay, hija! ¡Las mujeres han de ser como las peras, maduricas! ¡Es cuando hay que comerlas!

Los padres reían; alegremente se acomodaron en la mesa.

La comida había sido hecha por el abad, y después de la sopa empezaron las alabanzas.

—¡Riquísima, sí señor! ¡Mejor no se come en el cielo! ¡Cosa excelente!

El abad con modestia sonreía satisfecho. Libaniño devoraba diciendo truhanerías:

—Gertrudiña, flor de romero, no, no me mires así que se me revuelven las tripas.

—¡El diablo del hombre! —decía la vieja—. ¡Miren qué manía le dio! ¡Hábleme así dentro de treinta años y veremos!

—¡Ay, hija, no me digas esas cosas que siento frío en la espalda!

Los curas se desgañitaban riendo. El padre Brito desabotonó su sotana dejando ver una gruesa camiseta de lana de Covilla, donde la marca de fábrica hecha con hilo azul, era una cruz sobre un corazón.

Un pobre llega a la puerta de la calle rosmando Padrenuestros lastimeramente. Gertrudis le echó en las alforjas la mitad de un pan, y los curas comenzaron a hablar de las bandadas de pobres que corrían las aldeas.

—Mucha pobreza hay por aquí, mucha pobreza —decía el buen abad ofreciendo al canónigo Días un ala de capón.

—Mucha pobreza, y más pereza —replicó el padre Natalio.

Él sabía de muchas haciendas donde faltaban jornaleros, y en cambio mocetones como castillos se dedicaban a lloriquear Padrenuestros por las puertas.

—No, padre Natalio, hay pobreza de veras —decía el abad—. Yo sé de familias que duermen en el suelo como cerdos, el marido, la mujer y cinco hijos, y que no comen más que hierbas.

—Pues ¿qué diablos querías tú que comiesen? —exclamó el canónigo Días chupándose los dedos después de haber engullido el ala de capón—. ¿Querías que comiesen manjares? ¡Cada cual come según quién es!

El buen abad, extendiendo la servilleta sobre el estómago, añadía con ternura:

—La pobreza agrada a Dios Nuestro Señor.

—¡Ay, hijos! —murmuró Libaniño en tono doliente—, si no hubiese en la Tierra más que pobrecicos, esto sería el reino de los cielos.

El padre Natalio, con voz pedante, opinaba que la causa principal de tanta miseria era la inmoralidad.

—¡Ah!, ¡no hablemos de eso! —dijo con tristeza el abad—. ¡Aquí mismo, en esta aldea, hay ahora más de doce mozas solteras embarazadas! ¡Pues, señores, si las llamo, si las reprendo, se me echan a reír!

El padre Brito contó que cuando fue a su pueblo para la recolección de la aceituna, trabajadores errantes, hombres y mujeres que ofrecen sus brazos en las haciendas, vivían en promiscuidad y morían de miseria.

—Era necesario estar siempre con el palo encima de ellos.

—¡Ay! —dijo Libaniño—. Se me erizan los cabellos, pensando en los pecadores que van por el mundo.

—¡Pues y en la aldea de Santa Catalina! —decía el padre Natalio estirando el cuello—. ¡Las mujeres casadas perdieron todo escrúpulo y son peores que cabras!

El padre Brito habló de un caso en la aldea de Amor, donde mocitas de dieciséis y dieciocho años acostumbraban a reunirse en un pajar ¡y pasaban la noche con una bandada de bigardos!

Entonces el padre Natalio, que tenía ya los ojos brillantes y la lengua suelta, dijo pausadamente recostándose en su silla:

—Yo no sé lo que pasará en tu aldea, Brito, pero si ocurre algo, el ejemplo viene de arriba... A mí me han dicho que tú y la mujer del corregidor...

—¡Mentira! —exclamó Brito, rojo como la grana.

—¡Brito!, ¡oh, Brito! —dijeron todos, reprendiéndole bondadosamente.

—¡Es mentira! —berreaba el cura.

El canónigo Días, bajando la voz y con los ojillos encendidos por una malicia confidencial, murmuró:

—Aquí entre nosotros, os digo que es una mujer de primer orden.

—¡Es mentira! —gritaba Brito, y con los ojos inyectados, blandiendo los puños, añadía—: Quien anda divulgando semejante calumnia es el mayorazgo de Cumiada, porque el regidor no le votó en las últimas elecciones; pero tan cierto como estoy aquí, os juro que he de romperle los huesos. ¡Le rompo los huesos!...

—El caso no es para tanto, hombre —decía Natalio.

—¡Le rompo los huesos, sin dejarle uno entero!

—Sosiégate, leoncillo, no te pierdas, hijico —murmuraba Libaniño con ternura.

Y recordando la influencia política del mayorazgo de Cumiada, que llevaba doscientos votos a la urna, los padres comenzaron a hablar de las elecciones y de sus episodios.

El padre Natalio en las últimas elecciones había arrancado ochenta votos.

—¡Cáspita! —exclamaron todos.

—¿Imaginan ustedes cómo? ¡Pues por medio del milagro!

—¡Del milagro! —repitieron con asombro.

—Sí, señores. Me puse de acuerdo con un misionero, y la víspera de las elecciones se recibieron en la aldea cartas bajadas del cielo, firmadas por la Virgen María, pidiendo, con promesas de salvación y amenazas de infierno, votos para el candidato del gobierno. ¿Qué les parece la idea?

—De primer orden —dijeron todos.

El padre Natalio continuó:

—De la confesión también se saca mucho partido. El asunto encomendado a las mujeres va más seguro.

El padre Amaro, que oía en silencio a los demás, dijo gravemente:

—A mí me parece que la confesión es un acto respetabilísimo, y que no debe uno servirse de él para las elecciones...

El padre Natalio, que tenía las mejillas encendidas y los gestos descompuestos, dejó escapar una palabra imprudente:

—¿Pero usted toma en serio la confesión?

—¿Que si la tomo en serio? —gritó Amaro con el asombro pintado en los ojos.

Todos exclamaron:

—¡Natalio, hombre, no digas eso, muchacho!

El padre quería explicar sus palabras, atenuarlas:

—¡Escuchen, criaturas de Dios! ¡Yo no quiero decir que la confesión sea una tontería! ¡No es eso! Digo que es un medio de persuasión, de saber lo que pasa, de dirigir el rebaño para aquí, o para allá... Y siendo para el servicio de Dios, es al mismo tiempo un arma. Esto justamente es: un medio de perdón y un arma.

—¡Un arma! —exclamaron.

El abad protestó:

—¡No, hijo, eso no, Natalio!

Natalio se indignó:

—Entonces ustedes quieren hacerme ver que cualquiera de nosotros, por el hecho de ser cura, porque un obispo le impuso tres veces las manos y le diga *accipe*, ¿ya tiene el poder de Dios, del mismo Dios, para absolver?

—¡Claro, claro que sí!

El canónigo Días dijo:

—*Quorum remiseris peccata, remittuntur eis*. Esta es la fórmula, muchacho, la fórmula es todo.

—La confesión es la esencia del sacerdocio. ¡Lea a san Ignacio!, ¡lea a santo Tomás!

Y Amaro al decir esto, trataba de confundir al padre Natalio.

—¡Ande con él! —gritaba Libaniño—. ¡Ande con ese impío, amigo párroco!

Pero Natalio, furioso por las contradicciones, volviéndose hacia Amaro, berreaba:

—Yo quiero que me contesten a esto: Usted, por ejemplo, que acaba de almorzar, que comió el pan tierno, que tomó café y fumó su cigarro, va a ir después a sentarse en el confesionario, preocupado tal vez por asuntos de familia, o por faltas de dinero, o con dolor de cabeza, o de barriga, y una vez allí, ¿imagina usted que va a ser como Dios para absolver?

El canónigo Días, soltando el tenedor, levantó los brazos, y en actitud solemne exclamó:

—*Hereticus est!*

Gertrudis entró con una fuente de arroz con leche, y el abad interrumpió prudentemente:

—No hablemos más de eso. Vamos con el arroz. Gertrudis, trae acá la garrafilla de Oporto.

Natalio, de bruces sobre la mesa, trataba aún de rebatir los argumentos de Amaro:

—Absolver es ejercer la gracia. La gracia es atributo de Dios, y ningún autor dice que la gracia se transmita. Luego...

—Tengo que argüir... —gritó Amaro en actitud de polémica.

—Hijos, hijos —suplicaba el abad—. Dejen las disputas que no les va a sentar bien el arroz.

Y para calmarlos, llenaba las copas de vino de Oporto, diciendo:

—¡Mil ochocientos quince! De este no se bebe todos los días.

Para saborearlo, después de mirarlo al trasluz, se recostaban en las viejas sillas de coro. Comenzaron los brindis. El primero fue por el abad, que con los ojos llorosos murmuraba:

—¡Gracias... gracias!...

—¡Por su Santidad Pío IX!, ¡por el mártir! —gritó Libaniño blandiendo la copa.

Todos bebieron conmovidos.

La sobremesa fue larga. Natalio habló de sus sobrinas, de "sus dos rosas", y, mojando castañas en el vino, citaba a Virgilio. Amaro, en su silla, echado para atrás, con las manos en los bolsillos, miraba maquinalmente los árboles del jardín, pensando en Amelia, en sus formas, y suspiraba deseándola.

Natalio comenzó de nuevo a discutir con el canónigo sobre historia eclesiástica. Afirmaba que un asesino, un parricida, podía ser canonizado, si volvía a recuperar la gracia. Citaba santos que llevaron una vida escandalosa: otros que por su profesión tenían que haber conocido, practicado y amado el vicio.

—¡San Ignacio fue militar! —exclamaba.

—¡Militar! —gritó Libaniño corriendo hacia Natalio y echándole los brazos al cuello con ternura juvenil.

—¡Militar! ¿Y qué era, qué era mi patrono san Ignacio?

Natalio le rechazó:

—¡Déjame, hombre! Era sargento de cazadores.

Estalló una enorme risotada.

Libaniño quedó extático.

—¡Sargento de cazadores mi adorado San Ignacio! ¡Bendito y alabado sea por toda la eternidad!

Eran las tres. El abad propuso tomar el café en el jardín, bajo la parra. Al levantarse todos se tambaleaban y eructaban formidablemente, riendo a carcajadas. Sólo Amaro tenía la cabeza serena y las piernas firmes. Estaba emocionado.

—Pues ahora, colegas, nos vendrá muy bien un paseíto por la hacienda —dijo el abad apurando el último sorbo de café.

—Para desentumecernos —rosmó el canónigo levantándose con dificultad—. Vamos a la hacienda del señor abad.

Tomaron por el atajo de Barroca un camino estrecho de carros. El día estaba azul, el sol cubierto. Había un gran silencio; a lo lejos se oía el chirrido de un carro. Los curas caminaban despacio, tropezando alguna vez, con los ojos encendidos, el estómago harto, satisfechos de la vida.

El canónigo y el abad marchaban del brazo canturreando. Brito, con Amaro, juraba que había de beber la sangre del mayorazgo de Cumiada.

—Prudencia, colega Brito, prudencia —decía Amaro chupando su cigarro.

Y Brito, con pasos de carretero, gruñía:

—¡He de comerle los hígados!

Detuviéronse de repente: el padre Natalio, que iba delante, gritaba con voz furiosa:

—¡Bestia!, ¿no tiene usted ojos? ¡Burro!

Al volver un recodo del atajo tropezó con un viejo que

conducía una oveja, y cayó; con el puño cerrado y la voz avinagrada por la rabia, amenazaba al viejo.

—¡So animal! ¡Bestia!

El hombre, balbuceando, se quitó el sombrero y descubrió los blancos cabellos: parecía un antiguo criado de labranza envejecido en el trabajo. Tal vez era abuelo; y doblado casi, rojo de vergüenza, se apartó contra las sebes para dejar paso en aquel estrecho camino de carros, a los señores curas, alegres y excitados por el vino.

* * *

Amaro no quiso acompañarles hasta la hacienda. Al llegar a un crucero tomó por el camino de Sobros, y volvió a Leiria.

—Mire que hay más de una legua. Mandaré que le aparejen la yegua —le dijo el abad.

—No, señor abad, voy en el caballo de San Francisco...

Terciose alegremente la capa, y partió cantando el "Adiós".

Al pie de Cortegasa se extiende el atajo de Sobros a lo largo del muro de una quinta, tapizado de musgo y erizado de cascos de botellas. Cuando Amaro llegaba al portalón bajo y pintado de rojo, encontró en medio del camino a una gran vaca. Por divertirse quiso hostigarla con la punta del paraguas, y la vaca trotó, balanceando la papada. Amaro, al volverse, vio a Amelia en el portalón que le saludaba diciendo:

—Señor párroco, no me espante el ganado.

—¿Usted aquí?, ¿qué milagro es este?

Ella, ligeramente ruborizada, contestó:

—Vine a la quinta con doña María, por dar un vistazo a nuestra hacienda.

—Parece una buena posesión ésta —dijo el párroco.

—Venga a ver nuestra hacienda. Es un pedacillo de tierra, pero para que forme idea... Podemos ir por aquí mismo... ¿Quiere que vayamos en busca de doña María?

—Vamos allá —dijo Amaro.

Comenzaron a subir en silencio una calle de árboles. El suelo estaba cubierto de hojas secas; entre los troncos espaciados las hortensias se doblaban mustias, abatidas por los chubascos; en el fondo se asentaba pesadamente la casa vieja, de un solo piso, con el tejado negro donde se arrullaban las palomas.

Un rapacito pasó con un balde de lavar. Amelia preguntó:

—¿Por dónde fue doña María, Juan?

—Fue para el olivar —respondió el rapaz.

El olivar estaba lejos, muy lejos, en el fondo de la quinta. Había todavía mucho barro, y no se podía ir allá sin zuecos.

—Dejaremos a doña María y veremos la quinta, ¿eh?... Por aquí, señor párroco...

Estaban frente a un viejo muro cubierto de clemátidas. Amelia abrió una puerta verde, y por tres escalones de piedra, bajaron una calle entoldada por largo parral. Junto al muro crecían las rosas todo el año.

Amelia se detenía a cada momento para enseñar la quinta.

—Aquí se siembra la cebada, más allá las cebollas... Doña María cuida mucho esto.

Amaro, mudo, la oía hablar con la cabeza baja. Su voz, en el silencio de los campos, le parecía más dulce, el aire libre ponía en sus mejillas un color vivo, y su mirada brillaba. Al saltar un charcal, recogió su vestido, mostrando la media blanquísima, y Amaro se turbó contemplando aquel comienzo de desnudez.

—¿Ve aquel vallado? Pues al otro lado está nuestra hacienda. Se entra por la casucha, ¿ve? ¡Pero está cansado! ¡Ay, señor párroco, me parece que no es usted buen andarín!... ¡Ay, un sapo!

Amaro dio un salto y la tocó en el hombro. Ella le rechazó dulcemente sonriendo.

—¡Oh, qué medroso!, ¡qué medroso!

Estaba contenta, y hablaba con vanidad de "su hacienda", satisfecha de entender de labranza y de ser propietaria.

—Parece que la cancela está cerrada —dijo Amaro.

—¿A ver?

Recogió sus faldas y echó a correr.

—¡Está cerrada! ¡Qué pena! El casero se habrá llevado la llave.

Se agachó gritando:

—¡Antonio! ¡Antoniooo!

Nadie respondía.

—Estará en lo hondo de la quinta —dijo—. ¡Qué fastidio! —y añadió—: Si el señor párroco quisiese, andando un poco más podríamos entrar. En el vallado hay una abertura que llaman el "Salto de cabra", por donde se puede pasar fácilmente al otro lado.

Y chapoteando en el barro caminaba alegremente.

—Cuando yo era pequeñita, nunca entraba por la cancela, saltaba por aquí, y si la tierra estaba resbaladiza por las lluvias, ¡llevaba cada trompazo! Aquí donde me ve, era el mismo demonio. Nadie lo diría, ¿verdad, señor párroco? ¡Ay, ya me voy haciendo vieja! —Y miraba a Amaro risueña, mostrando el esmalte brillante de sus dientes.

—Aquí está el "Salto de cabra! —dijo deteniéndose.

Era una estrecha abertura del vallado. Al otro lado el terreno más bajo estaba lleno de fango. Desde allí se veía la hacienda de la San Juanera. El campo de hierba fina, salpicada de florecillas blancas, se extendía hasta un olivar. Una vaca negra, de repletas ubres, pastaba, y a lo lejos se veían los techos puntiagudos de los casales, donde revoloteaban los pájaros.

—¿Y ahora? —preguntó Amaro.

—Ahora hay que saltar —dijo ella riendo.

—Pues allá va —exclamó el cura.

Se terció la capa y saltó, pero resbalaba en las hierbas húmedas. Amelia reía, y haciendo señas con las manos, decía:

—Ahora, adiós, señor párroco; me marcho con doña María. Ahí queda preso. Para arriba no puede saltar, y por la cancela no puede salir, con que ahí está preso...

—¡Oh, Amelia! ¡Amelia!

Ella cantaba burlándose:

> Quedo solita al balcón,
> que mi bien está en prisión.

Aquellas maneras excitaban al cura, que con la voz ardiente y los brazos levantados, exclamó:

—¡Salte, salte!

Ella, con voz mimosa, respondía:

—Me da miedo, me da miedo.

—Salte, niña.

—Allá va —gritó ella bruscamente.

Saltó, y fue a caer dando un grito, sobre el pecho de Amaro, que sintiendo entre sus brazos aquel cuerpo amado, la estrechó brutalmente y la besó con furor en el cuello.

Amelia se desprendió y quedó delante de Amaro sofocada, con las mejillas como brasas, arreglando con trémulas manos los pliegues de su mantón de lana.

Amaro murmuró:

—¡Amelia!

Pero ella de repente echó a correr a lo largo del vallado. Amaro la seguía con grandes pasos, sin alentar. Cuando llegó a la cancela, Amelia hablaba con el casero que traía la llave. Atravesaron el campo junto a un reguero, llegaron a la calle cubierta por el parral. Amelia iba delante, charlando con el casero; Amaro la seguía con la cabeza baja. Cerca de la casa Amelia se detuvo, encendida, sin dejar de arreglar su mantón alrededor del cuello.

—Antonio —dijo—, enseña el portón al señor párroco. Muy buenas tardes.

Y a través de las tierras húmedas, corrió hacia el fondo de la quinta por el camino del olivar.

Doña María aún estaba sentada sobre una piedra, charlando con el tío Patricio, mientras las trabajadoras, provistas de largas varas, golpeaban los ramajes de un olivo.

—¿De dónde vienes tan corriendo, muchacha? ¡Tú estás loca!

—¡Ay, cuánto he corrido! —dijo ella sofocada.

Sentose junto a la vieja, y quedó inmóvil con las manos sobre el regazo, los labios entreabiertos, y los ojos fijos. Todo su ser se abismaba en una sola sensación:

—¡Me quiere! ¡Me quiere!

* * *

¡Estaba enamorada del padre Amaro! Desde los primeros días, apenas le oía por la mañana sentía una alegría inmensa. Después al verle triste, como no conocía su pasado, se acordaba del fraile de Évora, y pensaba que por un disgusto amoroso se había hecho cura. Suponía que era de una naturaleza, delicada y llena de ternura, y la parecía que de su persona pálida, se desprendía algo que era como una fascinación. Deseaba tenerle por confesor, ver de cerca sus negros ojos, escuchar su voz suave hablando del paraíso.

Cuando Amaro salía, ella iba a su cuarto, besaba la almohada, guardaba los cabellos que quedaban en el peine.

Si Amaro comía fuera, estaba todo el día malhumorada, reñía a Pitusa, y a veces hablaba mal de él "que tan joven no podía inspirar respeto".

Si él hablaba de una nueva confesada, sentía el alma llena de pueril amargura. Y Amaro no sabía cuando paseaba agitado por su cuarto, que ella le escuchaba, regulando los latidos de su corazón por los pasos que él daba, abrazándose a la almohada con desfallecimiento de deseos, besando el aire donde se la representaban los labios del párroco.

*   *   *

Al caer la tarde regresaron a la ciudad. Amelia iba delante callada, arreando su burrito. Doña María conversaba con el mozo de la quinta que cuidaba de las caballerías. Al pasar por la Catedral, sonaba el Ángelus, y Amelia, soltando las riendas del burrillo, cruzó las manos sobre el pecho, cerró los ojos, y rezó con toda devoción de su alma:

—¡Oh, Nuestra Señora de los Dolores, Madrecita mía, haz que él me quiera!

En el atrio enlosado, paseaban los canónigos conversando. Enfrente, la botica estaba iluminada, y la figura del farmacéutico, con su gorro borlado, se movía majestuosamente.

Capítulo VIII

El padre Amaro volvió a casa aterrado.

—¿Y ahora qué hago? —pensaba con el corazón encogido.

Debía salir inmediatamente de casa de la San Juanera. No podía continuar allí después del "atrevimiento que había tenido con la pequeña".

Aunque ella no quedó muy indignada, tal vez fue por respeto al eclesiástico, por delicadeza para con el huésped, por consideración al amigo del canónigo. Pero podía contárselo a su madre, al escribiente... ¡Qué escándalo! Veía al señor chantre cruzando la pierna y mirándole —que ésta era su actitud para reprender— decirle pomposamente:

—Estos son los desórdenes que deshonran al sacerdocio. No se comportaría de otro modo un sátiro en el monte Olimpo. —Tal vez le desterrarían otra vez en alguna aldea de la sierra... ¿Y qué diría la señora condesa de Ribamar?

Después, continuando en aquella intimidad constante, en presencia de aquellos ojos negros, su pasión crecería cada vez más, y concluiría por volverse loco, "por hacer una burrada".

Decidió ir a hablar con el canónigo y rogarle que le buscase una criada y una casa para vivir solo.

Le encontró en su comedor, sentado junto al brasero en un sillón de brazos, con el abrigo echado por los hombros, y los pies envueltos en una manta, dormitando con el breviario abierto sobre las rodillas. La Triguera, echada a sus pies, dormía también imitando a su amo.

Al sentir los pasos de Amaro, el canónigo abrió los ojos, y masculló, bostezando enormemente:

—¡Ah! ¿Es usted?, empezaba a dormirme.

—Pues es temprano, aún no tocaron a recoger. ¿Qué pereza es esa?

—Volví tarde de casa del abad, tomé una taza de té, y como estaba cansado... ¿Y usted qué hizo?

—Pasaba por aquí...

Amaro, sentado junto al canónigo, removía lentamente la ceniza del brasero. De repente dijo:

—¡Sabe usted, Padre Maestro que... —iba a decir—: que me sucede una cosa! —pero se contuvo y murmuró:

—Sabe usted que hoy estoy mal.

El canónigo se fijó en él.

—En efecto, está usted muy pálido. ¡Púrguese, hombre, púrguese!

Amaro quedó silencioso mirando la lumbre.

—¿Sabe?, estoy preocupado con la idea de mudarme de casa.

El canónigo levantó la cabeza, y abrió desmesuradamente los ojillos soñolientos.

—¡Mudarse de casa! ¿Por qué?

El párroco, acercando su silla, habló en voz baja:

—Ya comprenderá usted que es muy delicado vivir en casa de dos mujeres solas, siendo una de ellas joven y ...

—¡Déjese de historias, hombre! Es como si viviera en una fonda, usted es un huésped...

—No, no, Padre Maestro, yo me entiendo...

Suspiró, deseando que el canónigo le interrogase para facilitar las confidencias.

—¿Y es hoy, cuando pensó usted en eso, Amaro?

—Sí, hoy lo pensé. Tengo mis razones... —iba a decir—: Hice una locura —pero no se atrevía.

El canónigo le miró un momento.

—¡Sea usted franco, hombre!

—Lo soy.

—¿Encuentra caro el pupilaje?

—¡No! —respondió Amaro con impaciencia.

—Bien. Entonces es por otra cosa. Bueno, bueno, ya

comprendo: como soy amigo de la familia usted no se atreve a decirme que está a disgusto en la casa.

—¡Qué locura! —Y Amaro se levantó irritado por la torpeza del canónigo, que abriendo los brazos exclamó:

—¡Hombre, pues algo es! Usted quiere dejar la casa, y a mí me parece que otra mejor...

—Es verdad, es verdad. Pero esta idea no me deja tranquilo. Yo le suplico que me busque una casita barata, amueblada... Usted entiende mejor que yo estos asuntos...

El canónigo, hundido en su sillón, se rascaba la barba en silencio. Por fin gruñó.

—Una casita barata... Ya veré, ya veré... Tal vez...

Amaro, acercándose aún más, dijo vivamente.

—Usted comprenderá... la casa de la San Juanera después de...

Rechinó la puerta y apareció doña Josefa. Comenzaron a conversar sobre la comida del abad, el catarro de doña María, la enfermedad del hígado que consumía al canónigo Sánchez, y al poco rato, Amaro se despidió marchando muy satisfecho de no haberse "desahogado con el Padre Maestro".

El canónigo quedó pensando junto a la lumbre en que aquella resolución de Amaro llegaba muy oportunamente. Cuando la San Juanera no tenía al párroco dormía sola en el piso bajo, y el canónigo podía saborear libremente las caricias de su vieja, que al venir Amaro, tuvo que ceder su cuarto, y dormía cerca de la hija en una cama de hierro.

El canónigo estaba desconsolado. Para gozar las dulzuras de la siesta con su San Juanera, era necesario que Amelia comiese fuera de casa, que Pitusa marchara a la fuente y otras combinaciones importunas. Sufría su egoísmo de viejo, con la necesidad de esperar, de acechar, de tener en sus placeres regulares e higiénicos, las mismas dificultades que hallaría un colegial enamorado de su profesora.

Si Amaro se marchaba, la San Juanera ocuparía de nuevo su cuarto, y volverían las antiguas comodidades y las tranquilas siestas. Cierto que él tendría que aumentar la mensualidad que daba regularmente el día 30 a su vieja... Pero la aumentaría.

—¡Qué diablo! ¡Al menos estaré a mis anchas!

—¿Qué haces ahí mano a mano hablando solo? —preguntó Josefa.

—Estaba pensando en cómo castigaré la carne durante la cuaresma... —respondió el canónigo con una risotada.

* * *

A la hora de costumbre, Pitusa llamó al señor párroco para tomar el té; él subía lentamente, temblando de encontrar a la San Juanera ceñuda, informada ya del insulto.

Sólo estaba en el comedor Amelia, que al sentir los pasos del párroco, tomó rápidamente la labor, y con la cabeza baja comenzó a dar grandes puntadas en un pañuelo rojo —menos rojo que su rostro estaba entonces— y que cosía para el canónigo.

—Buenas noches, Amelia.

—Muy buenas, señor párroco.

Amelia le recibía siempre con un "¡hola!" o un "¡viva!" cariñoso. Aquella frialdad le aterró; con la voz turbada se atrevió a decir:

—Amelia, perdóneme... ¡Fue un atrevimiento, pero no supe lo que hacía!... Créame... Estoy resuelto a salir de aquí. Ya he rogado al señor canónigo que me busque una casa...

Hablaba con los ojos bajos, y no pudo ver que Amelia levantaba los suyos, y le miraba sorprendida y desconsolada.

En aquel momento entró la San Juanera.

—¡Ya sé, ya sé! Me lo dijo el padre Natalio: gran comilona. ¡Cuéntenos, cuente!

Amaro habló de los manjares, de las truhanerías de Libaniño, y de la discusión teológica; después de la hacienda; y por fin se retiró sin osar decir a la San Juanera que pensaba dejar la casa —lo cual suponía para la pobre mujer, ¡una pérdida de seis pesetas diarias!

A la mañana siguiente, el canónigo, antes de ir al coro, se presentó en el cuarto de Amaro que en aquel momento se afeitaba delante de la ventana:

—¡Hola, Padre Maestro! ¿Qué hay de nuevo?

—¡Me parece que es cosa arreglada! Y fue por una casualidad... Esta mañana me han hablado de una casita, que es un hallazgo.

Aquella precipitación desagradó al párroco, que afilando tristemente la navaja preguntó:

—¿Tiene muebles?

—Muebles, ropas, loza, de todo.

—Entonces...

—No hay más que entrar en ella.

—Aquí, entre nosotros, tiene usted razón, Amaro... Le conviene vivir solo. De modo que vístase y vamos a ver la casita.

Amaro, en silencio, rapaba su cara con furor.

La casa estaba en la calle de Sousas, era de un solo piso, viejísima, con las maderas carcomidas. El ajuar, según dijo el canónigo, "podía pasar al cuartel de inválidos", algunas litografías pendían lúgubremente de gruesos clavos negros; los vidrios estaban rotos, las paredes, rayadas de fósforos.

Amaro aceptó la casa. Aquella misma mañana el canónigo le ajustó una criada: la señora María Vicenta, persona devota, larga y flaca como un pino, antigua cocinera del doctor Godiño y hermana de la famosa Dionisia.

Dionisia en sus tiempos fue la Dama de las Camelias, o Ninón de Lenclos, o la Manón de Leiria. Tuvo la honra de ser concubina de dos gobernadores civiles, y del terrible mayorazgo Sertejeira. Las pasiones frenéticas que inspirara fueron causa de lágrimas y afanes para casi todas las madres de familia de Leiria.

Ahora planchaba para fuera, se encargaba de empeñar objetos, entendía mucho de partos, facilitaba lavanderas a los empleados públicos, sabía todas las historias amorosas del distrito, y se la encontraba siempre en la calle con su mantón de cuadros cruzado, el carnoso seno moviéndose bajo una chambra sucia, el andar mesurado y la antigua sonrisa, que perdía su encanto al perder Dionisia los dientes.

El canónigo aquella misma tarde dio cuenta a la San Juanera de la resolución de Amaro. ¡La excelente señora se lamentó amargamente de la ingratitud del párroco!

El canónigo, tosiendo fuerte, la dijo:

—Yo fui quien arregló la cosa, porque con esto de tener el cuarto arriba, etc., voy a enfermar.

Después la dio otras razones de prudencia higiénica y añadió, pasándola los dedos por el cuello:

—Es conveniente perder esos dineros de pupilaje, sin contar con que yo ayudaré en lo que sea necesario, y además, como la cosecha fue buena, añadiré media onza más para los perifollos de la pequeña. Ahora venga un cariño, Agustina, vieja mía. ¡Ah! hoy vengo a comer aquí.

Amaro entretanto guardaba su ropa, deteniéndose a cada momento para lanzar un ¡ay! triste mirando el cuarto, la blanca cama, la mesa con sus paños blancos, la cómoda butaca donde hojeaba su breviario mientras oía cantar a Amelia en el piso de encima.

—¡Se acabó, se acabó! —pensaba—. ¡Adiós las alegres mañanas pasadas junto a ella viéndola coser, las sobremesas que se prolongaban a la luz de la lámpara, los tés al pie del brasero mientras silbaba el viento en la calle! ¡Todo había acabado!

La San Juanera y el canónigo aparecieron en la puerta del cuarto.

—¡Ya sé, ya sé, ingrato! —dijo acongojada la patrona.

Amaro se encogió de hombros tristemente:

—Tiene razón, señora. Pero hay motivos... Yo siento...

—¡Ay, señor párroco, no se ofenda por lo que voy a decirle, pero yo le quería como si fuese mi hijo!... —Y la San Juanera se enjugaba los ojos con el pañuelo.

—¡Tontunas! —exclamó el canónigo—. ¿Acaso se marcha al Brasil, mujer? Pues entonces por qué no ha de seguir viniendo aquí como amigo a pasar las noches en familia.

—Claro que sí, pero ya no es lo mismo que tenerle de puertas adentro.

Pero en fin; ella bien sabía que cada uno en su casa estaba mejor que en la ajena... Le hizo recomendaciones sobre la lavandera, se ofreció para facilitarle lo que necesitara, loza, sábanas...

—Y mire bien todo, no se le olvide algo por aquí, señor párroco.

—Gracias, señora, gracias... —decía Amaro sin dejar de guardar su ropa.

Evidentemente la muchacha no había dicho una palabra. ¿Por qué marcharse entonces de aquella casa tan barata, tan confortable? Se desesperaba por haber tomado aquella resolución y odiaba al canónigo por su celoso apresuramiento.

La comida fue triste. Amelia, para explicar su palidez, se quejaba de dolor de cabeza. Después del café el canónigo pidió "su ración de música", y Amelia maquinalmente, con intención, cantó la canción querida:

> ¡Ay, adiós, terminaron los días
> que dichoso a tu lado viví!
> Es la hora, el momento ha llegado.
> Es forzoso dejarte y partir.

Amaro se levantó bruscamente y fue a reclinar la frente contra los vidrios de la ventana para ocultar las lágrimas que se escapaban de sus párpados. Los dedos de Amelia se entorpecieron en el teclado, y la San Juanera gritó:

—¡Ay, hija, toca otra cosa!

El canónigo se levantó.

—Pues, señor —dijo—. Va siendo hora. Vámonos, Amaro, le acompañaré hasta la calle de Sousas...

Amaro quiso despedirse de la enferma; pero la vieja, después de un fuerte acceso de tos, dormía fatigada.

La San Juanera llevó una punta de su delantal blanco a los ojos, y el canónigo reía diciendo:

—¡Pero, si no se marcha a las Indias!

Amelia, blanca y muda, mordía sus labios. Amaro intentó bromear. Por fin descendió la escalera, y Juan Ruso, que a su llegada a Leiria le trajo el baúl hasta la calle de Misericordia, con igual borrachera que entonces, volvía a llevarle a la calle de Sousas.

* * *

Cuando Amaro se encontró solo en aquella casa tristona, sintió una angustia tan punzante, un tedio de vivir tan grande, que tuvo deseos de ocultarse en un rincón y morir allí.

Parado en medio del cuarto contemplaba con disgusto aquel sucio ajuar: la cama de hierro pequeña con duro colchón y cubierta encarnada, el espejo sin azogue sobre la mesa, y en el poyo de la jofaina, el jarro y un pedacillo de jabón. Todo allí olía a viejo, a sucio: fuera, en la calle, la lluvia caía sin cesar.

Desesperado el cura, acusaba a Amelia de haberle hecho perder sus comodidades, de condenarle a vivir en aquella soledad. Si fuese una mujer de corazón debía haber ido a su cuarto para decirle: "¡Señor párroco, no se marche de casa. Yo no estoy enojada!" Porque después de todo ella tuvo la culpa de lo sucedido; ella, que le trastornó con sus coqueterías y sus miradas dulces.

Juró no volver a casa de la San Juanera; recorría el cuarto a grandes pasos pensando en el modo de humillar a Amelia. Conquistaría influencia entre la sociedad devota de Leiria, sería íntimo del chantre, se apartaría con desprecio de la calle de Misericordia, del canónigo, de las Gangoso, intrigaría con las señoras de la buena sociedad para que despreciaran a Amelia, dando a entender que su madre era una prostituta... La cubriría de fango, la enterraría en desprecios. Después compondría un gran sermón de cuaresma para que ella oyese cómo le alababan. Se volvería ambicioso, y protegido por la señora condesa de Ribamar, subiría cada vez más en las dignidades eclesiásticas y llegaría a obispo de Leiria. Se veía ya pálido e interesante con su mitra dorada, cruzar la amplia nave de la Catedral envuelto en incienso. Y ella ¿qué sería entonces? Una criatura flaca y mustia, arrebujada en un miserable mantón, que tendría por esposo a Juan Eduardo, pobre amanuense mal pagado y peor vestido, con los dedos quemados por el cigarro, siempre inclinado sobre el papel sellado, adulando a los poderosos y roído por la envidia. Él, en cambio, obispo ya, estaría muy por encima de los hombres en la zona de luz, casi junto a Dios Padre. Y sería par del reino, y los curas de la diócesis temblarían sólo al verle aparecer.

Dieron lentamente las diez en la iglesia cercana.

—¿Qué estará haciendo ahora? —pensaba—. Cose seguramente en el comedor; estará el escribiente, jugarán a la brisca, y acaso ella rozará su pie debajo de la mesa con el novio. —Recordaba aquel pie, y el comienzo de la media entrevistos apenas al saltar los charcos en la quinta, y su curiosidad inflamada subía por la pierna hasta el seno, recorriendo bellezas que adivinaba... ¡Oh! ¡cuánto le gustaba aquella maldita! ¡Y era imposible conseguirla! Y cualquier hombre feo, estúpido, tenía derecho para pedírsela a su madre y llevarla a la parroquia diciendo: "Señor cura, cáseme usted con esta mujer". Y bajo la protección de la Iglesia, del Estado, ¡podía besar aquel pecho, aquellos brazos!... ¡Él no podía; era sacerdote por culpa de aquella grulla de la marquesa de Alegros!...

Abominaba entonces de todo el mundo secular, y se refugiaba en la idea de superioridad que el sacerdocio le daba sobre los demás hombres. Aquel miserable escribiente podía casarse, poseer a Amelia, pero ¿qué significaba aquel desdichado en comparación de un párroco a quien Dios confiere el poder supremo de distribuir el cielo y el infierno? Mas de repente le acudía la idea de que su dominio sólo era válido en la religión abstracta de las almas; jamás podría manifestarlo por actas triunfantes ante la sociedad. ¿Qué le importaba en aquel momento el derecho místico de abrir o cerrar las puertas del cielo, si le faltaba poder para abrir o cerrar como antiguamente las puertas de una mazmorra?...

Lo que él necesitaba era que los escribientes y las Amelias, temblasen de terror ante la sombra de su sotana.

Deseaba ser un sacerdote de la antigua Iglesia, para gozar de las ventajas que daban las denuncias, y de los terrores que inspiraba el tormento. Al pensar en Juan Eduardo y Amelia lamentaba no poder encender las hogueras de la Inquisición.

De este modo aquel inofensivo mozo tuvo, durante algunas horas bajo el influjo de una pasión contrariada, ambicio-

nes grandiosas de tiranía católica. Porque todo clérigo tiene
un momento en que el espíritu de la Iglesia le penetra con su
renunciamiento místico, o con sus ambiciones de domina-
ción universal; y el abad más panzudo y sosegado que sabo-
rea su café con aire paternal, lleva dentro de sí los instintos
de un Torquemada.

La vida de Amaro volviose monótona. Transcurría el mes
de marzo húmedo y frío. Después del servicio en la Catedral
Amaro entraba en su casa, se quitaba las botas encharcadas,
hundía los pies en las babuchas y comenzaba a aburrirse. A
las tres comía. Nunca levantaba la desconchada tapa de la
sopera sin recordar las comidas de la calle de Misericordia
cuando Amelia le servía sonriendo cariñosa. Ahora tenía a su
lado para servirle, a Vicenta con su enorme cabezota y aquel
cuerpo de soldado vestido con faldas, siempre constipada,
sonándose ruidosamente en el delantal. Era muy sucia, pero
Amaro indiferente a todo no se quejaba. Comía mal y de prisa; mandaba traer café, y estaba las horas muertas quitando
la ceniza de su cigarro con el borde del plato, hundido en un
tedio silencioso.

A veces el coadjutor, que nunca le visitara en la calle de
Misericordia, aparecía al final de la comida; se sentaba junto
a la mesa y permanecía callado con el paraguas entre las rodillas. Después creyendo agradar al párroco repetía invariablemente.

—Aquí está usted mucho mejor, siempre es mejor estar
en la casa de uno.

—Claro... —rosmaba Amaro.

Al principio, para consolar su despecho, hablaba mal de
la San Juanera animando al coadjutor (que era de Leiria) a
contar los escándalos de la casa de Amelia. El coadjutor, por
servilismo, callaba sonriendo con perfidia.

—¿Allí hay líos, *hein*? —decía el párroco.

El otro se encogía de hombros, y entre las manos muy
abiertas, apretaba las orejas con expresión de malicia, pero
no pronunciaba una palabra recelando que pudiera repetirla
y que el canónigo se escandalizara.

Permanecían silenciosos cambiando alguna vez frases banales: había un bautizo; era preciso limpiar aquel frontis del altar; el canónigo Campos dijo tal cosa. Aquellas conversaciones fastidiaban a Amaro que no se interesaba por las intrigas del cabildo, que se sentía muy poco cura, muy alejado de la pandilla eclesiástica. Por fin preguntaba bostezando.

—¿Sigue el viento sur?

—¡Siempre! —respondía el coadjutor. Se encendía la luz, el coadjutor se levantaba, sacudía el paraguas y salía mirando de reojo a Vicenta.

Era aquella la hora más triste para el párroco. Intentaba leer pero los libros le aburrían; poco habituado a las lecturas no comprendía "el sentido". Se acostaba sin rezar y sin sentir escrúpulos: juzgaba que haber renunciado a Amelia era ya bastante penitencia, y que no necesitaba cansarse leyendo oraciones. Había hecho "su sacrificio", y se creía cumplido con el cielo.

El canónigo no iba por la casa de la calle de Sousas porque decía "que sólo al entrar en ella se le revolvía el estómago". Amaro tampoco volvía por casa de Amelia; hasta para no verla, cambió la misa del mediodía que ella acostumbraba a oír, por la de las nueve de la mañana que decía el padre Silveira.

¡Y aquel nuevo sacrificio le desesperaba más!

Amelia todas las noches, al oír la campanilla, tenía una palpitación tan fuerte, que quedaba un momento sofocada sin respirar. Rechinaban en la escalera las botas de Juan Eduardo, o conocía las pisadas blandas de las babuchas que usaban las Gangoso, y apoyándose en el respaldo de la silla, cerraba los ojos con la fatiga de una desilusión repetida siempre.

Esperaba al padre Amaro; y muchas veces al dar las diez, cuando ya no era posible que viniese, su tristeza era tan grande que sentía la garganta henchida de sollozos y tenía que dejar la costura diciendo:

—Me voy a acostar porque me duele mucho la cabeza.

Se tiraba de bruces en la cama y murmuraba agobiada:

—¡Virgen de los Dolores, Madre mía! ¿por qué no viene?, ¿por qué no viene?

Durante los primeros días apenas salió el párroco, toda la casa le parecía deshabitada y lúgubre. Al entrar en el cuarto que fue de él, y ver las paredes sin su ropa, la cómoda sin sus libros, rompía a llorar. Besaba la almohada donde él dormía, estrechaba contra el pecho la última toalla donde se había secado las manos. Constantemente veía el rostro de Amaro, y su amor crecía con la separación.

Cierta tarde fue a visitar a una prima suya enfermera del hospital. Al llegar al puente encontró a varios curiosos burlándose alegremente de una mozuela que, con traje llamativo, los puños levantados, y ronca de gritar, insultaba a un soldado, aldeanote de cara redonda cubierta de pelusilla dorada, que volvía la espalda encogiéndose de hombros con las manos en los bolsillos y gruñendo:

—No la hice mal... no la hice mal...

El señor Vásquez, comerciante de paños en la Arcada, se detuvo a mirar con disgusto "aquella falta de orden público".

Amelia al pasar le preguntó:

—¿Qué ocurre?

—¡Hola, señorita Amelia! Nada, no es nada, una broma de ese soldado, la tiró un ratón muerto a la cara, y la mujer armó este escándalo. ¡Bobadas!

En aquel momento se volvía la muchacha, y Amelia aterrada reconoció a Juanita Gómez, su amiga, su compañera de colegio que había sido amante del padre Abilia, que abandonada por él, marchó a Pombal, después a Oporto, más tarde de miseria en miseria, volvió a Leiria, y vivía en un tugurio junto al cuartel, enferma de tisis, gastada por todo un regimiento. ¡Qué ejemplo, Dios Santo, qué ejemplo! También ella quería a un cura. También ella, como en otro tiempo Juana, lloraba sobre la costura cuando no veía al padre Amaro. ¿A dónde la llevaba aquella pasión? ¡A ser como Juana la "amiga del párroco"! Y se veía ya señalada con el dedo por las calles, y más tarde abandonada con un hijo en las entrañas, sin un pedazo de pan que llevarse a la boca... Como una ráfaga de viento limpia instantáneamente el cielo de nubes, así el terror agudo que la causó el encuentro con Juanita barrió las nieblas amorosas en que Amelia se hundía. Decidió olvidar al párroco y deseó apresurar su casamiento con Juan Eduardo para refugiarse en un deber. Durante algunos días trató de interesarse por su novio; hasta comenzó a bordarle unas zapatillas.

Mas poco a poco, "el pensamiento malo" que al ser atacado se fingió muerto, principio a desenvolverse lentamente, a subir, a invadirlo todo. De día, de noche, cosiendo o rezando, el padre Amaro se la aparecía, y sus ojos, su voz, la traían tentaciones de un encanto que crecía cada vez. Sus resoluciones honestas morían como débiles florecillas en aquel fuego que la consumía. Si alguna vez volvía el recuerdo de Juana lo rechazaba con furor; y todas las razones insensatas para amar al cura eran acogidas por Amelia con alborozo. No tenía más que un pensamiento fijo: echarse en brazos de Amaro, besarle... ¡Oh! besarle y morir después si era necesario. Juan Eduardo la impacientaba con su amor, le parecía "pesado". Al sentirle subir la escalera por la noche, pensaba siempre:

—¡Qué fastidio!

No podía soportar aquellos ojos siempre fijos en ella, y aquellas conversaciones monótonas sobre el gobierno civil. ¡En cambio idealizaba a Amaro! Sus noches eran agitadas por sueños lúbricos, y de día vivía entre amarguras y desalientos. Su carácter se agriaba.

—¿Qué te pasa, chiquilla?, ¿qué tienes tú? —exclamaba la madre.

En efecto, estaba muy pálida, perdió el apetito, y una mañana cayó en cama con fiebre. La madre, asustada, llamó al doctor Gouvea. El viejo práctico, después de ver a Amelia, entró en el comedor sorbiendo un polvo de rapé.

—¿Qué tiene, señor doctor? —dijo la San Juanera.

—Cáseme a esta muchacha, Agustina, cáseme a esta muchacha. ¡Se lo tengo dicho muchas veces, criatura!

—Pero, señor doctor...

—No hay pero. ¡Cásela de una vez, San Juanera, cásela! —repetía el viejo mientras bajaba la escalera arrastrando un poco la pierna derecha que un reumatismo encogía.

Amelia mejoró con gran contento de Juan Eduardo que durante la enfermedad sólo lamentaba no poder ser su enfermero, y a veces, en el escritorio, derramaba una lágrima triste sobre los papeles sellados del severo Nunes Ferral.

* * *

El domingo siguiente, en la misa de nueve, Amaro vio a Amelia junto a su madre. Cerró un momento los ojos; apenas podía sostener el cáliz entre sus manos trémulas.

Después del Evangelio Amaro hizo una cruz sobre el misal santiguándose, y al volverse hacia los fieles diciendo: —*Dominus vobiscum*— la mujer del boticario dijo en voz baja a Amelia "que el señor párroco debía tener algo porque estaba muy pálido". Amelia, sin responder, se inclinó sobre el libro con toda la sangre en las mejillas. Durante la misa permanecía en éxtasis, gozando de la presencia de Amaro, contemplando sus manos finas que levantaban la hostia, su cabeza inclinada en la adoración ritual, y cuando el cura se volvió para decir el *Benedicat vos*, Amelia lanzó toda su alma hacia el altar como si el mismo Dios diera aquella bendición ante la cual se inclinaban todas las cabezas.

A la salida de misa comenzó a llover; Amelia y su madre se detuvieron en la puerta con otras señoras esperando un "claro".

Amaro se acercó pálido, turbado, y las saludó diciendo:

—¡Hola! ¿Ustedes por aquí?

—Estamos esperando a que pase el nublado, señor párroco —dijo la San Juanera—. ¿Cómo no ha ido por casa? Realmente no sé lo que pudimos hacerle para que no haya vuelto, y la verdad es que hasta da que hablar...

—Estuve muy ocupado, muy ocupado... —balbuceó el párroco.

—Pero para ir un ratito por las noches... Todo el mundo lo comenta, y créame que yo tengo mucho disgusto... ¡No, lo que es esto, señor párroco, no tiene disculpa, es una ingratitud!

Amaro replicó.

—Pues nada, se acabó. Esta noche voy por allí a hacer las paces...

Amelia, roja como una amapola, miraba al cielo en todas direcciones, como asustada del temporal, para ocultar su turbación. Amaro les ofreció el paraguas y mientras la San Juanera lo abría, recogiendo cuidadosamente su vestido de seda, Amelia dijo:

—Hasta la noche, ¿verdad? —y más bajo mirando en derredor—. ¡Oh, vaya! ¡Estuve tan triste! ¡creí volverme loca! ¡Vaya, se lo pido yo!

Amaro volvió a su casa. Entró en el cuarto, se sentó a los pies de la cama y permaneció allí inmóvil, saturado de felicidad, recordando el rostro de Amelia, la redondez de sus hombros, las palabras que había dicho: "¡Creí volverme loca!" La seguridad de que "Amelia le quería" le entró en el alma con la violencia de una ráfaga, como un murmullo melodioso de felicidades agitadas; con los brazos extendidos el clérigo paseaba por su cuarto deseando la posesión inmediata de aquel cuerpo cuyo recuerdo le enloquecía. Mal pudo comer. ¡Con cuánta impaciencia esperaba la noche! Él mismo se limpió los zapatos, después peinó cuidadosamente su cabello. Antes de salir rezó sus oraciones con el temor supersticioso de que Dios o los santos tratasen de estorbar aquel amor ya conseguido; y no quería con descuidos de devoción "darles motivo de queja".

Al entrar en la calle de Misericordia tuvo que detenerse sofocado; le ahogaban los latidos del corazón. El piar de las cornejas, que no oía desde que salió de aquella casa, le parecía una melodía dulcísima.

—¡Dichosos los ojos que le ven! ¡Pensábamos que se había muerto! ¡Qué milagro!...

Y todos admirados celebraban la aparición del párroco en el comedor, donde ya estaban las Gangoso y doña María, que apartaban sitio, para contemplarle, diciéndole:

—¿Qué ha sido de usted? ¡Está muy desmejorado!

Libaniño imitaba el ruido de los cohetes al estallar en el aire.

Arturo Conceiro improvisó una "cancioncita" en la guitarra:

Por fin ha venido el párroco
A ver a la San Juanera
Esto parece otra cosa.
Vuelven las veladas buenas.

Todos aplaudieron, y la San Juanera, llena de gozo, sonreía diciendo:

—¡Ay, ha sido un ingrato!

—¿Un ingrato? —murmuró el canónigo—. Un cascarrabias, me parece a mí.

Amelia, sin hablar, con las mejillas abrasadas y los ojos húmedos, miraba a Amaro, que hundido en la poltrona del canónigo, cedida por su dueño como demostración de júbilo, hacía reír a las señoras refiriendo graciosamente los descuidos de Vicenta.

Juan Eduardo en un rincón hojeaba un viejo álbum.

Capítulo IX

De esta manera comenzó de nuevo la intimidad de Amaro en la casa de la San Juanera. Apenas sonaban las siete en la iglesia, Amaro se envolvía en su capote y se encaminaba a la calle de la Misericordia. No bien divisaba la ventana del comedor todos sus deseos se erguían impetuosos; pero al llamar en la puerta sentía a veces un temor indefinido de encontrar a Amelia más fría o a su madre desconfiada... Por superstición siempre entraba con el pie derecho.

Las Gangoso, doña Josefa, le esperaban ya y el canónigo que entonces comía casi a diario allí, al verle entrar decía con un bostezo:

—¡Ya tenemos aquí al niño bonito!

Amaro iba a sentarse junto a Amelia que cosía; la mirada penetrante que cambiaban era todos los días como un mudo juramento de que su amor había crecido la víspera. Comenzaba entonces la charla siempre sobre los mismos menudos asuntos; lo que había dicho el chantre, que el canónigo Campos despidió a la criada, lo que se murmuraba de la mujer de Novaes...

—¡Más amor al prójimo! —rezongaba el canónigo. Eructaba y volvía a cerrar los párpados.

Al sentir en la escalera los pasos de Juan Eduardo, Amelia abría la mesita para la partida de "manilla" que jugaban las dos Gangoso, doña Josefa y el párroco. Como Amaro jugaba mal, Amelia que era "maestra", se sentaba detrás de él para "guiarle". Y Amaro volvía con frecuencia el rostro para preguntar, señalando una carta, con lánguida mirada:

—¿Ésta?

—¡No!, ¡no! Espere, déjeme ver —decía ella juntando

tanto su rostro con el del cura que los alientos se confundían.

Enfrente, junto a doña Joaquina, Juan Eduardo, mordiéndose el bigote miraba a su novia con pasión, y Amelia por librarse de aquellos ojos siempre fijos en ella, le dijo un día "que era poco decoroso mirarla de aquel modo delante del señor párroco".

Otras veces le decía riendo:

—Juan Eduardo, dé usted conversación a mamá porque si no se duerme.

Después del té, como siempre, Amelia se sentaba al piano y entonaba con languidez una vieja canción mexicana que causaba entusiasmo en Leiria, y que Amaro encontraba lindísima.

> *Cuando salí de La Habana,*
> *Válgame Dios.*

Pero lo que más le entusiasmaba al cura era aquella otra estrofa que Amelia cantaba con los dedos fijos en el teclado, el busto echado hacia atrás y los ojos entornados.

> *Si a tu ventana llega*
> *Una paloma*
> *Trátala con cariño,*
> *Que es mi persona.*

Las viejas le reclamaban para continuar la partida, y Amaro iba a sentarse junto a ella tarareando las últimas notas, con el cigarro en la boca, y los ojos húmedos de felicidad.

En aquellas reuniones nunca faltaba Libaniño. Su última gracia consistía en hurtar besos furtivos a doña María. La vieja escandalizaba, chillaba abanicándose con furor, no sin dirigir una mirada golosa, con el rabillo del ojo, al atrevido ladrón. Después Libaniño desaparecía un momento para volver disfrazado con una falda de Amelia y una toca de su madre, fingiendo una llama lúbrica por Juan Eduardo que entre las risotadas de las viejas retrocedía con disgusto.

El padre Brito y el padre Natalio también iban alguna

vez. Amelia y el párroco permanecían juntos toda la noche, con las rodillas pegadas, vagamente entorpecidos en el mismo intenso deseo.

Amaro salía siempre de aquella casa más apasionado por Amelia. Iba por la calle pausadamente, recordando con gozo las sensaciones deliciosas que le daban aquel amor, las miradas de aquellos ojos, el alentar deseoso de aquel pecho, los costados lascivos de aquellas rodillas y de aquellas manos. Pensaba con orgullo que siendo la muchacha más bonita de la ciudad, le había escogido a él, a su sacerdote, el eterno excluido de los sueños femeninos, al ser melancólico y sospechoso que ronda en torno de los sentimientos sin que le esté permitido acercarse a ellos jamás. Su pasión se mezclaba con un agradecimiento grande, y cerrando los ojos murmuraba:

—¡Qué buena, pobrecilla, qué buena!

* * *

Cuando después de haber pasado tres horas de la noche junto a Amelia absorbiendo la voluptuosidad que exhalaban sus movimientos, Amaro se impacientaba tanto que necesitaba contenerse para no "hacer un disparate allí mismo delante de la madre". Después en casa, desesperado se retorcía los brazos: la quería allí, allí mismo, de repente, ofreciéndose a su deseo. ¡Ah! ¡no ser libre! ¡no poder entrar sin engaños en aquella casa, pedirla a su madre y poseerla sin pecado! ¿Por qué le habían hecho cura? ¡Maldita "aquella vieja grulla de marquesa"! ¡Él no hubiera abdicado voluntariamente de su virilidad, pero le empujaron al sacerdocio como un buey al corral!

Llevaba entonces sus acusaciones más lejos, contra el celibato y la Iglesia: ¿Por qué prohibir a los sacerdotes, hombres que viven entre hombres, la satisfacción más natural, que hasta los mismos animales disfrutan libremente? ¿Quién imagina el mandato de un anciano obispo —serás casto— a un hombre joven y fuerte para que su sangre se hiele? ¿y que una palabra latina —accedo— dicha temblando por el seminarista asustado podrá contener para siempre la rebelión

formidable del cuerpo? ¿quién inventó eso? ¡Un concilio de
obispos decrépitos, arrugados como pergaminos, inútiles
como eunucos! ¡qué sabían ellos de la Naturaleza, de sus
tentaciones! Todo se elude y se evita menos el amor, y siendo esto fatal ¿por qué impedir a un cura que lo realice con
pureza, con dignidad? ¿acaso es mejor obligarle a que lo busque por tugurios obscenos?

Procuraba justificar su amor con ejemplos de libros divi-
nos. ¡La Biblia está llena de nupcias! Los mártires en el circo
se casaban con un beso bajo el aliento de las fieras, y las
aclamaciones de la plebe. Jesús mismo, era frío y severo en
las calles de Jerusalén, en los mercados; pero tenía su rincón
de ternura allá abajo, en Bethania, bajo los sicomoros del jardín de Lázaro; allí mientras los nazarenos beben leche y
conspiran aparte, Jesús pasa su mano sobre los dorados cabellos de Marta que a sus pies ama y fía.

Amaro juzgaba que su amor era una infracción canónica,
no un pecado del alma; podía desagradar al chantre, no a
Dios: sería legítimo en un sacerdocio de regla más humana.
Pensaba entonces hacerse protestante: pero ¿dónde, cómo?

Por fin se encogía de hombros, burlándose de toda aquella argumentación interior. Lo positivo era que estaba loco
por la muchacha. Quería su amor, quería sus besos, quería
su alma… ¡y si el señor obispo no fuese un viejo haría lo
mismo y el Papa haría lo mismo!

Eran las tres de la mañana y el clérigo aún paseaba por su
cuarto, hablando solo.

* * *

¡Cuántas noches Juan Eduardo al pasar por la calle de
Sousas, casi de madrugada, veía en la ventana del párroco
una luz mortecina!

Porque como casi todos los que tienen un disgusto amoroso, Juan Eduardo había adquirido la triste costumbre de
andar solo hasta muy tarde por las calles.

El escribiente notó desde un principio la simpatía que
Amelia sentía por el párroco, pero conociendo su educación,

y las costumbres devotas de la casa, atribuía aquellas atenciones casi humildes para con Amaro al respeto que imponía su sotana de sacerdote, y sus privilegios de confesor. Sin embargo odiaba instintivamente a Amaro. Siempre fue enemigo de los curas, tenía una religión vaga, hostil al culto, a los rezos, aunque llena de admiración por el Jesús poético revolucionario amigo de los pobres, "por el sublime espíritu de Dios que llena todo el Universo". Sólo desde que amaba a Amelia iba a misa para agradar a la San Juanera.

Deseaba apresurar su casamiento para arrancar a su novia de aquella sociedad de beatas y curas, temeroso de que su mujer pasase los días en la iglesia rezando las estaciones, o confesándose con curas que "arrancan a las penitentes los secretos de la alcoba".

Cuando Amaro volvió a frecuentar la casa de la San Juanera, el pobre escribiente sufrió de un modo horrible reparando en que Amelia trataba al párroco con una familiaridad más tierna. "¡Qué encendida se ponía apenas entraba! ¡Con cuánta admiración le oía! ¡Cómo se arreglaba siempre para quedar junto a él en las partidas de lotería!"

Una mañana fue a la calle de Misericordia más inquieto que de costumbre, y mientras la San Juanera regañaba en la cocina, Juan Eduardo dijo bruscamente a su novia:

—Amelia, esas atenciones con que trata ahora al párroco me causan mucho disgusto.

Ella levantó los ojos con espanto:

—¿Qué atenciones? Las mismas de siempre. Es un amigo de la casa, estuvo aquí de huésped... ¿Cómo quiere que le trate? Ahora como antes...

—No, no...

—¡Ah! pues tranquilícese. Con no volver a mirarle quedará usted contento.

Juan Eduardo, calmado ya, pensó "que no había nada". Aquello no era más que entusiasmos por la beatería, exceso de respeto por los curas.

Amelia advertida, se preparó a fingir: siempre tuvo a su novio por poco lince ¡si él lo había notado, qué no harían las Gangoso tan listas, y la hermana del canónigo tan curtida en

malicias! De allí en adelante, no bien sentía los pasos de
Amaro, trataba de fingirse distraída e indiferente: pero, ¡ay!
que apenas él hablaba con su voz suave o volvía hacia ella
aquellos ojos negros cuya mirada la hacía estremecerse con
delicia, su actitud fría desaparecía y toda su persona era una
expresión continua de pasión. Llegaba a olvidar la presencia
de Juan Eduardo y se sorprendía cuando de repente le oía
hablar en un rincón.

Las amigas de la madre, por otra parte, aumentaban su
"inclinación" hacia el párroco con una aprobación muda y
afable. Era, como decía el canónigo, el niño bonito, y de las
miradas y de los gestos de las viejas se desprendía una gran
simpatía por el párroco que hacía atmósfera favorable para
el desenvolvimiento del amor de Amelia. Doña María la decía al oído con frecuencia:

—¡Mírale, mujer! Inspira fervor. Es la honra del clero.
No hay otro.

Y aquellas mismas señoras encontraban que Juan Eduardo era un "estúpido". Amelia no trató ya de ocultar la indi-
ferencia que la causaba. Desaparecieron de su cesto de labor
las zapatillas que empezó a bordar, y no volvía a asomarse al
balcón para ver a su novio cuando se dirigía al bufete.

Juan Eduardo adquirió la certeza de que "la muchacha
quería al cura" y al dolor de ver destruida su felicidad, se
juntaba la pena de la amenaza que pesaba sobre la honra de
su amada.

Una tarde habiéndola visto salir de la Catedral, la esperó
delante de la botica y la detuvo con entereza:

—Amelia, esto no puede continuar así... Ya no puedo
más... Estás enamorada del párroco.

Ella palideció mordiéndose los labios.

—Usted me insulta —dijo, y trató de seguir su camino
indignada.

El novio la retuvo sujetándola por la manga del abrigo.

—Oye, Amelia mía. No quiero insultarte, pero es que tú
no sabes... Sufro tanto que se me parte el corazón... —Y la
voz del escribiente se ahogó en un sollozo.

Amelia balbuceaba:

—No tiene razón… no tiene razón.

—Júrame entonces que no hay nada entre el cura y tú.

—¡Por mi salvación!… ¡No hay nada!… Pero también le juro que si vuelve a hablarme de esta manera, a insultarme de nuevo se lo cuento todo a mamá, y usted excusa de volver a casa.

—¡Oh, Amelia!…

—No podemos continuar hablando aquí… Doña Micaela ya nos está observando…

Era una vieja que levantó la cortina de su ventana para contemplar a los novios con ojos brillantes y maliciosos. Cuando se separaron, la vieja desconsolada dejó caer la cortina.

Aquella noche mientras las señoras hablaban con algazara de los misioneros que predicaban en Barrosa, Amelia dijo en voz baja al cura fingiendo coser:

—No me mire tanto, no se acerque a mí. Es necesario tener cautela… Ya hubo quien reparó…

Amaro se sentó cerca de doña María, pero sus ojos no se apartaban de Amelia con una interrogación muda y ansiosa. Después del té, entre el rumor de las sillas que se acomodaban para la lotería, la preguntó rápidamente:

—¿Quién reparó?

—Nadie. Pero tengo miedo. Es preciso fingir.

Desde entonces cesaron las miradas dulces, los secretos, y sentían un gozo picante en afectar maneras frías e indiferentes cuando los dos tenían la certeza vanidosa de la pasión que los inflamaba. Era delicioso para Amelia —mientras Amaro charlaba aburrido con las viejas— adorar su presencia, su voz, sus gracias, con los ojos castamente aplicados a las zapatillas de Juan Eduardo que por astucia comenzó a bordar de nuevo. Todavía el escribiente continuaba inquieto, amargado, contemplando allí al párroco todas las noches satisfecho, disfrutando de la veneración de las viejas. "Amelia, sí, ahora se portaba bien, le era fiel…" pero él sabía que Amaro la deseaba, "la acechaba"; y temía que ella fuese penetrándose lentamente de aquella admiración cazurra de las viejas, para quienes el "señor párroco era un ángel". No, él no estaría tranquilo mientras no arrancase a Amelia de aquella casa beata (cuando ya fuese empleado del gobierno civil) pero tal felicidad tardaba en llegar. Salía todas las noches de la calle de Misericordia más enamorado de su novia y odiando cada vez más a los curas. Entonces comenzaba a pasear, iba a la alameda junto al río; los ramajes fríos al reflejarse en el agua le entristecían más. Volvía a la plaza, entraba en el billar, el apestoso olor de petróleo le sofocaba. Salía, y se dirigía lentamente a la redacción de La Voz del Distrito.

Capítulo X

El redactor de *La Voz del Distrito,* Agustín Piñeiro, era pariente de Juan Eduardo. Se le conocía generalmente por el "Raquítico". Era jorobado, horriblemente sucio y su carilla, de hembra amarilla, de ojos depravados, revelaba vicios antiguos y torpes. Había dado en Leiria toda clase de escándalos y hallando en su joroba una protección suficiente para que no "le molieran a palos" adquirió un descaro sereno.

La Voz del Distrito fue creada en Leiria por un grupo de partidarios, y casi súbditos del doctor Godiño, quien halló en Agustín Piñeiro el "hombre que necesitaba", o lo que era igual: un mequetrefe con ortografía, sin escrúpulos, que repitiese en lenguaje sonoro, los insultos, las calumnias, las alusiones que el "grupo" aportaba diariamente a la redacción en apuntaciones informes; Agustín era, pues, un estilista de vilezas. Le pagaban treinta duros al mes y le daban casa en la redacción, un piso tercero desmantelado de una casucha cercana a la plaza.

Agustín hacía el artículo de fondo, las gacetillas, la *Correspondencia* de Lisboa, y Prudencio escribía el folletín literario bajo el título de *Conversaciones Leirienses.* Era un mozo muy honrado. Agustín era repulsivo; pero Prudencio tenía tal guía de publicidad que se sujetaba a sentarse todos los sábados fraternalmente en la misma mesa para corregir las pruebas de su prosa; prosa tan florida de imágenes, que al leerla, se murmuraba en la ciudad.

—¡Qué opulencia! ¡Qué opulencia, Jesús!

También Juan Eduardo reconocía que Agustín era un "perdulario"; no se hubiera atrevido a pasear con él por las calles en pleno día; pero gustaba de ir a la redacción a altas

horas de la noche, para fumar cigarros y oír desatinar a
Agustín hablando de Lisboa, del tiempo que viviera allá empleado en la redacción de dos periódicos, en el teatro de la
calle de los Condes, en una agencia de informes o en otras
instituciones del mismo jaez. ¡Estas visitas eran *secretas*!

A aquella hora de la noche la imprenta, situada en los bajos, estaba cerrada (el periódico se tiraba los sábados) y Juan
Eduardo encontraba en la redacción a Agustín, ensimisma-
do, encorvado, a la luz de un quinqué de petróleo, sobre largas tiras de papel. Estaba haciendo el periódico, y la sala
obscura alrededor tenía el aspecto de una caverna. Juan
Eduardo se tiraba en un canapé, provisto de la guitarra de
Agustín y preludiaba un *fado*. El periodista, entretanto, con
la cabeza apoyada en el puño producía laboriosamente. De
vez en cuando, se levantaba para inspirarse, se dirigía a un
armario, engullía una copa de ginebra, se estiraba descarada-
mente, encendía un cigarro y con voz ronca entonaba un
fado triste.

Esto debía traerle siempre a la imaginación el recuerdo
de Lisboa porque terminaba por decir con odio:

—¡Qué pocilga de tierra ésta!

No podía consolarse de vivir en Leiria, de no poder beber su cuartillo en la taberna del tío Juan, en compañía de
algunas amigas, oyendo a Juan Das Biscas, con el cigarro en
el extremo de la boca y los ojos llorosos por el humo, hacer
llorar a la guitarra diciendo "la muerte de Sofía".

Luego, para reconfortarse con la certeza de su talento,
leía a Juan Eduardo sus artículos, en voz muy alta. Y Juan se
interesaba, porque aquellas "producciones" dirigidas siempre contra el clero, correspondían a sus preocupaciones.

Fue por aquel tiempo, cuando en virtud de la famosa
cuestión de la Misericordia, el doctor Godiño se volvió muy
hostil al cabildo. Siempre detestara a los curas; padecía una
enfermedad del hígado, y como la Iglesia le hacía pensar en
el cementerio, odiaba a la sotana, porque le parecía una
amenaza mortal. Y Agustín, que tenía un profundo depósito
de bilis a derramar, instigado por el doctor Godiño, exagera-
ba sus filípicas; pero con su flaco literario, cubría los vitupe-

rios con tan espesas capas de retórica que, como aseguraba el canónigo Días, "aquello era ladrar, pero no morder".

Una de aquellas noches, Juan Eduardo encontró a Agustín entusiasmadísimo con un artículo que escribiera por la tarde y que "sobresalía en alusiones irónicas a los de Víctor Hugo".

—¡Tú verás! ¡Cosa de sensación!

Era como siempre una declamación contra el clero y un elogio del doctor Godiño. Después de celebrar las virtudes del doctor *"ese perfecto y respetable jefe de familia"* y su elocuencia en el tribunal que *"arrancara a tantos desventurados del cuchillo de la ley"*, el artículo, tomando un tono rimbombante, apostrofaba a Cristo.

—"¿Quién te diría a ti? (bramaba Agustín), ¡oh, inmortal Crucificado!, quién te dijera cuando en lo alto del Gólgota expirabas exangüe, quién te dijera que un día, en tu nombre y a tu sombra sería expulsado de un establecimiento de caridad el doctor Godiño, el alma más pura, el talento más robusto..." Y las virtudes del doctor Godiño salían a paso de procesión, solemnes y sublimadas arrastrando colas larguísimas de adjetivos.

Después, dejando por un momento de contemplar al doctor Godiño, Agustín se dirigía directamente a Roma —"¡Y en el siglo xix venís a tirar a la faz de Leiria liberal los dictámenes del *Sylabus*! Pues bien. ¿Queréis guerra? ¡Guerra tendréis!"

—¿Eh, Juan? —preguntaba—. ¿Es fuerte, eh? ¡Es filosófico!

Y volviéndose a su lectura proseguía:

"¿Queréis la guerra? ¡La tendréis! Levantaremos bien alto nuestro estandarte que no es el de la demagogia, ¡entendedlo bien! y enarbolando con brazo firme en el más alto baluarte de las libertades públicas, gritaremos a la faz de Leiria, a la faz de Europa: ¡Hijos del siglo xix, a las armas! ¡A las armas por el progreso!

—¿Eh? ¡Esto es demoler!

Juan Eduardo, que guardara un momento silencio, dijo

entonces, levantando sus expresiones en armonía con la prosa sonora de Agustín:

—¡El clero quiere arrastrarnos a los funestos tiempos del obscurantismo!

Una frase tan literaria sorprendió al periodista; miró a Juan Eduardo y dijo:

—¿Por qué no escribes tú también alguna cosa?

El escribiente repuso sonriendo:

—Yo sí que te escribiría, Agustín, una buena andanada contra los padres. ¡Yo sí que los conozco!

Agustín le instó para que escribiera aquella "andanada".

El doctor Godiño le recomendaba aquella misma tarde:

—Hay que zaherir al clero constantemente. Si hay escándalo, debe contarse. Si no lo hay, se inventa.

Agustín agregó con benevolencia:

—Y no tengas cuidado por el estilo, que yo lo haré florido.

—Veremos, veremos —murmuró Juan Eduardo.

Desde entonces Agustín le preguntaba siempre.

—¿Y el artículo, hombre?, tráeme el artículo.

Lo esperaba ávidamente, porque sabiendo que Juan Eduardo vivía en intimidad con "la pandilla de la San Juanera" lo suponía en el secreto de infamias especiales.

Juan Eduardo dudaba. ¡Si se llegase a saber!

—¡Bah! —afirmaba Agustín—. La cosa se publicará como mía. Como artículo de redacción. ¿Quién diablos iba a saber?

Sucedió la noche siguiente que Juan Eduardo sorprendió al padre Amaro resbalando solapadamente un secretito al oído de Amelia; y al otro día apareció por la tarde en la redacción con la palidez del que se ha pasado en vela la noche, trayendo cinco largas tiras de papel escritas en letra menuda. Era el artículo y se titulaba: *Los modernos fariseos*.

Después de algunas consideraciones llenas de floreo sobre Jesús y el Gólgota, el artículo de Juan Eduardo sólo era un vengativo ataque con alusiones tan claras como telas de araña contra el canónigo Días, el padre Brito, el padre Amaro y el padre Natalio. Todos tenían su "dosis" como decía con júbilo Agustín.

—¿Y cuándo saldrá? —preguntó Juan Eduardo.

Agustín se frotó las manos y después de reflexionar dijo:

—¡Demonio! ¡Sabes que está fuerte! No le faltan más que los nombres. Pero en fin yo lo arreglaré.

Fue a mostrar el artículo al doctor Godiño que lo halló "una catilinaria atroz" y no queriendo provocar odios innecesarios entre los curas, temeroso de proporcionarse disgustos con su mujer cuyas inclinaciones devotas le obligarían tal vez a una reconciliación "muy en contra de sus opiniones", dijo secamente a Agustín:

—Esto no puede ir como artículo de la redacción. Debe aparecer en forma de comunicado.

Y Agustín manifestó al escribiente que el artículo se publicaría como un *Comunicado* firmado por *Un Liberal*. Juan Eduardo terminaba el artículo exclamando: ¡*Alerta, madres de familia*! Agustín observó que este final *Alerta* podía dar lugar a la réplica jocosa: ¡*Alerta está*! Y después de largas combinaciones decidieron que terminase: ¡*Cuidado, sotanas negras*!

Al domingo siguiente apareció el comunicado.

*   *   *

Toda la mañana de aquel domingo la pasó el padre Amaro ocupado en escribir una carta para Amelia. La había dado pocas noches antes mientras jugaban a la lotería un billetito donde la decía: *Deseo hablarla a solas. ¿Dónde puedo verla? Dios proteja nuestro afecto.* Amelia no respondió y el párroco despechado resolvió "poner las cosas en claro por medio de una carta sentimental". Preparando los párrafos floridos que debían producir la emoción deseada, Amaro paseaba por su casa, jugando con la punta del cigarro y encorvándose a cada momento sobre el *Diccionario de sinónimos*.

"Amelita de mi corazón —escribía—: No puedo atinar con las razones que no la dejan contestar al billetito que le di en casa de su señora madre, y que estaba inspirado en la mucha necesidad que siento de comunicarme con usted, siendo puras mis intenciones y estando inocente mi alma que tanto la quiere y que no medita en el pecado.

"Debe tener presente que le profeso un ferviente afecto, y por su parte me parece —si no me engañan esos ojos que son los faros de mi vida, y como la estrella navegante— que también tú, Amelia mía, sientes inclinación hacia el que tanto te adora, ya que el otro día, cuando jugábamos a la lotería y armaban todos gran algazara, tú apretaste mi mano bajo la mesa con tanta ternura que hasta me pareció que el cielo se abría y que sentía entonar un alegre Hosanna. ¿Por qué no respondes, pues? Si piensas que nuestro afecto puede ser desagradable para el ángel de nuestra guarda, te diré que cometes mayor pecado, teniéndome en esta incertidumbre torturante, que hace que durante la celebración de la misa esté siempre pensando en ti y no pueda elevar mi alma en el sacrificio. Si viera que este mutuo afecto es obra del demonio tentador también te lo diría: ¡oh, mi bien amada hija, hagamos el sacrificio a Jesús, para darle parte de la sangre que derramó por nosotros! Muchas veces he interrogado a mi alma y veo en ella una blancura de lirios. Y tu amor, también es puro como tu alma, que un día se reunirá a la mía entre los coros celestes, en la bienaventuranza. ¡Si supieras cómo te quiero, que a veces se me antoja que podría comerte a bocaditos! Contesta, pues, y dime si podremos vernos en el Morenal, por la tarde. Ansío poder expresarte todo el fuego que me abrasa, hablarte de cosas importantes, y sentir entre mis manos la tuya, que espero me guíe por el camino del amor, en el éxtasis de una felicidad celestial.

"Adiós linda hechicera, recibe la oferta del corazón de tu amante padre espiritual

AMARO"

Después de cenar, copió esta carta con tinta azul, y con ella bien doblada en el bolsillo de la sotana fue a la calle Misericordia. Al empezar a subir la escalera, oyó la voz aguda de Natalio discutiendo.

—¿Quién hay en casa? —preguntó a *Ruca* que alumbraba envuelta en su chal.

—Las señoras todas. ¡También está el padre Brito!

—¡Hola! ¡Hermosa sociedad!

Subió de prisa y en la puerta de la sala, con el manteo todavía sobre los hombros, quitándose el sombrero, dio las buenas noches y comenzó a saludar por las señoras.

Natalio inmediatamente se puso delante de él exclamando:

—¿Qué le parece?

—¿El qué? —preguntó Amaro. Y reparando en que todos los ojos se clavaban en él—: ¿Pero, qué es? ¿Hay algo de nuevo?

—Pero no ha leído, señor párroco —exclamaron—, no ha leído *El Distrito*.

Aseguró que era un papel en el que no ponía los ojos. Entonces las señoras indignadas gritaron:

—¡Ah! ¡es un desafuero!

—¡Un escándalo, señor párroco!

Natalio, con las manos enterradas en los bolsillos, contemplaba al párroco con una sonrisa sarcástica, diciendo entre dientes:

—¡No ha leído! ¡No ha leído! ¿Entonces qué hace?

Amaro reparó aterrado en la palidez de Amelia, y en sus ojos enrojecidos.

—¡Lea, Días, lea! —gritó Natalio—. Lea, que saboreemos eso.

La San Juanera dio más luz al quinqué: el canónigo se acomodó junto a la mesa, desdobló el periódico, calose los anteojos cuidadosamente y con el pañuelo del rapé sobre las rodillas comenzó la lectura del *Comunicado*.

El principio no era interesante: eran períodos sentidos en los cuales el *liberal* recriminaba a los fariseos que crucificaron a Jesús. —"¿Por qué le matasteis —exclamaba. ¡Responded!" —Y los fariseos respondían—: "Le matamos porque Él era la libertad, la emancipación, la aurora de una nueva era". El *liberal* esbozaba a largos trazos la noche del Calvario, y después por una graduación hábilmente preparada bajaba desde Jerusalén a Leiria—: "¿Piensan los lectores que los fariseos han muerto? ¡Cómo se engañan! ¡Viven! Nosotros los conocemos; Leiria está llena de ellos, y vamos a presentárselos a los lectores…"

—Ahora empieza lo bueno —dijo el canónigo mirando en torno suyo por encima de los anteojos. El canónigo llamaba "lo bueno" a una galería grotesca de fotografías eclesiásticas. La primera era la del padre Brito—. "¡Vedle gordo como un toro, montado en su yegua castaña…!"

—¡Hasta el color de la yegua! —murmuró con piadosa indignación doña María.

"Huero como un melón, no sabiendo nada, ni siquiera latín…"

El padre Amaro asombrado mascullaba: —¡Oh!, ¡oh!— Y el padre Brito, rojo de rabia, se agitaba en su silla frotándose lentamente las rodillas.

El canónigo continuaba leyendo aquellas frases crueles con una dulce tranquilidad: "desabrido de maneras, no por eso deja de entregarse a la ternura y según dicen los bien informados, escoge para Dulcinea a la legítima esposa de su alcalde".

El padre Brito no se contuvo ya.

—¡Le rajo por la mitad! —exclamó levantándose y cayendo de nuevo en su silla pesadamente.

—¡Escuche, hombre! —dijo el padre Natalio.

—¡Que escuche, ni deje de escuchar! ¡Le rajo!

—Pero si no sabe quién es el *liberal*.

—¿Y a mí qué me importa el *liberal*? Yo a quien rajo es al doctor Godiño. Al doctor que es el dueño del periódico, al doctor Godiño es a quien rajo.

Su voz tomaba tonos roncos, y furioso descargaba fuertes golpes sobre su tonsurada cabeza.

La San Juanera le recordó su deber de cristiano citando la bofetada que Jesús soportó. Debía imitar a Cristo.

—¡Qué Cristo ni qué calabazas! —gritaba Brito apoplético.

Aquella impiedad produjo un murmullo de terror.

—¡Jesús, Ave María, señor padre Brito, qué cosas dice! —exclamó la hermana del canónigo Libaniño, que con las manos en la cabeza, e inclinándose bajo aquel desastre, murmuraba:

—¡Virgen de los Dolores! ¡Cállese, que puede caer un rayo!

Y Amaro, viendo que Amelia se indignaba, dijo gravemente:

—Brito, un poco de moderación.

—¿Cómo he de tenerla cuando veo que ustedes se burlan de mí?...

—Nadie se burla —replicó severamente Amaro.

Brito rezongaba y el padre Natalio terminó el incidente diciendo:

—Bueno, bueno, Brito cometió una gran falta, pero pedirá perdón a Dios, y la misericordia de Dios es infinita.

Hubo un silencio emocionante durante el cual se oyó murmurar a doña María "que se había quedado sin gota de sangre en las venas", y el canónigo, que durante la catástrofe posó sobre la mesa sus anteojos, volvió a ponérselos, y continuó serenamente su lectura:

"¿Conocéis a otro con cara de hurón?..."

Las miradas se fijaron en Natalio.

"...Desconfiad de él: si puede haceros una traición, no vacila, si puede ocasionaros un perjuicio, se regocija; sus intrigas ponen desorden entre el cabildo, porque es la víbora más dañina de la diócesis, pero a pesar de esto como buen jardinero, cultiva cuidadosamente *las dos rosas de su jardín*."

—¡También eso! —exclamó Amaro.

Y Natalio levantándose lívido dijo:

—Para que usted vea qué infamia. Ya sabe que cuando yo nombro a mis sobrinas, por bromear acostumbro a decir, *las dos rosas de mi jardín*: Pues hasta de esto se atreven a hablar.

—Y con una sonrisa llena de hiel añadió:

—Yo le aseguro que mañana he de saber quién escribió esto. ¡Ya lo creo que lo sabré!

—Desprecio, padre Natalio, desprecio —dijo la San Juanera.

La voz imperturbable del canónigo comenzó de nuevo la lectura. Ahora llegaba su retrato trazado con odio:

"...Canónigo panzudo y glotón, antiguo servidor del se-

ñor don Miguel, que fue expulsado de la aldea de Ourem
después de ejercer el cargo de maestro de moral en un seminario, y que hoy es en Leiria maestro de inmoralidad…"

—¡Qué infamia! —exclamó Amaro con exaltación.

El canónigo dejó el periódico y con voz reposada dijo:

—¿Piensa usted que esto me aporta algo? ¡Bueno, bueno!
Gracias a Dios tengo qué comer y qué beber. Dejemos ladrar
a quien ladra.

—No, hermano, no, ¡la gente debe tener un poco de
brío! —gritó doña Josefa.

—Mira, hermana, nadie te pide tu opinión.

Y la voz del canónigo tenía un tono agrio de rabia
reconcentrada.

—No necesito yo que nadie me pida mi opinión. La sé
dar muy bien cuando quiero, y como quiero. Si tú no tienes
vergüenza la tengo yo.

—Vamos, vamos, cálmese —dijeron algunas voces poniendo paz.

El canónigo cerró sus anteojos y encarándose con su hermana la dijo:

—Menos lengua, hermana, y punto en boca, no vayas a
perder los dientes postizos.

—¡Mal educado!…

Iba a continuar, pero se ahogaba y comenzó a lanzar *ayes*.

Temiendo que le diese el *flato*, doña Joaquina y la San
Juanera la condujeron al piso bajo, calmándola con palabras
cariñosas.

—Tú estás loca, mujer. ¡Armar tal escándalo! ¡La Virgen
te ayude!

Amelia mandó a buscar agua de azahar, mientras el canónigo rosmaba:

—Déjenla, déjenla. Ya se le pasará. ¡Es el calor!

Amelia miró tristemente a Amaro, y bajó con doña María
y con la Gangoso sorda, que iba a "calmar a la pobrecita
doña Josefa". Los curas quedaron solos, y el canónigo dirigiéndose a Amaro le dijo tomando nuevamente el periódico:

—Oiga usted, que le toca su vez.

—¡Y verá qué dosis! —dijo el padre Natalio.

El canónigo tosió, se acercó al quinqué, y declamó:

"...Pero el verdadero peligro no es éste: son ciertos cléri-gos jóvenes y gallardos, párrocos por influencias de un con-de cortesano, que viven en la intimidad de honradas familias donde hay doncellas inexpertas, y que aprovechándose de la autoridad que les da su sagrado ministerio arrojan en las al-mas inocentes, la semilla de criminales llamas."

Amaro, lívido, murmuró:

—¡Canalla!

"...Gritadle: ¡sacerdote de Cristo! ¿a dónde quieres llevar a la virgen sin mancilla? ¿Pretendes arrastrarla a los lodaza-les del vicio? ¿Qué vienes a hacer aquí en el seno de esta res-petable familia? ¿Por qué rondas en torno de tu presa como gavilán que acecha a la inocente paloma? ¡Atrás, sacrílego! Murmuras a sus oídos frases seductoras para apartarla del camino del deber; condenas a la desgracia y a la viudez a al-gún honrado mozo que quería ofrecerle su mano trabajado-ra, y lentamente le vas preparando un espantoso porvenir de lágrimas. ¿Y todo para qué? Para saciar los torpes apetitos de tu criminal lascivia..."

—¡Qué infame! —masculló Amaro apretando los dientes.

"...¡En guardia, presbítero infame!" —Y la voz del canó-nigo tenía sonoridades cavernosas al lanzar aquellos apóstro-fes—. "Ya el arcángel levanta su espada de justicia. Y sobre ti y sobre tus cómplices la opinión de Leiria fija su mirada im-parcial, y aquí estamos nosotros, hijos del trabajo, para mar-caros en la frente con el estigma de la infamia. ¡Temblad, sectarios del *Sylabus*! ¡Cuidado, sotanas negras!"

—¡Aplastante! —dijo el canónigo sudoroso, doblando *La Voz del Distrito*.

El padre Amaro con los ojos empañados por dos lágrimas de ira, pasó su pañuelo por la frente, y con los labios trému-los murmuró:

—Yo no sé qué decir, colegas. Como Dios me oye, juro que esto es la calumnia de las calumnias.

—Una calumnia infame —mascullaron todos.

—Yo creo —continuó Amaro—, que debíamos dirigirnos a la autoridad.

—Eso he dicho yo —replicó Natalio—; es necesario hablar al secretario general.

El padre Brito rugió:

—¡Qué autoridad ni qué bobadas! Lo mejor es rajarlo. ¡Yo le bebía la sangre!...

El canónigo que meditaba rascándose la barbilla dijo entonces:

—Natalio, usted que tiene labia y lógica, es quien debe ir junto al secretario general.

—Como ustedes decidan —respondió Natalio inclinándose—. ¡Yo le cantaré las verdades a la autoridad!

Amaro quedó junto a la mesa con la cabeza entre las manos. Libaniño murmuraba:

—¡Ay! hijicos, no va nada conmigo y me tiemblan las piernas. ¡Ay! hijos, un disgusto así...

La voz de doña Joaquina que subía la escalera interrumpió a Libaniño y el canónigo prudentemente dijo:

—Colegas, delante de las señoras lo mejor es no hablar más de esto.

Pocos momentos después, entró Amelia, y Amaro pretextando un fuerte dolor de cabeza se despidió de las señoras.

—¿Sin tomar el té? —preguntó la San Juanera.

—No me encuentro bien —dijo el párroco embozándose en su capa—. Buenas noches... Natalio, vaya mañana por la Catedral a eso de la una.

Apretó la mano de Amelia que la abandonó entre las suyas pasiva y blandamente, y salió de la habitación con la cabeza baja.

La San Juanera hizo notar con desconsuelo, que el señor párroco iba muy pálido, y el canónigo impaciente se levantó y con tono breve y seco dijo:

—Si está pálido, mañana se pondrá encarnado, y vamos a otra cosa: ¡ese jaleo del periódico es la calumnia de la calumnia! No sé quién lo habrá escrito ni para qué lo escribiría. Son locuras y son infamias, pero como ya se charloteó bastante sobre el caso, que venga ahora el té, y que no se vuelva a hablar más de esto.

Y como los rostros permanecieron tristes el canónigo añadió:

—No hay motivo para poner cara de entierro, que nadie se ha muerto. Pequeña, siéntate al piano y cántame con gracia eso de *Chiquita.*

*   *   *

El secretario general, el señor Gouvea Ledesma, antiguo periodista y autor de un libro sentimental titulado *Devaneos de un soñador,* dirigía el distrito durante la ausencia del gobernador civil.

Era buen mozo que pasaba por tener talento. Representó con aplauso los papeles de galán en el teatro académico de Coimbra, y tomó entonces la costumbre de pasear por las tardes con el aspecto desolado que adoptaba en la escena para arrancarse los cabellos o llevarse a los ojos el pañuelo por desgracias de amor. Después en Lisboa consumió su pequeño patrimonio con Lolas y Cármenes. A los treinta años estaba arruinado, saturado de mercurio, y era autor de veinte folletines románticos publicados en *La Civilización.* Era muy popular en los lupanares y en los cafés, donde se le conocía por un apodo cariñoso —Bibí—. Juzgando que conocía a fondo la vida, se dejó crecer las patillas, comenzó a citar a Bastiat, frecuentó las cámaras y entró en la carrera administrativa. En Coimbra exaltaba la república, pero ahora la llamaba "absurda quimera", y Bibí era un pilar de las instituciones.

Odiaba a Leiria, donde pasaba por ser un hombre espiritual, y en las "soirées" del diputado Novaes, hablando con las señoras decíalas "que estaba cansado de vivir". Se murmuraba que la esposa del buen Novaes andaba loca por él, y con efecto Bibí escribiendo a un amigo suyo de la capital le decía: —"en cuanto a conquistas, poco puedo contarte por ahora, apenas he catado a la Novaes".

Como se levantaba tarde, aquella mañana se disponía a almorzar sin terminar su "toilette" cuando entró un criado para anunciarle que "estaba allí un cura".

—¡Un cura! ¡que pase inmediatamente! —Y pensó satisfecho interiormente—. El Estado no debe hacer esperar a la Iglesia.

Adelantose tendiendo las manos al padre Natalio que muy ceremonioso, embutido en su larga sotana de lustrina, apareció en la puerta.

—¡Una silla, muchacho! Tomará el señor cura una taza de té, ¿no es cierto? Soberbia mañana, ¿eh? Justamente estaba pensando en usted, es decir en el clero en general... Acababa de leer en el periódico las peregrinaciones que se están haciendo en Lourdes. Realmente es consolador ver cómo renace la fe. Tome una taza de té, señor cura... ¡Ah! ¡es un gran bálsamo!...

—No, muchas gracias, acabo de almorzar.

—No, no me refería al té, diciendo que es un gran bálsamo; hablo de la fe. Estuvo bien la confusión ¿verdad? ¡Tiene gracia!

Y el señor secretario reía complacido. El padre Natalio le interrumpió diciendo:

—Pues yo venía a hablar con Su Excelencia a propósito de cierto comunicado que publicó *La Voz del Distrito*.

—¡Ah! sí, sí, lo he leído. Es un verdadero escándalo... Además literariamente, como estilo y como imágenes, una miseria...

—¿Y qué intenta hacer el señor secretario general?

Gouvea Ledesma se apoyó en el respaldo de su silla y preguntó asombrado:

—¿Yo?

Natalio continuó dejando caer lentamente las palabras:

—La autoridad, el Estado, tiene el deber de proteger la religión y muy particularmente a los sacerdotes... Tenga en cuenta el señor secretario que yo no vengo aquí en nombre del clero... Soy un pobre cura sin influencia alguna... Vengo como particular a preguntar al señor secretario si puede permitir que respetables personalidades de la Iglesia diocesana sean de tal modo difamadas...

—Ciertamente es de lamentar que un periódico...

Natalio interrumpió indignado:

—¡Un periódico que debía estar prohibido, señor secretario general!

—¿Prohibido? ¿Y por qué, señor cura? ¡No pretenderá usted que volvamos a los tiempos de los corregidores! ¿Prohibir un periódico porque dice tres o cuatro granujerías sobre el cabildo? ¡Imposible! Habría que prohibir toda la prensa de Portugal con excepción de *La Nación* y *El Bien Público*. ¿Dónde iría a parar la libertad de pensamiento, carísimo señor? ¡Lo impiden treinta años de progreso, la misma idea gubernamental! ¡Nosotros queremos luz, mucha luz! ¡Esto es justamente lo que queremos, luz!

Natalio tosió y con voz suave dijo:

—Perfectamente. Pero cuando la autoridad venga a pedirnos nuestro auxilio para las elecciones, nosotros, viendo que en ella no hallamos protección contestaremos lisa y llanamente: *Non possumus!*

—¿Y supone el señor cura que nosotros podemos traicionar la civilización por el interés de unos cuantos votos que nos dan los señores abades?

El antiguo Bibí adoptó una gran actitud y lanzó esta frase:

—¡Somos hijos de la libertad y no haremos traición a nuestra Madre!

Entonces el padre Natalio deslizó una advertencia.

—El doctor Godiño que es el alma de ese periódico está en la oposición y proteger al periódico supone tanto como proteger las maniobras...

—Carísimo señor cura, veo que no está usted en los secretos de la política. Entre el doctor Godiño y el gobierno no hay enemistad, apenas existe un ligero enojo... El doctor Godiño es una inteligencia... Y el doctor aprecia la política del gobierno, como el gobierno aprecia al doctor Godiño.

Natalio se levantó.

—De modo que...

—*Impossibilis est* —dijo el secretario general—. Por lo demás, señor cura, créame que como particular me indignó el *Comunicado*, pero como autoridad me veo obligado a respetar la libre expresión del pensamiento... Yo le aseguro que

la Iglesia católica no tiene un hijo más ferviente que Gouvea
Ledesma, créame... Pero el *Sylabus* es imposible en este siglo
de electricidad, señor cura. No nos conviene por razones de
alta política ponernos mal con el doctor Godiño. Este es mi
parecer.

Natalio se inclinó diciendo:

—Señor secretario general...

—A sus órdenes siempre, señor cura. Siento que no tome
una taza de té... ¿Cómo sigue nuestro chantre?

—Creo que Su Excelencia en estos días ha sufrido una
recaída.

—Lo siento. También es una inteligencia... ¡Cuidado con
los escalones!...

Natalio, colérico, se dirigió con nervioso andar a la Catedral. Amaro se paseaba en el atrio con las manos a la espalda. Tenía el rostro envejecido y los ojos cercados por negras
ojeras. Viendo a Natalio interrogó vivamente:

—¿Qué hay?

—¡Nada!

Amaro se mordió los labios. Natalio le contó su conversación con el secretario y terminó diciendo con un gran gesto:

—Es inútil, por la autoridad no conseguiremos nada...
Pero el asunto queda en mis manos y yo sabré quien es *el liberal,* padre Amaro, ¡vaya si lo sabré! y yo seré quien le
destroce.

* * *

Juan Eduardo triunfaba. El escándalo producido por el
artículo hizo que se vendieran ochenta números extraordina-
rios del periódico. Agustín aseguró por todas partes que *el
liberal* conocía a la gente de sotana y que era un mozo listo.
Juan Eduardo gozaba extraordinariamente oyéndole decir:

—¡Eres un genio, chico! Tienes que traerme otro
artículo.

El escribiente entonces hubiera deseado decir a todo el
mundo —*Yo escribí el Comunicado*— y meditaba otro más

terrible que se titularía: *El demonio hecho ermitaño* o *El sacerdocio de Leiria en el siglo* XIX.

El doctor Godiño le detuvo en la plaza para decirle amablemente:

—La cosa ha hecho ruido. Es usted el mismo demonio. La alusión al padre Brito está muy bien. Yo no sabía nada... Y creo que es muy bonita la mujer del alcalde...

—¿Su Excelencia no sabía?

—No, y lo saboreé con deleite. Demonio de muchacho. Yo dije a Agustín que se publicase la cosa como un comunicado porque ya comprenderá usted que yo no quiero tener disgustos con el clero... Además mi esposa tiene ciertos escrúpulos... Al fin es mujer, y es conveniente que las mujeres sean religiosas... Pero en mi fuero interno saboreé el artículo... Sobre todo la alusión al padre Brito. El estúpido me hizo una guerra de los diablos en las pasadas elecciones... ¡Ah! hablando de otra cosa, le participo que su asunto de usted se arregló, así es que el mes que viene tiene usted empleo en el gobierno civil.

—¡Oh, señor doctor!... yo...

—Nada hombre, ¡usted lo merece bien!

Juan Eduardo se dirigió al escritorio trémulo de gozo. No estaba Nunes Ferral y el escribiente tomando una pluma se dispuso a copiar. De repente se levantó, cogió su sombrero, y marchó a la calle de la Misericordia.

La San Juanera cosía junto a la ventana, Amelia estaba en el Morenal. Juan Eduardo desde la puerta dijo:

—¿Sabe, doña Augusta? El doctor Godiño acaba de decirme que para el mes que viene tengo mi empleo...

—¿Qué me dice?...

—La verdad, la verdad.

El escribiente se frotaba las manos riendo nerviosamente.

—Es una gran suerte y si Amelia quisiera ahora...

La San Juanera dando un gran suspiro dijo:

—¡Ay, Juan Eduardo, qué peso me quita del corazón!... No sabe como estaba... ¡Ni dormir podía!...

Juan Eduardo supuso que iba a hablarle del comunicado y preguntó:

—¿Pues qué le ocurre?

—Aquella desvergüenza que publicó el *Distrito* ¿qué le pareció a usted? ¡Qué calumnias! ¡Ah!, ¡me ha echado diez años encima!

Juan Eduardo que escribió el artículo para "aplastar" al padre Amaro sin pensar en el disgusto de las dos mujeres, viendo ahora llorar a la San Juanera, "casi" se arrepentía de lo hecho y por decir algo murmuró:

—Ya lo leí... ¡qué demonio! —Trató de aprovecharse de la pena que afligía a la San Juanera en favor de su amor, y acercando su silla a la de ella añadió:

—Yo no quise nunca hablar de esto, doña Augusta... pero noté que Amelia trataba al párroco con demasiada familiaridad. Claro que la pobre no veía en ello mal ninguno, pero Libaniño y las Gangoso comentaban, y la cosa se iba sabiendo... y usted ya conoce lo que son las lenguas de Leiria.

La San Juanera entonces le confesó que, lo que más la afligía, era el temor de que él también hubiera dado crédito al artículo, y que por esta causa hubiera deshecho el casamiento. Como madre, y como mujer de bien, ella podía jurarle que entre la pequeña y el párroco no había nada, nada, ¡nada! La muchacha tenía el genio muy expansivo, y el señor párroco era muy cariñoso y muy atento...

Juan Eduardo mordió su bigote bajando la cabeza y la San Juanera tocándole ligeramente en las rodillas sin dejar de mirarle continuó:

—Yo no debía decírselo, pero créame que la chiquilla a quien quiere de veras es a usted, Juan Eduardo.

El corazón del escribiente palpitaba conmovido.

—Doña Augusta, usted sabe bien la pasión que yo siento por Amelia... ¡qué me importa a mí lo del artículo!

Doña Augusta entonces se limpió los ojos con la punta del delantal blanco. ¡Ay! ¡era para ella una gran alegría! Ella siempre dijo que no había en Leiria un muchacho mejor que Juan Eduardo.

—¡Bien sabe usted que yo le quiero como a un hijo!

El escribiente enternecido la dijo:

—Pues no hay más que pensar en hacer la boda pronto para tapar bocas...

Y levantándose con cómica solemnidad añadió:

—Señora doña Augusta, tengo el honor de pedir a usted la mano de...

La vieja reía y en su satisfacción cogió la cabeza de Juan Eduardo besándola maternalmente.

El muchacho se despidió diciendo al salir:

—Hable usted con Amelia esta noche, yo vendré mañana, y felicidad no ha de faltarnos...

La San Juanera tomó de nuevo su costura y lanzó un suspiro de alivio.

Apenas volvía Amelia del Morenal, su madre la dijo:

—Aquí estuvo Juan Eduardo...

—¡Ah!...

—Aquí estuvo el pobrecillo hablando...

Amelia en silencio doblaba su abrigo. La madre continuó.

—Aquí estuvo quejándose...

—¿De qué? —preguntó Amelia enrojeciendo.

—¿De qué iba a ser? De cómo se comentaba el artículo del *Distrito*. De que la gente se preguntaba a quién aludía en el periódico con aquello de las "doncellas inexpertas" y que la respuesta era: "¿A quién ha de ser? ¡A Amelia la de la San Juanera, la de la calle de la Misericordia!" ¡El pobre Juan está disgustadísimo!... Por delicadeza no quería hablarte... En fin...

Aquellas palabras caían sobre Amelia como dos gotas de vinagre sobre una herida y con los ojos llenos de lágrimas exclamó:

—¿Pero qué culpa tengo yo, madre?

—Yo te digo esto para tu gobierno, hija mía. Ahora tú haces lo que quieras. Bien sé yo que son las malas lenguas... Lo que puedo decirte es que el muchacho no ha creído una palabra del artículo, ni le importa nada... no desea más que casarse... Y yo que tú, para hacer callar a la gente me casaba en seguida. Ya sé que no te mueres por él, ya lo sé, ¡pero déjalo, que todo vendrá! Y Juan es buen muchacho, además ahora va a tener empleo...

—¿Va a tener empleo?...

—Pues para decirme eso vino hoy... En fin, tú haces lo que te parezca... Piensa en que yo soy ya vieja y en que puedo faltarte de un momento a otro, hija mía...

Amelia sin responder contemplaba los pardales que en el tejado de enfrente revoloteaban menos inquietos que sus pensamientos en aquel instante.

* * *

Desde el domingo vivía atormentada, segura de que la "doncella inexperta" a quien aludía el *Comunicado* era ella, Amelia, y se desesperaba viendo su amor publicado en un periódico. Además (como ella pensaba, con los ojos llenos de lágrimas, mordiéndose los labios) aquello lo había deshecho todo. En la Plaza, en el Arco, se diría entre sonrisas maliciosas: "¿Conque Amelia la de la San Juanera está liada con el párroco, eh?" ¡Qué vergüenza! Por unas miradas, por unos apretones de manos, su honra estaba destrozada, destrozado su amor.

—¿Qué haré, Dios mío? ¿Qué haré? —murmuraba a veces apretándose la cabeza entre las manos. Su cerebro de beata sólo la facilitaba soluciones devotas: entrar en un convento, hacer una ofrenda a la Virgen de los Dolores "para que la librase de aquel apuro", ir a confesarse con el padre Silverio... Y concluía siempre por sentarse junto a su madre considerando resignadamente que desde niña fue siempre desgraciada.

La madre no la hablaba del *Comunicado* sino de una manera ambigua.

—Aquello era una vergüenza... Había que despreciarlo... Cuando se tiene la conciencia tranquila poco importan los cuentos...

Pero Amelia comprendía bien cuánto sufría la pobre mujer, contemplando su rostro apenado, viéndola silenciosa y triste, oyéndola suspirar. El amor que el párroco la inspiraba, entonces la parecía monstruoso y casi se alegraba de que el padre Amaro no hubiera vuelto por allí. Sin embargo,

¡con cuánta ansiedad esperaba todas las noches que él llamase a la puerta! Pero no volvía; y aquella ausencia que su corazón juzgaba prudente, daba a su corazón todas las angustias, todas las amarguras de una infidelidad. Cierta noche, no pudiendo dominarse, preguntó:

—¿Qué habrá sido del párroco?

El canónigo que parecía dormir arrellanado en su poltrona tosió fuertemente y rezongó:

—Excusaos de esperarle, tiene más que hacer que venir aquí.

Amelia quedó blanca como una estatua, y se convenció de que el párroco aconsejado por los curas timoratos y celosos "del buen nombre del clero" trataba de separarse para siempre de ella. Y había sido él, él quien la trastornó con sus frases dulces, con sus mimos. ¡Infame!... Deseaba entonces de una manera violenta estrecharle contra su corazón y abofetearlo al mismo tiempo. Tuvo la idea insensata de ir al día siguiente a la calle de Sousas, echarse en brazos de Amaro, y obligarle con un escándalo a huir de la diócesis... ¿Por qué no? Eran jóvenes, robustos, podrían vivir felices lejos de allí, en otros países, y su imaginación de histérica, la hacía adivinar las perspectivas deliciosas de una existencia pasada entre besos. A través de su excitación, hallaba muy fácil, muy práctico, huir con Amaro. Ya lejos, él se dejaría crecer el pelo, el bigote (¡qué guapo estaría entonces!) Nadie sabría que era un cura; él daría lecciones de latín, y ella cosería para fuera; vivirían en una casita donde lo que más claramente veía era la cama con sus dos almohadas unidas... La única dificultad con que tropezaba en tales proyectos era la manera de sacar de su casa sin que la madre lo advirtiera el baúl con la ropa... Pero todos estos planes fraguados durante la noche, se desvanecían como sombras con los primeros rayos de sol. Y todo le parecía tan imposible, tan lejos de ella, como si entre la calle de Sousas y la de la Misericordia se hubieran levantado todas las montañas de la Tierra. ¡Ay! no cabía duda, el señor párroco la abandonaba. ¡Pobre de ella! Quiso vengarse y por primera vez notó que Juan Eduardo tampoco había vuelto por la casa desde la publicación del "Comunicado".

—También me vuelve la espalda —pensó con amargura—. Pero qué le importaba. Todas sus lágrimas eran para el señor párroco "¡que no se acordaba ya de ella!"

Si lamentaba la deserción de Juan Eduardo, era porque perdía un medio de dar celos al padre Amaro...

Por eso aquella tarde en silencio —mirando el revuelo de los pardales y después de saber lo que Juan Eduardo había hablado con su madre— pensaba satisfecha en la desesperación del párroco cuando viera publicadas en la Catedral, las proclamas de su casamiento. Los prácticos consejos de la San Juanera la hacían comprender todas las ventajas de una nueva vida; casándose, adquiría respetabilidad de señora: si su madre moría, con lo ordenado que era Juan Eduardo, con el sueldo del gobierno civil y la renta del Morenal, podrían vivir con decencia y hasta ir a los baños en el verano... Y se veía ya en Vieira muy agasajada por los caballeros y acaso, acaso, tratándose con el gobernador civil. Todas aquellas ventajas la decidieron, pero su débil naturaleza deseaba ser persuadida aún más, casi forzada a aceptar lo que sin esfuerzo aceptaba. Bruscamente preguntó a su madre:

—¿Qué le parece a usted, mamá?

La San Juanera respondió:

—Hija, yo iría a lo seguro.

—Es lo mejor —murmuró Amelia.

Aquella noche llovió mucho y las dos señoras pasaron solas la velada. La San Juanera, tranquila ya de sus inquietudes, cabeceaba soñolienta con la media abandonada en el regazo. Amelia con los codos sobre la mesa, hacía girar la pantalla del quinqué pensando en su casamiento: Juan Eduardo era un buen muchacho que realizaba el tipo ideal de marido estimado por la burguesía. No era feo y tenía un empleo. Hacía dos años que estaba enamorado de ella... Amelia trató de recordar minuciosamente todo lo que en él la agradaba: su aspecto serio, sus dientes blancos y su ropa aseada.

El viento y la lluvia fustigando los cristales la hacían pensar en un buen fuego, el marido junto a ella y el pequeñín en su cuna —porque había de ser un niño que se llamaría Carlos y que tendría los ojos negros como el padre Amaro—. ¡El padre Amaro!... Después de casada volvería a verle y... Una idea atravesó todo su ser haciéndola levantarse bruscamente para buscar por instinto un rincón donde ocultar su rubor. ¡Oh! ¡aquello no, aquello no! ¡Era horrible!... Y el antiguo amor que por necesidad y por despecho quería enterrar en el fondo de su alma, se levantaba fuerte, la inundaba toda. Retorcíase las manos pronunciando con pasión el nombre de Amaro: Deseaba sus besos, le adoraba, y tenía que casarse con otro, ¡pobre de ella!... Con el rostro pegado a los cristales comenzó a sollozar ahogadamente.

Mientras tomaba el té, la San Juanera la dijo:

—Puesto que estás decidida, lo mejor es hacerlo pronto. Así es que empezaremos a preparar el equipo y si fuera posible casarte para fines de mes...

Amelia no respondió, pero aquellas palabras la causaron un gozo extraño. ¡Ella casada a fin de mes! A pesar de que Juan Eduardo le era indiferente, la idea de que aquel muchacho, joven, fuerte, apasionado, iba a vivir con ella, a dormir con ella, perturbaba todo su ser. Cuando su madre se retiraba la dijo:

—Mamá, a mí me da vergüenza entrar en explicaciones con Juan Eduardo, decirle que sí. Lo mejor sería escribirle. ¿No le parece a usted?

—Tienes razón. Escríbele y que Pitusa lleve la carta mañana temprano... Una carta bien puesta para halagar al muchacho.

Amelia quedó sola en el comedor hasta muy tarde, haciendo el borrador de la carta que decía así:

"Sr. D. Juan Eduardo:

"Mamá me contó la conversación que tuvieron ustedes hoy. Si su cariño es verdadero, como creo, por las pruebas que de él me ha dado, yo estoy dispuesta a cumplirle mi palabra. Mañana le esperamos para tomar el té y hablaremos del equipo y los papeles. Mamá está muy contenta y yo creo que con la ayuda de Dios todo será para nuestra felicidad. Mamá le saluda y ya sabe que le quiero mucho.

AMELIA CAMOÑA".

Apenas cerró la carta, las hojas de papel desparramadas sobre la mesa le dieron el deseo de escribir al padre Amaro. ¿Para qué? ¿Para confesarle su amor con la misma pluma mojada en la misma tinta con que aceptaba a "otro" por marido?...

¿Para acusarle por su cobardía mostrándole así su dolor? ¡No, era humillarse! Y a pesar de no hallar motivo para escribirle, su mano iba trazando estas palabras: "Mi adorado Amaro." Se detuvo pensando que no tenía por quién enviarle la carta. ¡Ay! tenía que separarse de él para siempre y en silencio.

...Separarse, ¿por qué? Bien podía después de casada tener al padre Amaro por confesor. Y la misma idea volvía en una forma tan honesta que ahora ya no la rechazaba. Iría todos los sábados a proveerse de felicidad en el confesionario, contemplando la luz de sus ojos, escuchando el dulce sonido de las palabras del padre Amaro. Habría entre los dos un cambio delicioso de confidencias por tiernas amonestaciones; y aquello sería casto, en nada podía ofender a Dios.

Se encontraba satisfecha con la impresión que no definía bien de una existencia en la cual la carne estaría legítimamente satisfecha, mientras el alma gozaría de una devoción amorosa. Todo se arreglaba bien por fin... Poco después dormía serenamente, soñando que estaba en "su casa" con "su" marido y que jugaba a la manilla con las viejas amigas, sentada sobre las rodillas del padre Amaro, entre la aprobación del cabildo.

Al día siguiente Pitusa llevó la carta a Juan Eduardo y durante toda la mañana madre e hija hablaron de la boda. Amelia no quería separarse de su madre y como la casa era grande los novios ocuparían el primer piso y la San Juanera se trasladaría al segundo; seguramente el señor canónigo ayudaría para hacer el equipo, y podían pasar la luna de miel en la hacienda de doña María.

Amelia ante aquella feliz perspectiva se ruborizaba bajo la mirada de la madre que la contemplaba satisfecha con los anteojos en la punta de la nariz.

Al anochecer, la San Juanera bajó a su cuarto a rezar el rosario y dejó a su hija sola "para que se entendiera con el muchacho". Al poco rato llegó Juan Eduardo, nervioso, perfumado con agua de colonia, y calzadas las manos con guantes nuevos. Se acercó a la puerta; no había luz, pero la linda figura de Amelia se destacaba sobre la claridad de la vidriera. El muchacho adelantó unos pasos y permaneció inmóvil. Por fin dijo:

—Recibí la cartita, Amelia...

—La mandé por Pitusa esta mañana temprano para encontrarle en casa —respondió Amelia con las mejillas como la grana.

—Me marchaba ya al escritorio, estaba en la escalera cuando... Debían ser las nueve...

—Esa hora sería...

Quedaron silenciosos. Juan Eduardo se acercó y cogiendo las manos de su novia delicadamente, la preguntó bajito:

—¿Quieres ser mi mujer?

—Sí —murmuró Amelia.

—Lo antes posible, ¿verdad?

—Bueno...

Él suspiró con deleite.

—¡Seremos muy dichosos, muy dichosos!

Y sus manos, con presión tierna, se apoderaban de los brazos de ella desde la muñeca al codo.

—Mamá dice que podemos vivir todos juntos —dijo Amelia esforzándose por parecer tranquila.

—Claro está —contestó el escribiente, y con la voz alterada añadió—: Ya encargué las sábanas.

Súbitamente atrajo a su novia junto a sí, y la besó en los labios. Ella sollozando se abandonó en los brazos de Juan Eduardo lánguida y débilmente.

—¡Mi vida! —murmuraba el escribiente.

Los pasos de la madre sonaron en la escalera y Amelia se apartó vivamente de su novio para encender la lámpara. La

San Juanera se detuvo en la puerta y dando su primera aprobación maternal dijo cariñosamente:

—¿Estabais a obscuras, hijos?

* * *

Una mañana el canónigo Días hablando con el padre Amaro en la Catedral, le participó el próximo casamiento de
Amelia diciendo:

—Me agrada mucho, porque es gusto de la pequeña, y es
además un descanso para la pobre vieja...

Amaro densamente pálido repetía:

—Claro que sí, claro que sí...

El canónigo, después de toser fuerte y escupir, añadió:

—Ahora que ya está todo en orden, vaya por allí... La es-
tupidez del periódico pertenece ya a la historia. ¡Lo pasado,
pasado!

—Claro que sí, claro que sí...

Y Amaro terciando bruscamente su manteo salió de la
iglesia.

Iba indignado; apenas podía dominar su cólera. En la esquina de su calle tropezó con el padre Natalio que le dijo al
oído misteriosamente:

—¡Aún no sé nada!

—¿De qué?

—De lo del "liberal" del *Comunicado*. ¡Pero trabajo, trabajo en ello!

Amaro que ansiaba desahogarse replicó entonces.

—¿Pero no sabe usted que hay novedades? ¡Amelia se
casa!... ¿Qué le parece?

—Ya lo sé, ya lo sé. Me lo dijo el animal de Libaniño.

—¡Creo que hay gran alegría en casa de la San Juanera!

—Que les aproveche. Yo no tengo tiempo de ir por allí...
¡Ni tengo tiempo para nada!... No me preocupo más que de
saber quién es el "liberal" ¡para reventarlo! No comprendo
cómo hay gente que se encoge de hombros ante injurias semejantes. ¡Yo no puedo ni quiero! ¡El que me la hace, me la
paga!

Calló un momento el padre Natalio como saboreando la hiel que le subía a los labios, y después clavando sus ojillos en Amaro continuó:

—Si va usted por la calle de la Misericordia, felicite en mi nombre a las señoras... ¡El bobalicón del escribiente se lleva la muchacha más bonita de Leiria! ¡Bien va a ponerse el cuerpo!

—¡Hasta la vista! —exclamó Amaro alejándose del padre Natalio a grandes zancadas con un gesto de rabia furiosa.

Después del terrible domingo en que apareció el *Comunicado*, el párroco sólo se preocupó de las consecuencias que para él podía traer el escándalo. Vivió dos días aterrado, creyendo ver a cada momento que el padre Saldaña aparecía en su casa para decirle con voz meliflua "que Su Excelencia el señor chantre reclamaba la presencia del señor párroco".

Pasaba el tiempo preparando explicaciones, hábiles respuestas, lisonjas para Su Excelencia. Después viendo que a pesar de la violencia del artículo, el chantre parecía dispuesto a "hacer la vista gorda" comenzó a preocuparse de los intereses de su amor. El miedo le hacía ser astuto, y decidió no volver durante algún tiempo por la calle de la Misericordia pensando:

—Dejemos pasar la nube.

Cuando la gente se olvidara del *Comunicado* volvería nuevamente a casa de la San Juanera. Lograría por medio de doña Josefa y doña María, que Amelia dejase su confesor y se confesase con él.

Podría entonces, en el secreto del confesionario entenderse y combinar una conducta discreta con encuentros aquí o allá y cartitas mandadas por la criada. Ya se regocijaba con la seguridad del éxito que obtendría tan hábil combinación cuando vino el gran golpe: ¡Amelia se casaba!

Pasados los primeros momentos de desesperación durante los cuales pateó el suelo, blasfemó y maldijo, trató de serenarse y comprender la razón de las cosas. ¿A dónde le llevaba aquella pasión? Al escándalo. Casándose Amelia cada uno entraba en su legítimo destino: ella en su casa, y él en su parroquia. Después cuando de nuevo se encontrasen cambia-

rían un saludo amable. Y él volvería a pasear por la ciudad
sin temores ni vergüenzas y sería feliz. ¡No! sin ella no podía
ser feliz, quitando de su existencia el interés de las visitas a
la calle de Misericordia, los apretones de manos, la esperanza de mayores delicias, ¿qué le quedaba? ¡Oh, cuánto la
odiaba! Menos, sin embargo, que al "otro", al "otro" que
triunfaba porque era un hombre, porque tenía libertad, todo
su pelo, bigote y un brazo libre que ofrecerla en la calle.
Torturaba su imaginación con visiones de la felicidad que el
escribiente gozaría: le veía llevando a Amelia triunfalmente a
la iglesia: le veía besarla en el cuello, en el pecho... Procuraba sosegarse, hacía proyectos de venganza ¡una buena venganza! Y de nuevo desesperaba por no vivir en los tiempos
de la Inquisición para encerrar a los dos en la cárcel valién-
dose de una denuncia de herejía o embrujo. ¡Ah! ¡cuánto hubiera gozado él entonces! Pero ahora gracias a los señores liberales, tenía que ver que aquel miserable escribiente se
apoderaba de la muchacha, quitándosela a él que era un
sacerdote instruido, que podía ser obispo, que podía ser
Papa, y que se veía obligado a encogerse de hombros y rumiar
en silencio su despecho. ¡Ah! si las maldiciones de Dios tenían algún valor, ¡malditos fueran los dos! Quería verlos llenos de hijos, sin pan que llevarse a la boca, con el último cobertor empeñado, para gozar con su ruina y reírse de ellos...

* * *

Un día, por fin, no se contuvo más, y fue a la calle de la
Misericordia. La San Juanera estaba en la sala del primer
piso con el canónigo. Apenas vio a Amaro le saludó diciendo:

—¡Oh! ¡señor párroco! Bien venido. Precisamente estaba
hablando de usted; me extrañaba que no viniera ahora que
hay alegría en casa.

—Ya sé, ya sé —murmuró Amaro palideciendo.

—Alguna vez tenía que suceder —dijo jovialmente el canónigo—. ¡Dios les haga felices, y les dé pocos hijos, que la
carne está cara!

Amaro intentó sonreír y escuchó atentamente el piano que sonaba en el piso alto.

Era Amelia quien tocaba el vals de "Los dos mundos" como en otro tiempo, pero ahora el escribiente muy cerca de ella, la volvía las hojas del papel de música.

—¿Quién ha venido, Pitusa? —preguntó Amelia.

—El padre Amaro.

Una oleada de sangre la abrazó el rostro, su corazón palpitaba con tal fuerza que por un instante permaneció inmóvil con las manos fijas sobre el teclado.

—¡Maldita la falta que hacía aquí el señor padre Amaro! —masculló entre dientes Juan Eduardo.

Amelia se mordió los labios.

En aquel instante sintió odio hacia el escribiente, la repugnaba la voz, sus modales, su figura, de pie cerca de ella: pensó con deleite en cómo después de casada (puesto que ya era forzoso casarse) se confesaría con el señor párroco, y no dejaría de amarle. En aquel momento no sentía escrúpulos y casi deseaba que su novio la viese en el rostro la pasión que la abrazaba el alma. Terminó de tocar el vals y comenzó a cantar el "Adiós".

> *¡Ay, adiós, terminaron los días*
> *que dichoso a tu lado viví!*

Su voz se elevaba con modulaciones ardientes, el párroco abajo devoraba todos los tonos de aquella voz, mientras la San Juanera charlaba, contando las piezas de tela que había comprado para hacer sábanas, los arreglos que pensaba hacer en el cuarto de los novios y las ventajas de vivir juntos...

—Una felicidad —dijo el canónigo interrumpiéndola y levantándose pesadamente—. Pero vamos arriba que los novios solos no están bien...

—¡Ah! no tengo cuidado —respondió la San Juanera riendo—, puedo fiarme de él que es un hombre de bien a carta cabal...

Amaro temblaba al subir la escalera, y cuando entró en el comedor, el rostro de Amelia iluminado por las bujías del piano, le deslumbró como si las vísperas de la boda la hubieran embellecido y la separación la tornara más apetitosa. Se acercó a ella tendiéndole la mano, después estrechó la del escribiente, y sin mirar los dijo en voz baja:

—Mi enhorabuena... Mi enhorabuena. —Les volvió la espalda y fue a charlar con el canónigo que enterrándose en su poltrona se quejaba de aburrimiento y reclamaba el té.

Amelia quedó pensativa. La actitud del padre Amaro la afirmó en su idea. Quería a todo trance separarse de ella. ¡Ingrato! ¡Villano!... Entonces comenzó a cuchichear tiernamente con Juan Eduardo, le pasaba la mano por los hombros; riendo, intentó tocar en él una polka a cuatro manos: después le dio un pellizco y él soltó un chillido exagerado. La San Juanera los contemplaba sonriente, el canónigo dormía y Amaro en un rincón, como el escribiente en otro tiempo, hojeaba el viejo álbum.

Un brusco campanillazo vino a sobresaltarlos a todos: pasos rápidos sonaron en la salita del primer piso y Pitusa apareció diciendo "que era el señor padre Natalio, que no subía y que tenía que dar un recado al señor canónigo".

El canónigo se arrancó del fondo confortable de su poltrona mascullando:

—¡Vaya unas horas para embajadas!

Amelia cerró el piano y la San Juanera, de puntillas, se acercó a la escalera para escuchar. La voz del canónigo gritó desde la puerta de la salita.

—¿Padre Maestro?

—Venga acá, hombre, y diga a doña Augusta que puede venir también.

La San Juanera bajó de prisa, asustada, Amaro supuso que el padre Natalio había descubierto por fin al "liberal".

La salita daba una impresión de frialdad alumbrada por una vela que dejaba ver en la pared un viejo cuadro —reciente regalo del canónigo— representando la faz lívida de un monje, y los huesos de una calavera.

El canónigo se acomodó en el sofá sorbiendo polvo de rapé, y el padre Natalio paseando agitado exclamó:

—¡Buenas noches, señora! Hola, Amaro. ¡Hay novedades!... No he querido subir porque supuse que estaría ahí el escribiente, y estas son cosas para nosotros solos. Empezaba a contar al colega Días que tuve hoy en casa la visita del padre Saldaña y... ¡estamos frescos!

Como el padre Saldaña era confidente del señor chantre, Amaro preguntó con inquietud:

—¿Qué ocurre?

Natalio empezó a decir, levantando el brazo solemnemente:

—*Primo:* el colega Brito ha sido trasladado de la aldea de Amor para cerca de Alcobaza, en la sierra, en el infierno...

—¿Qué me dice? —exclamó la San Juanera.

—¡Obra del "liberal", señora mía! Nuestro digno chantre tardó en meditar sobre el *Comunicado* del *Distrito* pero hizo por fin una de las suyas. El pobre Brito marcha allá desesperado.

—Claro, por lo que se dice de la mujer del alcalde... —murmuró la buena señora y el canónigo la interrumpió severamente.

—¡Hola! ¿qué es esto? ¡Aquí no se murmura! Siga su noticia, colega Natalio.

Natalio continuó:

—*Secundo:* esto es lo que quería decir al colega Días... El señor chantre en vista del *Comunicado* y de otros ataques de la prensa está decidido a "reformar las costumbres del clero diocesano", palabras del padre Saldaña. Le desagradan sobremanera las reuniones de eclesiásticos y señoras... y quiere saber qué es eso de los sacerdotes gallardos que llevan tentaciones a las muchachas bonitas...

Todos callaban consternados, y Natalio plantado en medio de la sala con las manos metidas en los bolsillos exclamó por fin:

—Qué les parece, ¿eh?

El canónigo se levantó y con su calma de siempre dijo:

—Mire, amigo, de entre muertos y heridos alguno escapará... Conque señora no ponga esa cara de Dolorosa, y mande servir el té que es aquí lo importante.

Natalio quería seguir perorando.

—Yo le dije al padre Saldaña...

—El padre Saldaña... Vamos a tomar nuestras tostadillas y delante de los chicos, chitón.

Subieron. Tomaron el té silenciosamente. El canónigo entre tostada y tostada fruncía el entrecejo y respiraba fuerte. La San Juanera toda mustia apoyaba la frente en el puño y Natalio se paseaba con tal ímpetu que levantaba aire con las faldas de su balandrán. De repente se detuvo mirando a Amelia y a su novio que tomaban el té junto al piano.

—¿Cuándo es esa boda?

—Muy pronto —respondió Amelia sonriendo.

Amaro entonces se levantó y mirando el reloj dijo con desaliento:

—Ya es hora de marcharme a mi casa.

Pero la San Juanera no lo consentía. ¡Jesús, todos tenían una cara de disgusto como si estuvieran de pésame!

—¿Por qué razón? —dijo el canónigo severamente—. Aquí no hay motivos sino para estar alegres, ¿verdad, señor novio?

Juan Eduardo sonrió:

—Por mi parte, señor canónigo, no tengo más que felicidades.

—Pues es claro, hombre. Conque ¿vámonos todos para el valle de las sábanas?

Amaro estrechó en silencio la mano de Amelia, y los tres curas bajaron la escalera. Al abrir la puerta una ráfaga de viento les azotó el rostro. Caía una lluvia menuda. Sólo el canónigo llevaba paraguas y los tres se guarecieron debajo. El canónigo marchaba en medio, a su lado Natalio rechinaba los dientes encogido en el balandrán; Amaro caminaba con la cabeza baja, abatido, vencido, y la lluvia fustigaba irónicamente las espaldas de los tres curas.

FIN DE LA PRIMERA PARTE

SEGUNDA PARTE

Capítulo I

Pocos días después los habituales concurrentes a la botica de la Plaza, vieron con asombro que el padre Natalio y el doctor Godiño conversaban amigablemente. El recaudador declaró con tono profundo que "no se admiraría más si hubiera visto a Pío IX paseando del brazo de Víctor Manuel".

Otro sujeto (el amigo Pimenta) asegura que si la paz no estaba aún hecha, las negociaciones iban muy adelantadas, y el recaudador añadió que en efecto, debía ser así porque había visto al imbécil de Agustín saludando al pobre Natalio. Además él, que era un gran observador, había reparado en que el padre Natalio y el padre Silverio volvían a ser amigos... Y en todo esto se veía la mano del doctor Godiño, porque el padre Silverio confesaba a la mujer del doctor.

Mucho se comentaba, en efecto, la reconciliación del padre Silverio y del padre Natalio. Hacía cinco años que apenas se saludaban a consecuencia de una disputa que tuvieron en la sacristía, en la cual Natalio llegó a levantar un paraguas contra el enorme padre Silverio, que olvidó pronto la injuria gracias a su carácter bonachón. Pero Natalio tenía toda la tenacidad del rencor dentro de aquel cuerpecillo pequeño y seco.

Cierta mañana los empleados de la administración cuyas oficinas estaban cerca de la Catedral, vieron con sorpresa a los dos curas paseando juntos por el atrio enlosado. Natalio parecía excitado, trataba sin duda de convencer de algo al padre Silverio; agitaba frenéticamente los brazos plantado delante de su colega. Hacía gestos desolados, como augurando la perdición posible de él, de la Catedral, de la ciudad, del Universo entero. El buen padre Silverio le escuchaba con los ojos muy abiertos; como espantado, Natalio se exaltaba, tiraba estocadas con su dedo flaco al vasto estómago de su amigo, pateaba furiosamente en las losas, y de repente dejó caer los brazos mostrándose abrumado.

Entonces, Silverio, habló algunas palabras con las manos extendidas sobre el pecho: instantáneamente el rostro bilioso de Natalio se iluminó y los dos sacerdotes muy juntos entraron en la iglesia riendo y cuchicheando.

Cuando desaparecieron, los empleados que detrás de los cristales habían observado toda la escena anterior hacían conjeturas sobre el motivo de aquella larga conversación. Arturo Conceiro dijo:

—Debe ser algo del *Comunicado*. El padre Natalio, en casa de la San Juanera, ha dicho que no descansará mientras no sepa quién escribió aquello... Y como el padre Silverio es el confesor de la mujer de Godiño...

—Eso debe ser —dijeron los demás ocupando de nuevo sus sitios.

* * *

Días después hubo en la Catedral una misa de cuerpo presente por el alma del rico propietario Morales que murió de aneurisma y a quien su mujer quería hacer unas "exequias reales" como desagravio de los muchos disgustos que le ocasionó en vida con su desordenada afición por los tenientes de infantería.

Amaro se despojaba de las vestiduras en la sacristía cuando la puerta rechinó y la voz agitada de Natalio dijo:

—Amaro, ¡gran noticia!

—¿Qué ocurre?

Natalio cerró la puerta y levantó los dos brazos en el aire.

—¡Fue el escribiente!

—¿Qué escribiente?

—¡Juan Eduardo! ¡Él es el "liberal"! Él escribió el *Comunicado*.

—¿Qué dice usted? —preguntó Amaro estupefacto.

—Tengo pruebas, amigo mío. Vi el original de su puño y letra. Cinco pliegos de papel. Trabajo me costó, pero al fin lo averigüé. ¡Cinco pliegos! ¡Y trata de escribir otro! ¡Vaya con don Juan Eduardo! ¡Con nuestro buen amigo Juan Eduardo!

—¿Pero usted está seguro de eso?

—¡Pues no le digo que lo he visto yo mismo!…

—¿Y cómo se enteró usted de ello?

Natalio se dobló, con la cabeza enterrada en los hombros, y arrastrando las palabras dijo:

—¡Ah, colega ya comprenderá usted que los "cómos" y los "porqués"… *Sigillus magnus!* Además, lo del artículo no es nada. El señor don Eduardo que a todos nos parecía tan buen muchacho es un verdadero perdido.

Pasa las noches con Agustín, ese bandido de *La Voz del Distrito,* entre vino y mujeres… Se alaba de ser ateo… Hace seis años que no se confiesa… Nos llama "canalla canónica…" Es republicano… En fin, amigo mío, una fiera, una verdadera fiera.

Amaro escuchaba sin pestañear.

—¿Y ahora?… —preguntó viendo que Natalio callaba.

—¡Ahora! ¡Ahora hay que reventarlo!

Amaro pasó su pañuelo por los labios secos.

—¡Qué horror! Y aquella pobre muchacha… Casarse con un hombre así… Con un perdido.

Los dos curas se miraron fijamente. Natalio sacó del bolsillo de sus pantalones la caja de rapé y, sin apartar los ojos de Amaro con un polvo entre los dedos, dijo sonriendo fríamente:

—¿Vamos a deshacer la boda?

—¿Usted cree que debemos?…

—Querido colega, es un caso de conciencia. No podemos dejar que la muchacha se case con un librepensador.

—En efecto, en efecto —murmuraba Amaro.

—Le parece a usted bien, ¿verdad?

Y sorbió satisfecho su rapé.

El sacristán entró a decirles que era hora de cerrar.

—Espere un instante, señor Domingo —dijo Natalio, y después en voz baja continuó hablando con Amaro.

—Tiene usted que decir a la San Juanera... Aunque no, es mejor que se lo diga a Días, es lo más seguro. Usted se encarga de la muchacha, la dice usted sencillamente que plante en la calle a ese botarate, porque vive con una perdida.

—¡Hombre, yo no sé si eso es cierto!

—Lo es. Puede serlo, porque es hombre capaz de todo.

Iban bajando hacia la iglesia detrás del sacristán. Ante el altar mayor, entre cuatro gruesos cirios estaba el túmulo de Morales; a la cabecera tenía una corona de siemprevivas; de los pies colgaba el hábito de caballero de Cristo.

Natalio se detuvo y continuó diciendo:

—Además, amigo mío, le tengo preparado al caballero...

—¿Qué?

—Cortarle los víveres.

—¿Cortarle los víveres?

—Estaba a punto de tomar posesión de un destino en el gobierno civil, ¿eh? ¡Pues yo pienso deshacerle el arreglillo!... Y Nunes Ferral que es de los míos, hombre de buenas costumbres, va a largarle del escritorio... y después que escriba *Comunicados*.

Amaro tembló ante aquella intriga rencorosa:

—Dios me perdone, Natalio, pero eso es la perdición para el muchacho...

—Hasta que no le vea pidiendo un pedazo de pan por esas calles, no descanso, padre Amaro.

—¡Natalio! ¡colega! ¡eso no es tener caridad...! ¡Eso no es ser buen cristiano...! Tenga presente que Dios le oye...

—No se preocupe usted... A Dios se le sirve así, no rezongando padrenuestros. ¡Para los impíos no debe haber caridad! La Inquisición los atacaba por el fuego, pues no me parece mal atacarlos por el hambre. A quien sirve una causa santa, todo le está permitido... ¡Que no se hubiera metido conmigo! —Iban a salir; Natalio dirigió una mirada al túmulo y señalándole con el paraguas preguntó:

—¿Quién ha muerto?

—Morales —respondió Amaro.

—¿Aquel gordo, picado de viruelas?

—Sí.

—¡Buena bestia! La viuda queda bien rica. Es generosa, muy amiga de hacer regalos... La confiesa Silverio, ¿verdad? Ese elefante tiene las mejores penitentes de Leiria. Conque en resumen: Días habla con la San Juanera, usted con la muchacha, y yo con Nunes Ferral. Encárguense ustedes del casamiento, que yo me encargo del empleo. De este modo le atacamos por el corazón y por el estómago. Vaya, adiós, que las pequeñas me estarán esperando para cenar. Hoy tengo a la pobre Rosita malucha, es tan delicadilla esa chica que estoy preocupado, y en viéndola mala, hasta pierdo el sueño. ¡Qué hemos de hacer! No puede uno tener buen corazón... Hasta mañana, Amaro.

—Hasta mañana, Natalio.

Daban las nueve cuando los dos curas se despedían.

Poco después, Amaro entraba en su casa trémulo pero muy feliz: tenía un delicioso deber que cumplir.

—¡Es mi deber, mi deber!

Como cristiano, como párroco, como amigo de la San Juanera, su "deber" era proteger a Amelia y sin pasión interesada, contarla que fue su novio quien escribió el *Comunicado*.

Él fue quien difamó a los íntimos de la casa, quien la desacreditó a ella misma, él quien pasaba las noches de crápula en la pocilga de Agustín. ¡No, Amelia no podía casarse con un ateo! ¡No, nadie la poseería ya! Porque cuando fuese a apoderarse legalmente de aquella cintura, de aquel pecho, de aquellos ojos, de toda ella, en fin, allí estaba él, el párroco, para decir en alta voz: ¡Atrás, canalla, esto es de Dios!

Ya tendría él después buen cuidado de guiar a Amelia por el camino de la salvación. Y puesto que el *Comunicado* había caído en olvido, y el señor chantre estaba más tranquilo, bien podía volver a casa de la San Juanera y hacerse dueño nuevamente de aquel corazón y formarle para el cielo...

Aquello no era una intriga para que dejase al novio: era

un santo trabajo para arrancarla del infierno. Él no la deseaba para sí, la quería para Dios. Y sosegado con tal argumentación se acostó tranquilamente.

Pero toda la noche soñó con Amelia. ¡Habían huido, y la llevaba por un camino que conducía al cielo! El demonio los perseguía, él le veía con el rostro de Juan Eduardo, resoplando furioso y rasgando con los cuernos los delicados celajes de las nubes. Amaro escondía a Amelia bajo su balandrán y la besaba ansioso. El camino del cielo no tenía fin, y él preguntaba a los ángeles que pasaban conduciendo almas en los brazos: "¿Dónde está la puerta del paraíso?" Y los ángeles respondían: "En la calle de la Misericordia número nueve" y se alejaban con dulce rumor de alas. Amaro se sentía perdido: Amelia tenía hambre, tenía frío. "Paciencia, amor mío, paciencia." Amelia desfallecía de cansancio. "Durmamos, amor mío." Las nubes comenzaron a disponerse en torno de ellos como los cortinajes de un lecho, esparciendo delicioso aroma. Amaro posó su mano sobre el pecho de Amelia murmurando: "¡Amelia mía!" Se abrazaron, sus labios húmedos y ardientes estaban unidos. "Te adoro, Amaro, te adoro", suspiraba ella. De repente las cortinas de nubes se descorrieron, y Amaro vio delante de sí al demonio que por fin les había alcanzado. Junto al demonio estaba un personaje viejo como el mundo: entre los rizos de sus cabellos asomaban las flores; sus pupilas eran vastas; por entre sus dedos abiertos, con los que peinaba la interminable barba, caminaban como por senderos, filas de razas humanas.

"Aquí están estos dos sujetos", le dijo el demonio retorciendo la cola. Y Amaro vio aglomerarse legiones de santas que cuchicheaban mirándole. Reconoció a San Sebastián con sus flechas clavadas, a santa Cecilia que llevaba el órgano en las manos, al gigante San Cristóbal apoyado en el árbol. Amaro trató de separarse de Amelia que lloraba, pero sus cuerpos estaban unidos sobrenaturalmente, y él veía con dolor cómo las faldas de ella levantadas descubrían las blancas rodillas. "Aquí están estos sujetos", repetía el demonio al anciano personaje, "repare, mi apreciado amigo, puesto que aquí todos somos observadores, en lo bonitas que tiene las piernas la muchacha". Santos vetustos alzáronse sobre la punta de los pies alargando el cuello donde se veían las cicatrices del martirio; las once mil vírgenes volaron como palomas asustadas. Entonces el personaje se frotó las manos, y dijo gravemente: "Quedo enterado, amigo mío, quedo enterado. ¿De modo que el señor párroco no contento con ir a la calle de la Misericordia para destruir la felicidad de Juan Eduardo, arrancar de los brazos de su madre a Amelia, viene a saciar sus concupiscencias reprimidas en un rincón de la Eternidad? ¡Ah! yo le probaré que aunque viejo, todavía sé quemar las ciudades como un papel inútil, y aún me queda agua para anegar el mundo en otro diluvio." El personaje se volvió hacia dos ángeles armados de lanzas y espadas ordenando con voz de trueno:

"Clavad un tridente en los pies del cura y llevadle al abismo número siete". Amaro se sintió arrebatado del seno de Amelia por unas manos de brasa, quiso luchar contra el juez que le castigaba, cuando un rayo de sol naciente, prodigioso, iluminó el rostro del personaje. Amaro dio un grito, reconociendo en el anciano al Padre Eterno.

El padre se despertó bañado en sudor. Un rayo de sol entraba por la ventana.

* * *

Aquella noche Juan Eduardo al acercarse a casa de Amelia vio con terror que el viático se detenía a la puerta de las dos señoras. Pronto supo que era la Extremaunción para la baldada.

—¿Cómo fue ello? —preguntó a Pitusa entrando en la salita.

—Fue que la pobre vieja se puso mala esta tarde. Vino el médico y dijo que estaba agonizando. Entonces la señora mandó sacramentarla.

Juan Eduardo juzgó delicado "asistir a la ceremonia".

El cuarto de la vieja que estaba junto a la cocina tenía en aquellos instantes una solemnidad lúgubre.

Sobre la mesa cubierta con una toalla de felpa había un

plato con cinco bolitas de algodón entre dos velas de cera. El rostro de la baldada, tan pálido que apenas se distinguía en la blancura de la almohada, tenía los ojos estúpidamente dilatados, y sus manos recogían incesantemente el embozo de la sábana bordada.

La San Juanera y Amelia rezaban arrodilladas junto a la cama. Doña María (que entró casualmente al volver de su hacienda) estaba a la puerta del cuarto aterrada rezando "Salves". Juan Eduardo en silencio se arrodilló junto a ella.

El padre Amaro inclinado sobre el oído de la vieja la exhortaba a que se abandonase en brazos de la Misericordia Divina, pero viendo que ya no comprendía recitó rápidamente el "Misereatur". Después mojó los dedos en los Santos Óleos: murmuró las oraciones de ritual, ungió los ojos, el pecho, la boca, las manos, que hacía diez años no se movían, y los pies que en diez años sólo se aplicaron a buscar el calor de las mantas. Después quemó las bolitas de algodón húmedas de Óleo y permaneció inmóvil con los ojos fijos en el breviario.

Juan Eduardo, de puntillas, entró en el comedor, doña María trastornada por aquella escena llegó tras él, y con Amelia que tenía los ojos rojos de llorar.

—¡Ay! gracias a que está aquí Juan Eduardo que hará el favor de acompañarme a casa —decía la vieja—. Estoy temblando... Con perdón de Dios sea dicho, pero yo no puedo ver a nadie en agonía. Y eso que esta infeliz se va como un pajarito... Vámonos por la Plaza que está más cerca. Dispensa, hija, que no me quede, pero me va a dar el dolor... ¡Ay, qué disgusto!... y en medio de todo para ella es lo mejor que podía ocurrir; pero, hija, yo estoy desfallecida...

Fue necesario que Amelia la llevase al cuarto de su madre para confortarla con una copita de anisado. Juan Eduardo antes de marchar dijo:

—Abuelita, si me necesitan para algo...

—No, gracias. La pobre no necesita ya nada...

Doña María recomendaba al bajar:

—Hija, no te olvides de ponerla dos velas benditas a la cabecera... Eso alivia mucho la agonía... Y si tiene convul-

siones, ponle otras dos apagadas en cruz... Buenas noches...
¡Ay, qué mal me siento!

En la puerta apenas vio el palio y los hombres con cirios,
se apoderó del brazo de Juan Eduardo, un poco por miedo,
y algo también por un acceso de ternura que le daba siempre
al tomar anisado.

* * *

Amaro prometió volver más tarde para "acompañar a las
señoras como amigo en aquel trance" y el canónigo informa-
do de esta delicadeza declaró que él se marcharía entonces a
descansar un poco, porque bien sabía Dios que aquellas
emociones le quitaban la salud, y no quería él verse en los
mismos fregados que la baldada.

—¡Dios nos libre! No diga tal, señor canónigo —exclamó
la San Juanera rompiendo a llorar.

—Bueno, hasta mañana, y nada de afligirse. La pobre
criatura no podía ya esperar alegría en el mundo, y pecados
no tiene, ¡conque no puede temer la presencia de Dios! Y
bien mirado el caso, ¡es una suerte después de todo! Vaya,
adiós, que no me encuentro bien...

El canónigo se marchó. La San Juanera "tampoco se encontraba bien" y cuando Amaro volvió fue Amelia quien
abrió la puerta diciéndole:

—Perdone usted, señor párroco, pero mamá tenía jaqueca, se puso un poco de agua sedativa, y ahora está
descansando.

—¡Ah! ¡Déjela dormir, déjela!

Entraron en el cuarto de la baldada que tenía los ojos
vueltos a la pared; de sus labios abiertos se escapaba un débil
y continuo gemido. En un rincón, muerta de miedo, Pitusa
rezaba el rosario por mandato de su ama.

—El doctor dice que morirá sin sentirlo, como un pajarito —decía Amelia en voz baja. Salieron de la alcoba para ir
al comedor. Toda la casa estaba silenciosa. Amaro se aproximó a la ventana; Amelia, turbada, se apoyó en el aparador.

—Vamos a tener una buena noche de agua —dijo el párroco.

—Y de frío —contestó ella arrebujándose en su chal—. Yo tengo un miedo...

—¿Nunca vio morir a nadie?

—Nunca.

Callaron ambos; él permaneció inmóvil junto a la ventana, ella, con los ojos bajos, no se apartaba del aparador.

—Pues sí que hace frío —dijo Amaro al cabo de un rato con la voz alterada por cierta turbación que le causaba la presencia de Amelia junto a él, a tales horas de la noche.

—En la cocina está el brasero. Mejor es que vayamos allí.

—Sí, mejor es.

Amelia encendió una luz y el párroco comenzó a remover con las tenazas el brasero. Estaban sentados en unas sillas bajas. Amelia sin levantar los ojos sentía que los del padre Amaro la devoraban en silencio. ¡De fijo iba a hablarla! Sus manos temblaban y no osaba moverse ni mirarle, por temor a romper en llanto, pero ansiaba oír sus palabras dulces o amargas...

Por fin llegaron aquellas palabras, graves, serias.

—No esperaba ya que podríamos hablarnos a solas otra vez, Amelia. Las cosas se arreglaron de un modo tal... y usted cambió tanto...

Ella se volvió bruscamente, sus labios temblaban:

—¡Ya sabe porqué!

—Sí, ya sé. Si no fuera aquel infame *Comunicado*, aquellas calumnias... no hubiera ocurrido nada y nuestra amistad sería la misma. A propósito de esto quería hablar con usted.

Acercó su silla a la de Amelia y muy suavemente, muy tranquilamente, la dijo:

—¿Se acuerda usted bien de aquel artículo en que se insultaba a todos los amigos de la casa, en que se la ofendía a usted misma?... ¿Se acuerda, verdad? ¿Sabe quién lo escribió?

—¿Quién? —preguntó Amelia sorprendida.

—¡Juan Eduardo! —dijo el párroco.

—¡No puede ser!

—Óigame. Siéntese. Él fue quien lo escribió. Ayer lo supimos. El padre Natalio vio el original escrito por él. Escúcheme. No conoce usted a ese hombre.

Y bajando la voz comenzó a contarla todo lo que sabía de Juan Eduardo por Natalio.

—Pregúntele si se ha confesado en seis años, y pídale las papeletas del cumplimiento de Iglesia.

Ella con los brazos caídos murmuraba:

—¡Jesús… Jesús!…

—Yo he creído un deber avisarle como párroco, como cristiano y como amigo sincero, porque… créame Amelia yo la quiero… Si fuese su hermano de usted, la diría sencillamente: "Amelia, echa a ese hombre de casa". Por desgracia no lo soy, y sólo puedo decirla: "El hombre con quien va a casarse trata de sorprender la buena fe de usted y de su madre. Viene aquí con apariencias de hombre honrado, y en el fondo es… Amelia, en el fondo es el hombre que escribió el *Comunicado*; el que hace marchar al pobre Brito para Alcobaza, el que me llamó a mí "seductor", el que lanzó el veneno de las relaciones de su madre con el canónigo, el que la acusó a usted misma de dejarse seducir. ¡Dígame ahora si se quiere casar con ese hombre!

Ella no respondió, tenía los ojos fijos en la lumbre y dos lágrimas mudas corrían por sus mejillas. Amaro con solicitud cariñosa continuó aconsejándola:

—Supongamos que no es él el autor del *Comunicado*, que no ha sido quien insultó en letras de molde a su madre, al señor canónigo, a todos sus amigos: quedaría siempre su impiedad. El padre Natalio le oyó decir la otra tarde en un café que el Bautismo era un abuso, porque cada uno debía escoger la religión que quisiera y no estar obligado desde pequeño a ser cristiano. ¿Qué le parece? Como amigo se lo digo… Para bien de su alma, ¡preferiría verla muerta antes que casada con tal hombre! ¡Quién sabe si en la última hora no impedirá él a su mujer que reciba la Extremaunción! ¡Morir sin Sacramentos, morir como los animales!… ¡Cásese con él y pierda para siempre la gracia de Dios!

—¡Por amor de Dios, señor párroco, por amor de Dios, basta ya! —exclamó Amelia llevándose las manos a la frente y estallando en sollozos.

—No llore, escúcheme, ábrame su corazón... Vamos, tranquilícese, que todo se arreglará. Las amonestaciones no se han publicado... Dígale que no quiere casarse con él porque lo sabe usted todo y le odia.

Y tomando entre sus manos trémulas una de Amelia, la estrechó tiernamente.

—¿Usted no le quiere, verdad?

Ella respondió, muy quedo, con la cabeza caída sobre el pecho.

—No.

—¡Entonces no hay nada perdido! Y dígame, ¿quiere a otro?

Amelia no respondía.

Amaro pasó su brazo por el cuello de Amelia y la atrajo a sí con dulzura. Ella tenía las manos abandonadas en el regazo; lentamente, sin moverse volvió hacia el párroco sus bellos ojos que resplandecían bajo las lágrimas, y entreabrió los labios sin hablar, pálida, desfallecida. Amaro, entonces, acercó su rostro al de ella; quedaron inmóviles, unidos en un solo beso largo, profundo.

—¡Señora! ¡Señora! —gritó de repente Pitusa con voz aterrada.

El cura se levantó de un salto y corrió al cuarto de la baldada. Amelia, trémula, apenas podía sostenerse en pie. Se apoyó en la puerta de la cocina para no caer, procuró serenarse, y bajó a despertar a su madre. Cuando entraron las dos en el cuarto de la vieja, Amaro, arrodillado, con el rostro casi sobre el lecho, rezaba; una respiración violenta agitaba el pecho de la baldada. Súbitamente el rumor de agonía cesó: la vieja quedó inmóvil con los ojos enormemente abiertos. Estaba muerta.

El padre Amaro condujo a las señoras al comedor y la San Juanera se deshizo en llanto recordando el tiempo en que su pobre hermana era joven y bonita, y en el buen casamiento que pudo hacer con el mayorazgo de Vigareira...

—¡Y qué genio tenía! ¡Una santa, señor párroco! ¡Cuando Amelia nació no se apartaba de mi cabecera de noche ni de día!... ¡Y tan alegre!... ¡Ay, Dios de mi alma, Dios de mi alma!

Amelia junto a la ventana miraba sin ver, en la obscuridad de la noche.

Llamaron a la puerta, el párroco bajó a abrir. Era Juan Eduardo que viendo al párroco a tales horas en la casa quedó petrificado; por fin balbuceó:

—Venía a saber si había alguna novedad.

—La pobre señora acaba de expirar.

—¡Ah!

Los dos hombres se miraron un momento fijamente.

—Si soy necesario para algo...

—No, muchas gracias. Las señoras van a descansar.

Aquellos modales de amo de casa hicieron padecer de ira a Juan Eduardo: dudó un momento como si quisiera hablar algo más y se marchó diciendo:

—Buenas noches.

—Buenas noches.

El párroco subió y Amelia y su madre se retiraron juntas a descansar, y Amaro volviendo al cuarto de la muerta comenzó a leer el Breviario.

Poco más tarde, sintiendo que el sueño le cerraba los párpados entró al comedor para tomar una copa de Oporto y fumar tranquilamente un cigarro. Bajo las ventanas, pasos fuertes iban y venían. Amaro se acercó a mirar, pero la noche estaba obscura, y no pudo distinguir "al paseante". Era Juan Eduardo que rondaba la casa furioso.

CAPÍTULO II

Al otro día, doña Josefa, al volver de misa quedó asombrada oyendo a la criada que desde la escalera decía:

—¡Señora! ¡Aquí está el señor párroco!

Hacía tiempo que Amaro no visitaba al canónigo y doña Josefa lisonjeada y curiosa gritó:

—Que suba sin etiquetas. El señor párroco es como de la familia, que suba. ¡Dichosos los ojos! Acabo de llegar de la iglesia. Ya oí mi primera misita... Siéntese. Ahí no, que le entrará aire... Conque la pobre baldadita murió, ¿eh?... Cuente, cuente.

El párroco tuvo que describir la agonía de la baldada, el dolor de la San Juanera, lo que se había dispuesto para la mortaja...

—Aquí, entre nosotros, doña Josefa, esta muerte es un descanso para la San Juanera; ¿y qué me dice usted del escribiente? Ya sabrá usted que fue él el autor del *Comunicado*.

La vieja exclamó llevándose las manos a la cabeza:

—¡Ay, no me hable de eso, señor párroco, no me hable de eso, que hasta enferma estuve! ¡Ay, qué infame! ¡Ay, qué alma perdida! A mí nunca me gustó, señor párroco; pero no lo decía, porque esta boca no se ocupa jamás de vidas ajenas... Y ahora ¡claro está!, ya no habrá boda.

El padre Amaro muy pausadamente respondió:

—Sería escandaloso que una joven cristiana y de buenos principios se casara con un hereje que hace seis años que no se confiesa.

—¡Jesús! ¡señor párroco! ¡Antes verla muerta!... Es preciso contárselo todo.

—Pues justamente por eso he venido a verla a usted. Yo,

ayer, hablé con la pequeña, pero no pude insistir mucho porque con el disgusto que había en la casa me pareció poco delicado tratar el asunto. Hice lo que pude como amigo y como párroco, recordándola que como cristiana y como señora tiene obligación de terminar con Juan Eduardo.

—¿Y ella?

—No dijo ni que sí ni que no. Se echó a llorar, porque aunque no se muere por el novio, tiene miedo de que falte su madre y de verse sola... En fin, ya sabe lo que son las muchachas... Por eso yo he pensado que lo mejor es que la hable usted, puesto que es su madrina y la conoce de toda la vida.

—Queda de mi cuenta, señor párroco, ¡yo la hablaré clarito!...

—La muchacha necesita quien la dirija, quien la confiese. El padre Silverio, que es su confesor ahora, vale poco el pobrecillo, aunque es muy virtuoso. Amelia es un espíritu débil que no sabe dirigirse por sí misma, y necesita un confesor que la gobierne con vara de hierro, a quien ella cuente todo, a quien obedezca, de quien tenga miedo... En fin, como debe ser un confesor.

—El señor párroco es quien la convenía —dijo la vieja.

Amaro sonrió con modestia.

—No digo que no. Había de aconsejarla bien cuando menos. Ya la aconsejo ahora, ya, pero hay cosas de las que no se puede hablar en la sala, rodeados de gente. Son para tratarlas en el confesionario únicamente, y yo, por delicadeza, no puedo decirla: "Es preciso que se confiese usted conmigo..."

—Se lo diré yo, yo misma. ¡Ya lo creo!

—Eso estaría muy bien, y si la muchacha me encomienda la dirección de su alma, podemos tener seguridad de que entrará en el camino de la gracia... ¿Y cuándo va usted a hablarla, doña Josefa?

Doña Josefa, "como juzgaba pecado dejar las cosas para mañana", quería hablarla "aquella misma noche".

—No, esta noche no me parece oportuno, doña Josefa. Es noche de pésame... El escribiente estará allí...

—¡Jesús, señor párroco! ¿Y tendremos que pasar la noche bajo el mismo techo nosotros y ese hereje?

—No habrá más remedio. Es un acto de humildad que satisface mucho a Dios el mezclarse con los malos alguna vez. Es como si dijéramos: "yo soy superior a ti en virtud, pero comparado con lo que debía ser para entrar en la gloria, quien sabe si no soy tan pecador como tú…" Esta humillación es la mejor oferta que podemos hacer a Jesús.

Doña Josefa le escuchaba con deleite.

—¡Ay, señor párroco, da devoción oírle a usted!

Amaro se inclinó agradecido.

—Pues, adiós, doña Josefa. Y ya sabe, esta noche no se habla de nada, pero mañana convenza usted a Amelia. Trate de salvar aquella pobre alma, doña Josefa. Háblele fuerte… Y que nuestro canónigo se entienda con la madre para convencerla también.

—Vaya descuidado, señor párroco. Soy su madrina, y quiera o no he de llevarla por el camino de la salvación…

—Amén —dijo el padre Amaro.

* * *

A los dos días, doña Josefa y Amelia entraban en la Catedral a las ocho de la mañana. Amelia muy pálida se detuvo junto al altar de la Virgen de los Dolores, y dejándose caer de rodillas permaneció inmóvil con los ojos fijos en el libro de misa. Doña Josefa en tanto fue a llamar despacito en la puerta de la sacristía.

El padre Amaro, que paseaba, se adelantó rápidamente, preguntando:

—¿Ha venido?

La vieja con expresión de triunfo y en voz baja la dijo:

—Ahí está. Yo misma fui a buscarla. Háblela fuerte, señor párroco, que ahora todo depende de usted.

—Gracias, gracias, doña Josefa. Dios se lo tomará en cuenta.

Amelia permanecía arrodillada. Doña Josefa la llamó, ella se levantó lentamente, compuso con sus manos trémulas los pliegues de la mantilla de encaje para ocultar el rubor que coloreaba su rostro.

—Ahí se la dejo, señor párroco. Voy un momento a ver a Amparo la de la botica, y volveré a buscarla... Anda, hija, anda, y que Dios te ilumine.

La vieja salió haciendo reverencias ante todos los altares.

* * *

Daban las once en un reloj, cuando doña Josefa entró de nuevo en la iglesia. Amelia aún estaba confesándose, con la mantilla muy echada a la cara. Doña Josefa comenzó a rezar. Por fin crujieron las tablas del confesionario y un fru-fru de faldas resonó en la losas. Doña Josefa alzó los ojos. En pie delante de ella estaba Amelia con las mejillas encendidas y los ojos brillantes.

—¿Hace mucho que espera, madrina?

—No, un poquitín. ¿Estás lista, eh?

Se levantó santiguándose, y salieron de la Catedral. Caía una lluvia fina. Arturo Conceiro, que pasaba en aquel momento por allí, acompañó a las dos señoras hasta la calle de la Misericordia resguardándolas con su paraguas.

Capítulo III

Juan Eduardo se disponía a salir de su casa llevando bajo el brazo un rollo de muestras de papel para la pared, a fin de que Amelia escogiera el que más le agradase, cuando llamó a la puerta Pitusa.

—¿Qué ocurre, Pitusa?

—Que la señora fue a pasar la noche con las amigas y la señorita le manda a usted esta carta.

—Juan Eduardo sintió una angustia en el corazón viendo a Pitusa bajar la escalera y desaparecer. Se acercó a la luz y abrió la carta que decía así:

"Señor don Juan Eduardo:

"Lo que estaba dispuesto acerca de nuestro casamiento era en la creencia de que podría usted hacerme feliz por ser un hombre de bien; pero como todo se sabe, nos hemos enterado de que usted fue quien escribió el artículo de *La Voz del Distrito,* calumniando a los amigos de la casa e insultándome a mí. Además, como sus costumbres perversas no me dan garantía de felicidad para la vida de casada, le participo que desde hoy todo ha terminado entre nosotros, ya que por fortuna no se han publicado las proclamas, ni se han hecho gastos. Tanto mamá como yo esperamos que sea usted lo bastante delicado para no volver por casa ni molestarnos en la calle.

"Esto es lo que tengo que decirle por orden de mamá. De usted atta. s. s.

AMELIA CAMOÑA"

Juan Eduardo permaneció un momento inmóvil con su rollo de papeles bajo el brazo sintiendo una sensación aterradora de inmovilidad y de silencio como si súbitamente toda la vida universal hubiera parado y enmudecido. Apretó la frente entre sus manos como para recoger los pensamientos. ¿Qué hacer?, ¿qué hacer? Bruscas resoluciones le acudían un momento desvaneciéndose como relámpagos. Quería escribirla, sacarla del poder de su madre por justicia, marcharse al Brasil, saber quién descubrió que él era el autor del *Comunicado*. Y como a tales horas, esto último era lo más hacedero, corrió a la redacción de *La Voz del Distrito*.

Agustín estaba saboreando los periódicos de Lisboa. El rostro descompuesto de Juan Eduardo le asustó.

—¿Qué te pasa?

—¡Que me has perdido!

Y de un solo aliento le acusó furiosamente por traidor y mal amigo. Agustín, sin turbarse, le dijo mientras sacaba la petaca del bolsillo de su chaqueta.

—Nada de escándalos, hombre... Yo te doy mi palabra de honor de que no dije a nadie quién era el autor del *Comunicado*, y además que nadie me lo preguntó.

—¿Quién fue entonces? —gritó el escribiente.

Agustín se encogió de hombros.

—Lo único que puedo decirte es que los curas se habían propuesto enterarse. El padre Natalio estuvo aquí una mañana, por causa de un anuncio, pero no habló nada del *Comunicado*... El doctor Godiño es el único que lo sabía, pregúntale a él.

—¿Qué es lo que te han dicho?

—Me han matado —dijo lúgubremente Juan Eduardo.

Quedó un momento con la vista fija en el suelo, aniquilado, y después salió dando un gran portazo. Volvió a su casa: una fatiga le hizo caer sobre la cama, después, una tristeza infinita fue adormeciéndole, lloró largo rato y al fin quedó dormido de bruces, como una masa inerte.

* * *

Al día siguiente muy temprano, Amelia, yendo hacia la Plaza, se encontró con Juan Eduardo que la acechaba.

—Tengo que hablarla, Amelia.

Ella retrocedió asustada.

—No tiene nada que decirme.

—Tengo que decirla... que... que yo escribí el *Comunicado*, es cierto; fue una desgracia, pero usted me obligó a escribirlo haciéndome sufrir... ahora me calumnia usted diciéndome que mis costumbres son perversas. Yo siempre fui un hombre honrado...

—El padre Amaro es quien le conoce a usted bien. Haga el favor de dejarme pasar.

Al oír el nombre del padre Amaro, la ira hizo palidecer al escribiente.

—¡Ah! ¿es el padre Amaro quien me conoce? ¿Es el infame del padre Amaro el que...? Pues escúcheme...

—Déjeme usted —repuso ella con indignación y en voz tan alta que hizo detenerse a un hombre que pasaba junto a ellos.

Juan Eduardo retrocedió y Amelia inmediatamente se refugió en una tienda.

Entonces desesperado el escribiente corrió a casa del doctor Godiño, para implorar su protección.

El doctor en aquel momento estaba en el escritorio fumándose un cigarro muy repantigado en su poltrona de damasco amarillo. Recibió con majestad los "buenos días" de Juan Eduardo y preguntó:

—¿Qué tenemos, amigo?

El escribiente, con voz turbada, dijo que iba a suplicarle le diera remedio para una desgracia que le ocurría.

—¿Desórdenes, verdad?

—No, señor, asuntos de familia. Contó prolijamente su historia desde la publicación del *Comunicado*: leyó conmovido la carta de Amelia, describió la escena de la Plaza... A él le parecía que debía haber leyes contra un cura que se introducía en las familias para trastornar a una muchacha con intrigas hasta el punto de hacerla romper con el novio. Debía haber leyes para impedir aquello.

El doctor parecía contrariado. Cruzó una pierna sobre otra, y exclamó:

—¿Leyes? ¿qué leyes quiere usted que haya para castigar al párroco?... ¿Qué le hizo a usted? ¿Le pegó? ¿Le robó el reloj? ¿Le insultó en la prensa? No. Pues entonces...

—¡Oh, señor doctor! No hizo nada de eso, pero me calumnió. ¡Yo nunca fui hombre de malas costumbres! ¡Me calumnió!

—¿Tiene usted testigos?

—No, señor.

—Entonces...

Y el doctor Godiño declaró que como abogado nada podía hacer. Los tribunales no tomaban en cuenta esos dramas morales... Como particular, tampoco podía hacer más que lamentar lo ocurrido, porque al fin él también fue joven, había sentido la poesía de la mocedad, y sabía (desgraciadamente) lo que eran aquellos trances de amor... Esto era lo único que podía hacer: lamentar. Y se recostó en la poltrona pensando satisfecho que aquella mañana tenía el "don de la palabra".

El rostro compungido del escribiente que no osaba moverse, le impacientaba; y poniendo ante sí un volumen de autos preguntó secamente:

—Acabemos, amigo mío, ¿qué más desea usted?

—Yo imaginaba que el señor doctor podría hacer algo por mí puesto que todo esto me sucede por haberse sabido que fui yo quien escribió el *Comunicado*, habiéndome prometido que no se diría a nadie. Agustín no lo ha hecho y como el señor doctor era el único que lo sabía...

—¿Qué quiere usted decir? ¿Que fui yo quien lo ha contado? —gritó el doctor con indignación—. ¿Es eso? Pues bien, yo no lo he dicho sino a mi mujer, porque en una familia bien constituida no puede haber secretos entre la esposa y el esposo. Pero supongamos que fui yo quien lo publicó por las calles. Una de dos: o el *Comunicado* era una calumnia y entonces soy yo quien debe acusarle por haber tratado de prostituir un periódico honrado con engañosas difamaciones, o era verdad, y en ese caso ningún hombre puede avergonzarse de mantener a la luz del día, las opiniones que expuso en la obscuridad de la noche.

Dos lágrimas nublaron los ojos de Juan Eduardo. El doctor ante aquella expresión de dolor se conmovió y le dijo bondadosamente.

—Bueno, bueno, no riñamos... Puede creer que lamento su disgusto.

Comenzó a darle consejos paternales mientras el escribiente sentía dentro de su alma un deseo furioso de vengarse de los curas, de los ricos y de la religión que los toleraba.

—¿Me permite usted al menos que me desahogue en el periódico contando las infamias de esa canalla?

Esta audacia del escribiente indignó al doctor.

—Juan Eduardo, realmente abusa usted de mi tolerancia. ¿Cómo se permite usted pedirme que transforme un periódico de ideas en un papelucho de difamaciones? Sin duda está usted ebrio.

—¡Señor doctor!

—¡No hay más que lo dicho! Cuidado amigo mío, cuidado, mire que va caminando por una pendiente peligrosa. Por ese camino se va al crimen. Excusa de hacer gestos... Al crimen digo ¿qué edad tiene usted?

—Veintiséis años.

—Pues no hay disculpa para un hombre de veintiséis años que tiene esas ideas subversivas. Adiós y cierre la puerta. Escuche: es inútil que piense en ningún periódico para otro *Comunicado*. No lo consiento yo. No lo consiento por bien de usted, para evitar que cometa una mala acción social.

—Señor doctor, ya ve usted...

El doctor le interrumpió con un gran gesto:

—Veo, en efecto, que las pasiones, la idea de venganza, le van llevando por un camino fatal... Espero que mis consejos le detengan. Adiós. Cierre la puerta. ¡Cierre la puerta, hombre!

Juan Eduardo salía aplanado. El doctor Godiño, aquel coloso, le rechazaba con palabras tremendas. ¿Y qué podía hacer solo, pobre escribiente de notaría, contra el padre Amaro que tenía de su parte al clero, al chantre, al cabildo, al obispo, al Papa? Todos ellos eran la causa de la resolución de Amelia, de su carta, de la dureza de sus palabras. Aquello no era más que una intriga de párrocos, canónigos, y beatas. Buscaba en su imaginación ansiosamente una venganza, pero siempre le acudía la misma idea, el artículo en un periódico, el escándalo en la prensa. Un hombre de campo, amarillo como una cidra, que caminaba lentamente con el brazo en el cabestrillo le distrajo de sus cavilaciones para preguntarle dónde vivía el doctor Gouvea.

—En la primera calle a mano izquierda, un portalón verde —dijo Juan Eduardo, al mismo tiempo que una esperanza iluminaba bruscamente su alma; el doctor Gouvea era quien le podía salvar. Era su amigo; le llamaba de "tú" desde que le curó una neumonía, veía con mucho gusto su casamiento con Amelia, hacía bien pocos días que le preguntara: "¿Cuándo va a ser feliz esa muchacha?" ¡Y qué respetado y qué temido era en la calle de la Misericordia! Todas las amigas de la casa a pesar de escandalizarse por la falta de religión del doctor dependían humildemente de su ciencia. Juan Eduardo se veía ya entrando en casa de su novia con el doctor Gouvea, que reñiría a la San Juanera, echaría a la calle al padre Amaro, y sabría convencer a las viejas. Casi alegre preguntó a la criada que tendía ropa en el patio.

—¿Está el señor doctor?

—Está en la consulta, don Juanito; haga el favor de pasar y esperarle.

En los días de mercado, los enfermos del campo invadían la casa del doctor, pero era aquélla, la hora en que los vecinos de las aldeas se reúnen en las tabernas, y sólo había una vieja, una mujer con una criatura en el regazo y el hombre del brazo en cabestrillo, esperando en la salita baja, amueblada con bancos, y sin más adorno que un grabado representando la Coronación de la Reina Victoria.

Eran más de las doce, y la mujer que tenía la criatura se quejaba de esperar tanto. Venía de una aldea distante, había dejado a su hermana en el mercado, y hacía una hora que el doctor estaba con dos señoras. De vez en cuando se levantaba para atisbar si se marchaban. A través de la mampara de bayeta verde que cerraba el gabinete del doctor, se oían sus voces charlando pausadamente.

—¡En cayendo aquí día perdido! —rezongaba el viejo.

También él había dejado a la mozuela en el mercado... Estar enfermo era bueno para los ricos y los que no tienen quehaceres.

Juan Eduardo pensaba entonces en la enfermedad, en el abandono, y esta idea le hacía más amarga la pérdida de Amelia. Si él enfermaba tendría que ir a un hospital. ¡El malvado del párroco le había quitado todo: mujer, felicidad, cuidados de familia, dulce compañía para la vida!

Por fin salieron las señoras. La mujer que esperaba entró precipitadamente. El viejo se apoderó del banco más próximo a la puerta, diciendo con satisfacción:

—Ahora me toca a mí.

—¿Tiene usted mucho que consultar? —preguntó Juan Eduardo.

—No, señor, es sólo recibir la receta.

E inmediatamente le contó la historia de su mal; como le cayera una trébede encima, él no hizo caso, la herida se enconó, y allí le tenía con una llaga tullido de dolores. Después preguntó a su vez:

—¿Y lo de usted es cosa de cuidado?

—Yo no estoy enfermo; vengo a tratar unos asuntos con el señor doctor.

El viejo y el hombre amarillo miraron con envidia a Juan Eduardo. Después entraron uno tras otro en el despacho del doctor y se terminó la consulta.

El escribiente se paseaba nervioso por la salita, hallando ahora muy difícil solicitar la protección del doctor. ¿Con qué derecho?

La puerta del gabinete se abrió entonces, y en ella apareció el doctor, con su larga barba gris, cayendo sobre el chaleco de terciopelo negro. Amplio sombrero de fieltro cubría su cabeza y calzaba guantes de hilo de Escocia. Al ver al escribiente, dijo con cariño:

—¡Hola, muchacho! ¿Eres tú? ¿Hay alguna novedad en la calle de la Misericordia?

—No, señor doctor, quería hablar con usted.

Le siguió al gabinete que con sus estantes llenos de libros polvientos, su panoplia de flechas salvajes y sus dos cigüeñas disecadas, pasaba en Leiria por "la celda de un alquimista". El doctor consultó su reloj.

—Las dos menos cuarto. Habla pronto.

Juan Eduardo tartamudeó su historia exagerando la inocencia de Amelia, y la perfidia del cura.

El doctor le escuchaba acariciando su barba.

—Ya veo lo que ocurre. El cura y tú estáis enamorados de la chica, y como él es más experto, más decidido que tú, es quien triunfa. El más fuerte despoja, elimina siempre al débil... Bueno. ¿Y qué quieres que haga yo en ese asunto?

Lo mismo le había dicho el doctor Godiño, aunque más pomposamente. Juan Eduardo, con la voz turbada, imploró:

—Yo estoy seguro de que si usted hablara...

El doctor sonreía:

—Yo puedo recetar a la muchacha "éste o aquél jarope", pero no puedo imponerla "éste o aquél hombre". ¿Quieres que vaya a decirla: "Amelia, tienes que casarte con Juan Eduardo"? ¿Quieres que vea al párroco a quien ni siquiera conozco, y le diga: "haga el favor de no seducir a esa muchacha"?

—Es que me han calumniado, señor doctor; me presentan ante ella como un hombre de malas costumbres...

—No, no te han calumniado. Bajo el punto de vista de aquellas señoras que juegan a la lotería por la noche en la calle de la Misericordia, tú eres un perdido: un católico que vitupera en los periódicos a canónigos, abades y curas, personajes todos tan importantes para la salvación del alma y para comunicarse con Dios, es un perdido. ¡No te han calumniado, amigo!

—¡Pero, señor doctor!

—¡Escúchame! Amelia al terminar contigo obedeciendo las instrucciones del señor padre fulano o zutano, se porta como una buena católica. Toda la vida de un buen católico, sus pensamientos, sus ideas, el empleo de sus días, sus amistades, los platos que come, el traje que viste, sus diversiones,

todo esto ha de estar regulado por la autoridad eclesiástica
(abad, obispo o canónigo) aprobado o censurado por el confesor, aconsejado y ordenado por "el director de conciencia". Un buen católico como tu novia, no se pertenece. Su
único trabajo en este mundo, que es al mismo tiempo su único derecho y su único deber, consiste en aceptar esta dirección sin discutirla. Si es contraria a sus ideas, debe pensar
que sus ideas son falsas; si difiere de sus afecciones, es porque
sus afecciones son culpables. Dicho esto, es natural que si el
párroco prohibió a la chiquilla que te quiera y se case contigo, ella obedeciéndole, demuestra que es una buena católica,
una devota consecuente, y que sigue en la vida lógicamente
la regla moral que escogió.

Esto es todo lo que tengo que decirte y perdona el
sermón.

Juan escuchaba con respeto y espanto las palabras del
doctor, a las que daba mayor autoridad, el rostro plácido y
su bella barba gris.

—Yo comprendería, señor doctor, que me rechazaran, si
yo fuese un hombre malo, pero...

—Hijo mío, tú puedes tener todas las virtudes imagina-
bles en sociedad, pero según la religión de nuestros padres,
las virtudes, no siendo católicas, son inútiles y perniciosas.
Personajes cuya alma fue perfecta y cuya regla de vida fue
impecable son considerados como canallas porque no estaban bautizados antes de llegar a la perfección. Sócrates, Pla-
tón, Catón, etc.... fueron famosos por sus virtudes. Sin embargo, un tal Bossuet, asegura que el infierno está lleno de
las virtudes de aquellos hombres... Esto prueba que la moral
católica no es lo mismo que la moral social. Pero, en fin, son
cosas que tú no comprendes... ¿Quieres un ejemplo? Yo, según la doctrina católica, soy el mayor sinvergüenza que pa-
sea por la ciudad; mi vecino Peisota que mató a su mujer a
fuerza de palizas, y que sigue el mismo procedimiento con
una hija que tiene de diez años, es considerado entre los clérigos como un hombre excelente porque cumple sus deberes
de devoto, y toca el figle en las misas cantadas. En fin, hijo,
estas cosas son así. Deben ser buenas, porque hay millares de

personas que las consideran buenas, el Estado las sostiene y nos obliga a respetarlas, y yo que estoy aquí hablando tanto, pago todos los años unos cuartejos para que continúen siendo lo que son. Tú también pagarás, aunque menos que yo, pero tú vas a las fiestas religiosas, oyes la música, el sermón, y te aprovecha algo tu dinero. Yo no, yo pierdo mis cuartejos; y apenas me consuelo con la idea de que ayudan al sostenimiento y al esplendor de la Iglesia, que en vida me considera como un bandido, y para después de muerto me prepara un infierno de primera clase... Vaya, ya hemos charlado bastante... ¿qué más quieres?

Juan Eduardo, después de escuchar al doctor, comprendía que si un hombre tan sabio y de tantas ideas se interesaba por él, recobraría de nuevo y para siempre su puesto en la calle de la Misericordia y volvería a ser feliz. Muy desconsolado se atrevió a decir:

—¿No podría usted hacer algo por mí?

—Sí, yo acaso pueda curarte de morir de una neumonía. ¿Tienes otra neumonía? ¿No? Pues entonces.

Juan Eduardo suspiró:

—Soy una víctima, señor doctor.

Haces mal. No debe haber víctimas, aunque sólo sea para evitar que haya tiranos.

—Lo que el párroco busca con todos sus pretextos, es el cariño de Amelia.

—¡Es natural, infeliz! El párroco tiene para las mujeres, como hombre que es, pasiones y órganos: como confesor tiene la importancia de un Dios, y es natural que utilice esa importancia para satisfacer aquellas pasiones, y que encubra esa satisfacción con apariencias del servicio divino... Todo eso es natural.

El doctor abrió la puerta para salir, y Juan Eduardo viendo desvanecerse la esperanza que le llevó allí, dijo furioso:

—¡Malditos curas! ¡Siempre los odié! Quisiera verlos barridos de la faz de la tierra.

El doctor, resignándose a escucharle todavía, le habló así:

—Eso es una tontería. Respóndeme. ¿Tú crees en Dios?

Juan Eduardo quedó sorprendido.

—Sí, señor.

—¿En el pecado original?

—También.

—¿En la vida futura, en la redención, etc.?

—Fui educado en esas creencias.

—Entonces ¿por qué quieres que desaparezcan del mundo los curas? Debes pensar que aun son pocos los que hay. Si crees en Dios, en la vida futura, en el pecado original, necesitas sacerdotes que te expliquen la doctrina y la moral reveladas por Dios, que te ayuden a purificarte de la mácula original, y que te preparen un rincón en el paraíso.

—Pero usted, señor doctor, usted.

—¡Di; hombre, di!

—Usted no necesita de los curas en este mundo.

—Ni en el otro. No necesito de los curas en el mundo, como tampoco necesito de Dios en el cielo. Llevo dentro de mí a Dios, es decir el principio que dirige mis acciones y mis juicios, lo que el vulgo llama "Conciencia"... Acaso no me comprendas bien... Pero estoy aquí exponiéndote doctrinas subversivas, y ya son las tres...

Juan Eduardo en la puerta del patio murmuró:

—Perdóneme usted, señor doctor.

—No hay de qué... Manda al diablo la calle de la Misericordia.

—Eso es bueno para decirlo, pero cuando se tiene una pasión...

—¡Ah! ¡Bella y grande es una pasión! El amor es una de las mayores fuerzas civilizadoras. Bien dirigido levanta un mundo y basta para producir en nosotros una revolución moral... Pero a veces no es una pasión lo que sentimos; no es nada que esté en el corazón. Generalmente empleamos la palabra "corazón" por decencia, para designar otro órgano; precisamente el que la mayoría de las veces está interesado en cuestiones amorosas. En tales casos el disgusto pasa pronto. Conque, adiós y celebraré que sea eso lo que a ti te ocurre.

Capítulo IV

Juan Eduardo marchaba calle abajo fumando un cigarro. Se sentía cansado, enervado por la mala noche pasada, y por las emociones de aquella mañana empleada en dar pasos inútiles.

—¡Se acabó: no puedo hacer nada! Tengo que conformarme.

Eran más de las tres y se apresuró para llegar pronto al escritorio. ¡Acaso le esperaba allí un sermón del notario por haber llegado tarde! ¡Triste vida la suya! Doblaba una esquina cuando tropezó con un mozo de rostro extraordinariamente pálido y finas facciones, sobre las que se destacaba un bigotillo tan negro que parecía postizo.

—¡Caramba! Juan Eduardo, ¿qué ha sido de ti?

El escribiente reconoció en aquel mozo a su amigo Gustavo, el tipógrafo de *La Voz del Distrito* que volvía de Lisboa después de una ausencia de dos meses.

—Aquí me tienes otra vez con el raquítico de Agustín. Anda, ven a comer conmigo, me haces compañía y ¡qué demonio! no se acabará el mundo porque faltes un día en el escritorio.

Juan Eduardo recordó entonces que no había comido desde el día anterior. Tal vez la debilidad era lo que le producía aquella falta de ánimos y de ideas... Se decidió pronto, y aceptó la invitación contento ante la idea de pasar un rato con un compañero de odios iguales a los suyos. Además, las desilusiones sufridas, le hacían buscar ávidamente el calor de una amistad, y respondió a la invitación del tipógrafo con animación desusada en él.

—¡Hombre, te lo agradezco! Caes como llovido del cielo.

¡Si no fuera por la amistad, no valía la pena de andar por el mundo!

Gustavo sorprendido ante la actitud resuelta de su amigo le preguntó:

—¿Qué tienes? ¿No marchan bien tus asuntos? Disgustos con la mala bestia de Nunes, ¿verdad?

—No, un poco de *splen*.

—Eso es inglés. Déjate de *splen* y vamos a echar lastre en el estómago.

Al decir esto el tipógrafo cogió de un brazo a Juan Eduardo y le hizo entrar en la taberna del tío Osorio, personaje obeso, satisfecho de la vida, que en aquel momento estaba detrás del mostrador, en mangas de camisa, remangadas casi hasta los hombros.

Al ver a Gustavo le felicitó por su regreso a Leiria. Le encontraba más delgadillo. Debía ser por causa de las aguas de Lisboa, y sobre todo, por el mucho palo de campeche que echaban allí en los vinos. ¿Y qué había que servir a aquellos dos caballeros?

—Tío Osorio —gritó Gustavo plantado ante el mostrador—, sírvanos hígado del rey, con riñones de clérigo, bien asados.

El tío Osorio, pronto a la réplica, contestó:

—Por acá no tenemos de eso, don Gustavo. Eso es plato de capital.

—Están ustedes muy atrasados. En Lisboa ése era mi almuerzo todos los días... Paciencia, si no lo hay, y sírvanos dos chuletas con patatas. Prontito, ¿eh?

—Se les servirá como a amigos.

Tomaron asiento en la "mesa de los avergonzados" entre dos tabiques de pino, cerrados por una cortina de percal. El mismo tío Osorio que apreciaba mucho a Gustavo, porque "era un mozo instruido y formal", les llevó una garrafa con vino tinto, y un plato de aceitunas. Después, mientras limpiaba las copas con el delantal, preguntó al tipógrafo:

—¿Qué hay de nuevo por Lisboa, don Gustavo? ¿Cómo está aquello?

—Regularcillo... Muy poca vergüenza en los políticos...

la clase obrera empieza a moverse... Falta unión por ahora y se espera ver cómo marchan las cosas en España... ¡Se prepara algo bueno! Todo depende de España...

El tío Osorio que juntó algunos cuartos con los que había comprado una finquita, tenía horror a los tumultos... Lo que él quería era paz... Sobre todo le desagradaba mezclarse con los españoles, porque de España "ni buen vino ni buen casamiento".

—¡Todos los pueblos son hermanos! —exclamó Gustavo.

—Pues entonces beba a su salud, y beba mucho, que eso hace marchar bien mi negocio.

Y haciendo rodar su obesidad, el tío Osorio salió tranquilamente del cuchitril.

—¡Elefante! —murmuró Gustavo llenando las copas de vino.

Después tarareó la "Marsellesa" y mientras llegaba la comida quiso saber lo que le pasaba a su amigo.

—¿Cuándo es esa boda?

Juan Eduardo respondió vagamente:

—No hay nada resuelto... Tuvimos disgustillos, dificultades...

—¡Tonterías!

—No sé si son tonterías. Sé que son disgustos que trastornan a un hombre.

Calló mordiéndose los labios para ocultar la emoción que le embargaba. El tipógrafo hallaba ridículas aquellas historias de mujeres. El hombre del pueblo, el obrero que se agarra a unas faldas para no soltarlas, era un inútil... ¡estaba vendido! No se debía pensar en amores.

—Seamos razonables, Gustavo; un hombre puede tener sus ideas y trabajar en favor de ellas, sin que esto le impida casarse, tener su arreglo, su familia.

—¡Nunca! —exclamó el tipógrafo con exaltación—. ¡El hombre que se casa está perdido! ¡Tengo pruebas!

Citó el caso de un librepensador que para conservar la paz doméstica, se sujetaba a ayunar los viernes.

—¡Eso mismo te ocurrirá a ti!... Aún he de verte con un cirio en la mano en la procesión de Semana Santa.

—¡Tiene gracia que me digas eso a mí! Tú no sabes lo que ha pasado; si lo supieses no me hablarías de ese modo...

Contó una vez más la historia del *Comunicado* pero ocultando que lo escribió en un momento de despecho, y haciendo nota la circunstancia de que no le había impedido publicarlo, el estar para casarse con una muchacha devota.

—¿Y lo firmaste?

Juan Eduardo se turbó un poco.

—El doctor Godiño no quiso.

—¡Caramba, hay que leer eso y mandárselo a los camaradas de Lisboa!... ¿Y qué efecto hizo?

—Un escándalo mayúsculo.

—¿Y los curas?

—En brasas.

—Pero, ¿cómo supieron que eras tú?

Juan Eduardo se encogió de hombros. Agustín no lo había dicho. Suponía que fue la mujer del doctor Godiño que lo sabía por su marido y que se lo contaría al padre Silverio que la confesaba.

—¿Uno muy gordo, que parece hidrópico?

—Sí.

—¡Qué bestia! —rugió el tipógrafo con rencor.

—Ya ves, Gustavo, cómo soy una víctima.

—Hay que tomar la revancha. ¡Es necesario vengarse, muchacho!

¿Vengarse? Juan Eduardo lo deseaba con ansia. Pero, ¿cómo?

—¿Cómo? Con un artículo tremendo en *La Voz del Distrito* contándolo todo.

Juan Eduardo repitió las palabras del doctor Godiño: ¡En adelante el periódico estaba cerrado para los librepensadores!

—¡Demonio! —dijo el tipógrafo. ¡Tengo una idea! Publicar un folleto de veinte páginas que caiga sobre el clero como un desbordamiento de verdades. Yo mismo me encargo de imprimirlo por las noches, y "gratis" naturalmente.

Pero bruscamente se presentó una dificultad.

—¿Y el papel? ¿Cómo nos arreglamos para tener papel?

—¡Pídele a Nunes dinero adelantado sobre tu sueldo!

Juan Eduardo movía desconsoladamente la cabeza. Precisamente estaba pensando que si Nunes, miembro de la junta devota, y amigo del chantre, se enteraba de que su escribiente componía folletos contra los curas con las mismas plumas del escritorio, se alzaría sobre la punta de sus zapatos gritando con aquella voz de grillo: "¡Fuera de aquí libertino, largo de mi casa!".

—¡Quedaba yo entonces arreglado, ni mujer ni pan!

Esto hizo recordar a Gustavo la cólera probable del doctor Godiño, dueño de la tipografía.

—¡Demonio! tienes razón; puede costarnos caro.

—¡No poderme vengar de ese canalla! —dijo Juan Eduardo apartando lejos de sí el plato.

—¡No te aflijas, que la venganza no está lejos! —prometió el tipógrafo solemnemente.

Eran cerca de las cinco cuando salieron de aquel tabuco. El tío Osorio examinándoles desde el mostrador notó en seguida que "iban tocaditos". Sobre todo Juan Eduardo con el sombrero ladeado y el belfo hinchado, le pareció al tabernero "persona de mal vino". Gustavo, a pesar de haber apurado tres litros, permanecía sereno.

Salieron. En la puerta Gustavo juró una vez más al escribiente lealtad de hermano, le obligó a aceptar su petaca llena de tabaco, y se alejó tarareando el *Himno del trabajo*.

Juan Eduardo al quedar solo se dirigió a la calle de la Misericordia. Al llegar a la puerta de la San Juanera apagó cuidadosamente su cigarro aplastándolo con el pie, y tiró fuertemente de la campanilla.

Pitusa acudió corriendo.

—¿Dónde está Amelia? ¡Quiero hablarla!

—Las señoras salieron —contestó Pitusa espantada ante el tono y los modales de "don Juanito".

—Mientes, borracha, berreó el escribiente.

La muchacha aterrada cerró con estrépito la puerta.

Juan Eduardo fue a apoyarse en la puerta de enfrente, y permaneció allí con los brazos cruzados contemplando la casa. Las ventanas estaban cerradas, las cortinas corridas:

dos pañuelos de rapé del canónigo se secaban en la barandilla del balcón bajo.

El escribiente se acercó de nuevo y llamó tímidamente primero, después con furia. Nadie respondió, entonces indignado marchó hacia la Catedral y se detuvo un momento en el atrio. Iba a tomar la dirección de la Alameda, cuando aparecieron por la puerta de la sacristía el padre Silverio y el padre Amaro conversando reposadamente.

Al ver a Juan Eduardo, el párroco trató de entrar en la iglesia sin duda para evitar un encuentro, pero la puerta estaba cerrada, y Amaro bajando los ojos fingió no ver al escribiente, que sin pronunciar palabra se dirigió hacia él y le empezó a golpear con toda la fuerza de sus puños.

El párroco aturdido intentaba defenderse con el paraguas. El padre Silverio levantando los brazos berreaba:

—¡Socorro! ¡Acudan!

Un hombre salió de la administración, y sujetando furiosamente por el cuello a Juan Eduardo rugía:

—¡Ya está preso! ¡ya está preso!

—¡Socorro! ¡Acudan! —seguía gritando el padre Silverio.

Las ventanas se abrían de prisa y rostros curiosos se asomaban a ellas. El boticario salió de su laboratorio en zapatillas, y se apresuró a conducir al señor párroco a la botica: mandó preparar con grandes voces agua de azahar y éter: llamó a su esposa para que preparase una cama. Quería examinar detenidamente al señor párroco.

Amaro muy pálido daba gracias por aquel exceso de atenciones.

—No es nada, no necesito nada. Un poco de agua me basta. Pero la mujer del boticario le sirvió una copa de Oporto, tropezando con sus chiquillos que se le colgaban de las faldas.

Mientras tanto, Domingo, el escribano de la administración, apareció gravemente en el atrio y ayudado por un cabo de policía llevó prontamente a Juan Eduardo que pálido como un muerto no opuso resistencia alguna.

Domingo empujó la mampara de bayeta verde que daba acceso a la Administración del consejo de Leiria, y haciendo entrar al reo le señaló un banco. Juan Eduardo con las orejas como brasas se sentó mirando estúpidamente el suelo. Arturo Conceiro, cohibido por la presencia de aquel íntimo de la San Juanera que ocupaba ahora el asiento de los presos, para no mirarle, clavó su nariz en un enorme copiador de oficios donde antes había desdoblado *El Popular* de la víspera. Domingo lleno de actividad hacía rechinar con furor su pluma sobre el papel: ¡Era necesario activar el proceso!

En aquel momento la mampara verde se abrió dando paso al padre Amaro y detrás de él, a la enorme masa del padre Silverio.

—Deseaba hablar con el señor administración particularmente —dijo Amaro.

Todos los empleados se levantaron. Juan Eduardo, blanco como la pared, se levantó también. El párroco con su andar silencioso de eclesiástico, atravesó las oficinas seguido del buen Silverio que al pasar junto al escribiente describió un semicírculo cauteloso demostrando su terror hacia el reo: el señor administrador acudió para recibir a los dos clérigos.

—Tenemos componendas —exclamó Domingo, guiñando el ojo a sus colegas.

Juan Eduardo se encogió de hombros tristemente. Hacía media hora que estaba en aquel banco sin moverse, sin apartar los ojos del suelo, sintiéndose interiormente tan vacío de ideas como si le hubieran arrancado el cerebro. Todo el vino de la taberna del tío Osorio que le encendió el alma con llamaradas de cólera, parecía eliminarlo, el cansancio entorpecía sus movimientos, y esperaba allí, sobre aquel banco, con una inercia de todo su ser, pensando estúpidamente que tendría que vivir en la cárcel, dormir sobre la paja, comer de la misericordia. No volvería a pasear por la Alameda, ni vería nunca más a su Amelia... Otro cualquiera alquilaría su casita... ¿Y quién se encargaría de su canario? ¡Pobre animalito! seguramente se moriría de hambre... A menos que Eugenia, la vecina, le recogiese...

Domingo, que había entrado en el gabinete del administrador, salió de allí y cerrando precipitadamente la puerta tras de sí, exclamó con voz de triunfo:

—¿No lo decía yo? Componenda tenemos. ¡Se arregló
todo!

Y dirigiéndose a Juan Eduardo continuaba:

—Enhorabuena. Le felicito, le felicito.

El señor administrador abrió la puerta de su gabinete, dio
dos pasos por la oficina y revestido de gravedad clavó sus
anteojos en el reo destilando sobre él, estas palabras:

—El señor padre Amaro, que es un sacerdote todo bondad, todo caridad, acaba de exponerme su deseo de que este
asunto no siga adelante. El señor padre Amaro, con razón,
no quiere ver su nombre arrastrado por los tribunales. Además, la religión le impone el perdón de la ofensa, y él, como
modelo de cristianos... esto es, como modelo, aun reconociendo que el ataque fue brutal, lo perdona, atendiendo a
que el agresor estaba beodo.

Todos los ojos se fijaron en Juan Eduardo, que hubiera
preferido entonces la cárcel a tal humillación.

—En fin —continuó el administrador—, por altas consideraciones que pesé debidamente, echo sobre mí la respon-
sabilidad de ponerle en libertad. Vea ahora de qué modo se
porta. La autoridad le vigila... ¡Puede marcharse!

El administrador se retiró, y Juan Eduardo continuó sin
moverse. Por fin balbuceó:

—Puedo irme ¿verdad?

—A China, a donde le dé la gana. *Liberus libera, liberum*
—exclamó Domingo, que se regocijaba de aquel desenlace,
porque interiormente detestaba a los curas. Juan Eduardo
miró en rededor suyo. Dos lágrimas nublaron sus ojos; de
repente cogió su sombrero y se precipitó a la calle.

—¡Perdemos un negocio! —dijo Domingo frotándose las
manos.

Durante toda la tarde se habló en Leiria, con excitación,
de "la tentativa de asesinato" de que estuvo a punto de ser
víctima el señor párroco.

El padre Amaro era admirado como un santo. ¡Qué piedad! ¡Qué mansedumbre! El señor chantre le mandó llamar,
y le recibió paternalmente diciéndole "¡Viva el cordero pas-

cual!". Después de escuchar la historia de la agresión y del perdón generoso, exclamó admirado:

—Hijo mío, eso es unir a la mocedad de Telémaco la prudencia de Mentor. Usted sería un digno sacerdote de Minerva, en la ciudad de Salento.

Cuando Amaro entró aquella noche en casa de la San Juanera, fue recibido como un santo escapado a las fieras del Circo o a la plebe de Diocleciano. Amelia, sin disimular su emoción, le estrechó ambas manos durante largo rato, toda trémula, con los ojos húmedos. Le ofrecieron la poltrona del canónigo y doña María propuso que se llevara una almohada para que apoyara en ella el hombro dolorido. Después, Amaro tuvo que contar minuciosamente todo lo ocurrido desde el momento en que paseando con el padre Silverio (que se había portado muy bien) avistó al escribiente en medio del atrio dirigiéndose a él con aires de matachín...

Las señoras se indignaban con los detalles. El escribiente les parecía peor que Longinos y Pilatos. ¡Qué malvado! ¡El señor párroco debía haberle pisoteado! ¡Ah! Sólo un santo podía perdonarle como le perdonó. El padre Amaro bajando los ojos decía:

—Hice lo que me dictó el corazón. Recordé las palabras de Nuestro Señor Jesucristo, que manda presentar la mejilla izquierda, después de recibir una bofetada en la derecha...

A esto el canónigo tosió fuerte y le interrumpió:

—Pues yo le aseguro que si a mí me dan una bofetada en la mejilla derecha... En fin son órdenes de Nuestro Señor Jesucristo y hubiera presentado la izquierda. ¡Son órdenes que vienen de muy alto!... ¡Pero después de haber cumplido con ese deber de sacerdote, yo juro a ustedes que perniquiebro al del golpe! ¡Ya lo creo!

—¿Le ha dolido mucho, señor párroco? —preguntó desde un rincón una vocecilla apenas perceptible y casi desconocida.

¡Acontecimiento extraordinario! Era doña Ana Gangoso que hablaba una vez después de diez años de taciturna somnolencia. Ni las fiestas, ni los lutos la habían arrancado jamás una palabra. ¡Sólo la simpatía que el párroco la inspiraba pudo sacarla de su sopor! Todas las señoras la sonreían con gratitud, y Amaro, lisonjeado, respondió bondadosamente:

—Casi nada, doña Ana, casi nada, ¡y eso que dio fuerte! Pero yo tengo buena encarnadura.

—¡Ay, qué monstruo! —exclamó doña Josefa furiosa ante la idea de que el puño del escribiente había golpeado a aquel hombre santo—. A mí nunca me engañó... Tenía cara de asesino.

La San Juanera arguyó tímidamente:

—Estaba embriagado, y los hombres con vino...

Se levantó un clamoreo de protesta. No había disculpa: ¡era casi un sacrilegio disculpar a semejante fiera!

Los ánimos se tranquilizaron cuando apareció Arturo Conceiro, con las últimas noticias: Nunes había mandado llamar a Juan Eduardo, para decirle (palabras textuales): "Yo no quiero bandidos ni malhechores en mi escritorio. ¡A la calle!".

La San Juanera se conmovió:

—¡Pobre muchacho! Queda sin tener que comer...

—¡Que beba! ¡que beba! —gritó doña María.

Todos reían menos Amelia, que inclinándose sobre su costura, palideció, aterrada ante la idea de que Juan Eduardo, pudiese tener hambre.

—¡No hay motivo para reírse! —decía la San Juanera—. Yo no dormiría tranquila sabiendo que el pobre chico no tiene pan que llevarse a la boca. El señor párroco me perdone, pero yo no tengo corazón para ver eso...

Amaro tampoco deseaba que el muchacho se viera en la miseria. ¡No era rencoroso! Y si el escribiente llamara a sus puestas necesitado, él no era rico, pero dos o tres pesetas se las daba... Se las daba de corazón. Tanta santidad fanatizaba a las viejas. ¡Qué ángel! Le miraban embobadas como si estuvieran delante de un San Vicente de Paul que con su caridad aromase aquella estancia con perfumes de capilla.

El padre Natalio llegó radiante. Apretó las manos que todos le tendían y exclamó triunfalmente:

—¿Saben ustedes? El infame asesino es arrojado de todas

partes como un perro. Nunes le echó del escritorio, el doctor Godiño acaba de decirme que no pondrá los pies en el gobierno civil. ¡Es un consuelo para la gente honrada verle hundido, aplastado!

Doña Josefa exclamó:

—¡A usted se lo debemos!

Todos lo reconocieron así. Fue en efecto el padre Natalio, quien con su habilidad y su labia, descubrió las perfidias de Juan Eduardo, y libró de ellas a Amelia, a Leiria, a la sociedad entera.

—Y aún no he terminado. ¡Mientras no consigo que se largue de Leiria, no descanso! ¿Qué les decía yo a ustedes, señoras?... "¡Le hundo!" ¡Pues ya está hundido!

Su rostro bilioso resplandecía. Se estiró regaladamente en la poltrona descansando de su difícil victoria. Después se volvió hacia Amelia, diciéndola:

—¡Ahora, lo pasado, pasado! ¡Bien puede decir que se libró de una fiera!

Amelia permanecía silenciosa cosiendo de prisa; de tiempo en tiempo miraba con angustia al párroco, pensando en Juan Eduardo y en las amenazas de Natalio. Veía al escribiente con cara de hambre, huido, durmiendo en las puertas de los casales... Mientras las señoras se acomodaban para tomar el té ella dijo en voz baja a Amaro:

—No puedo sosegar pensando que ese muchacho tenga que sufrir necesidades... Ya sé que es un malvado, pero... Parece que tengo una espina en el alma que me quita toda alegría.

El padre Amaro, mostrándose superior a la ofensa, la dijo bondadosamente:

—No pienses locuras, hija mía... Nadie se muere de hambre en Portugal. Es joven, tiene salud, no es tonto, y sabrá arreglarse... No pienses más en ello... Se marchará de Leiria, y no volveremos a oír hablar de él. En cualquier parte puede ganar su vida... Yo lo perdoné, y Dios tendrá eso en cuenta.

Dichas estas palabras generosas, con una mirada amante acabó de tranquilizarla completamente. La clemencia y la caridad del señor párroco parecían a Amelia superiores a todo cuanto ella había leído de santas y de monjas piadosas. Todo lo que hasta entonces la importunaba asustándola, desaparecía por fin de su vida. Juan Eduardo, la boda, los deberes, todo había acabado: Juan Eduardo se marcharía lejos, y allí quedaba el señor párroco cada vez más enamorado de ella. Una alegría suave la llenaba el alma deliciosamente. Mientras las señoras se disponían a jugar su lotería, Amelia se acercó al piano cuyas teclas recorrió en una escala mientras Amaro la murmuraba a su oído:

—¡Cuánto te quiero, alma mía! ¿Por qué no podremos estar solos ahora?...

En tanto, Juan Eduardo, el impío, solo en su cuarto, sentado a los pies de la cama, con el rostro bañado en lágrimas, pensaba en Amelia, en que era preciso marchar de Leiria, en la ropa que empeñaría para poder marchar, y se preguntaba en vano a sí mismo, por qué razón sufría tanto, él que era honrado, trabajador, que no quería mal a nadie, y que adoraba tanto a su Amelia.

Capítulo V

Al domingo siguiente, hubo misa cantada en la Catedral. Amelia y la San Juanera fueron a buscar a doña María que en días de mercado y de "populacho" nunca salía sola temiendo que la robasen sus alhajas o que ofendiesen su castidad. Aquella mañana la Plaza estaba henchida de gente de aldea. Grupos de labriegos, muy serios, muy afeitados con la chaqueta al hombro, impedían el paso por las aceras; las mujeres con una fortuna en cadenas y corazones de oro sobre el pecho, se afanaban en las tiendas, ante los mostradores, cubiertas de lencería y de percales; en las tabernas se oían fuertes voces; por el mercado, entre sacos de harina, montones de loza, y cestos de borona, la gente se estrujaba regateando; los pobres lloriqueaban sus miserias y rezaban Padrenuestros por las esquinas.

Las señoras se dirigían a misa vestidas de seda; en la Arcada los caballeros embutidos en sus ternos nuevos fumaban habanos y piropeaban a las muchachas.

Amelia y su madre cruzaron de prisa la Plaza. Al entrar en la calle del Correo se encontraron con Libaniño a quien no habían visto desde "el desacato del atrio" y que estalló entonces en exclamaciones: "¿Qué disgusto verdad, hijicas? ¡Qué infame escribiente!" Él no había podido visitar al señor párroco hasta aquella mañana porque tuvo que hacer... Pero ahora venía de casa de aquel santo. Se estaba vistiendo cuando él llegó, y pudo convencerse de que, gracias a Dios, no tenía nada en aquel hombro bendito... ni siquiera un cardenal. ¡Si ellas hubieran visto qué carne tan delicada, y qué cutis tan blanco tenía el señor párroco! Un cutis de arcángel.

—Pero, hijicas, ¿no sabéis lo que le pasa al santico?

Las dos señoras asustadas le interrogaron.

—Pues que la criada Vicenta que ya venía malas unos cuantos días, esta madrugada se puso peor, y tuvo que marchar al hospital con un calenturón terrible. Y allí está aquel pobre santo sin criada, sin nada. Hoy menos mal, porque va a comer con nuestro canónigo (que también es un santo) pero, ¿y mañana, y después? Cierto que para reemplazar a Vicenta ha ido su hermana Dionisia... Pero, hijas, Dionisia, ya se lo dije al señor párroco, Dionisia será una santa, pero tiene una reputación que no la hay en Leiria... ¡Una perdida era que no ponía los pies en la iglesia!...

Las dos señoras convinieron en que Dionisia (mujer que no cumplía los preceptos), no era lo que convenía para el servicio del señor párroco.

—Oye, San Juanera —dijo Libaniño—, ¿sabes lo que le conviene? Yo ya se lo indiqué a él. Lo que le conviene es volver a tu casa. Allí estará bien, con gente que le quiere, le cuida la ropa, sabe sus gustos, y donde no hay más que virtud en todos. Él no dice que sí, ni que no, pero en la cara se le conoce que lo está deseando... Tú debías hablarle, San Juanerilla.

Amelia se puso tan encendida como la corbata de seda con que se adornaba, y la San Juanera contestó ambiguamente:

—Ya comprendes que yo no puedo hablarle... Yo, para esas cosas, soy muy delicada...

—Pero, hija, ¡si era para tener un santo dentro de tu casa! ¡Y qué alegría para todos, hijica!... Vaya, no puedo detenerme más. Marcho escapado, y vosotras no os descuidéis, que la misica está al caer. Adiós y no eches en olvido lo que te dije.

Las dos señoras continuaron en silencio hasta la casa de doña María. Ninguna quería ser la primera en hablar sobre aquella posibilidad tan grave, tan inesperada, de que el señor párroco volviera a la casa.

—Realmente, Dionisia no puede continuar en casa del señor párroco... —dijo la San Juanera mientras llamaba en casa de doña María.

Amelia añadió:

—¡Jesús, a mí me da horror esa mujer!

La misma exclamación hizo doña María al enterarse de la enfermedad de Vicenta y la instalación de Dionisia en casa del santo. ¡Aquella mujer causaba horror! Y la buena señora añadía:

—Yo no la conozco, ni ganas, pero todos aseguran que es un puro pecado, desde los pies a la cabeza.

La San Juanera habló entonces de la proposición de Libaniño. Doña María declaró que aquello era una inspiración de Nuestro Señor. Nunca debió salir el señor párroco de la calle de Misericordia... Parecía que Dios había retirado su gracia de aquella casa. Desde que se marchó el santico no hubo más que disgustos. El *Comunicado*, el dolor de estómago del canónigo, la muerte de la baldada, aquel desdichado casamiento que estuvo a punto de hacerse, el escándalo del atrio... ¡Vamos que la casa parecía embrujada!...

—En ningún sitio puede estar el señor párroco como en tu casa... Él tiene todo lo que necesita de puertas adentro, y para ti es una honra, y es estar en gracia de Dios. ¡Ay, hija, si yo no fuera sola, quien le hospedaba era yo! ¡Y qué bien estaría aquí!... En esta salita tan guapa, ¿eh?

Los ojos de doña María, al decir esto, reían, contemplando las preciosidades de que era dueña. La sala era un inmenso almacén de imaginería y de "bric-a-brac" devoto: Sobre dos cómodas de madera negra con cerraduras de cobre, se apiñaban bajo fanales y en peanas, las Vírgenes, vestidas de seda azul, los Niños Jesús, con el pelo ensortijado, el vientrecillo regordete, y la mano dispuesta para bendecir: san Antonio ante su pupitre, san Sebastianes, llenos de flechas, san Josés, barbudos. Había también santos exóticos fabricados en Alcobaza, que constituían el orgullo de doña María; san Pascual Bailón, san Didacio, san Crisolo, san Gorilano... Ella sola y nadie más cuidaba, limpiaba y colocaba toda aquella santa legión, aquel arsenal devoto, que apenas bastaba para la salvación de su alma y el alivio de sus achaques. Su mayor cuidado era la colocación de los santos; los alteraba constantemente, porque a veces le parecía que san Eleuterio no gustaba de estar junto a san Justino, y era preciso entonces cambiarlo inmediatamente cerca de un compañero más simpático para el santo. Aquella riqueza, que era la envidia de las amigas, hacía decir a Libaniño siempre que entraba en la sala:

—¡Ay, hijica, esto es el reino de los cielos!

La excelente señora preguntaba aquella mañana a la San Juanera:

—¿Verdad que en mi casa estaría divinamente el bendito párroco?

Madre e hija asintieron: Ella podía tener la casa devotamente arreglada. Ella era rica...

—No niego que tengo empleados aquí algunos duros. Sin contar lo que guardo en el relicario...

¡Ah, el famoso relicario de sándalo forrado de raso! Guardaba en él, una astilla de la verdadera Cruz, un pedacillo roto de una espina de la Corona, y un trapito del pañal del Niño Jesús. Entre las devotas se murmuraba que cosas tan preciosas de origen divino debían guardarse en el relicario de la Catedral. Doña María temiendo que el chantre tratase de apoderarse del tesoro seráfico, sólo lo mostraba a las íntimas.

La San Juanera, como siempre, admiraba sobre todo el trapito del pañal santo.

—¡Qué reliquia, qué reliquia! —murmuraba.

Doña María en voz muy baja añadía:

—No la hay mejor. Treinta duros me costó... Pero aunque me costase sesenta, aunque me hubiera costado cien, los hubiera dado gustosa.

Dio un sonoro beso al precioso trapito, y fue a encerrarlo en el relicario dentro de una gaveta.

Eran casi las doce, y las tres señoras se dirigieron apresuradamente hacia la iglesia para coger sitio junto al altar mayor. En el camino encontraron a doña Josefa, que marchaba sofocadísima con la manteleta cayéndosele de los hombros, y las plumas del sombrero casi desprendidas. ¡Había estado toda la mañana furiosa con la criada! Tuvo que hacer ella misma todos los preparativos de la comida...

—Tenemos convidado al señor párroco... Ya sabréis que

la criada se le puso mala... ¡Ah, ya me olvidaba! Amelia, mi hermano dice que vayas tú también a comer porque así habrá dos damas para dos galanes.

Amelia reía contentísima. Doña Josefa continuaba:

—Tú vas a buscarla al anochecer, San Juanera... ¡Jesús, me vestí tan deprisa que se me están cayendo las faldas!

Cuando las cuatro señoras entraron en la iglesia, estaba ya llena de fieles. A duras penas se acomodaron junto al altar mayor, en el momento que de la sacristía salieron dos acólitos, uno alto y seco como un pino, el otro gordinflón y entrapajado, sosteniendo los dos altos ciriales entre sus manos; detrás entró el padre Amaro ornamentado de blanco, con los ojos bajos, las manos cruzadas, y el humilde recogimiento que el ritual exige para dar idea de la mansedumbre de Jesús caminando hacia el calvario.

El coro inmediatamente entonó el Introito.

* * *

Amelia pasó toda la misa contemplando al párroco, pensando que aquellas manos que daban bendiciones apretaban las suyas con pasión; que aquella voz con que la llamaba, "nena mía", recitaba oraciones inefables. Sentada sobre los talones, con el rostro iluminado por una sonrisa, Amelia admiraba el perfil, la cabeza, los ornamentos dorados del párroco. Un deseo intenso la quemaba: lo rechazaba ella como una tentación del demonio, y para no sentirlo dirigió los ojos al sagrario, que el padre Amaro incensaba ayudado por dos diáconos, mientras el coro cantaba el Ofertorio...

Amelia salió de la iglesia muy pálida, muy fatigada.

En casa del canónigo, durante la comida, doña Josefa la reñía porque "no hablaba palabra".

No hablaba, pero debajo de la mesa su piececillo no cesaba de rozar, de pisar el del padre Amaro.

El canónigo abrió una botella de su famoso "duque de 1815" y dos más del "1847" para acompañar una fuente de dulce que llenaba el centro de la mesa, con las iniciales del párroco dibujadas con canela, y que según dijo el canónigo era "una galantería de la hermana para el convidado". Amaro brindó con el "1847" por la "digna dueña de la casa" que estaba radiante luciendo su vestido de "varés" verde. Mucho sentía ella que la comida fuese tan mala... Aquella pícara Gertrudis se estaba volviendo más descuidada... Por poco deja quemar el pato con macarrones.

—¡Oh, estaba delicioso, señora!

—Gracias, señor párroco, es favor. Sírvase otro poquito.

—No, ya no puedo más.

—Pues para hacer sitio, ahí va esa copita del "47" —dijo el canónigo mientras bebía pausadamente un buen trago dando un "ah" de satisfacción. —¡Buen vino! ¡Mejor que el que bebió usted hoy en la misa, padre Amaro!

—¡Jesús, hermano, qué falta de respeto!

El canónigo se encogió de hombros con desprecio.

—¡Qué amiga eres de ocuparte de lo que no te importa, hermana! Has de saber que tiene una gran importancia la calidad del vino en la misa. Es necesario que sea buen vino... El vino malo deja un depósito en las vinajeras, y si el sacristán no las limpia cuidadosamente llegan a oler mal, por lo que acontece en ocasiones, que cuando el sacerdote va a beber la sangre de Nuestro Señor Jesucristo, se ve obligado a hacer un gesto de repugnancia. ¿Te enteras, hermana?

Aquella noche estaba el canónigo muy decidor, y después de eructar, interrogó de nuevo a su hermana, que le escuchaba asombrada de su ciencia.

—¿Y a ti qué te parece, doctora? ¿el vino del santo sacrificio debe ser blanco o tinto?

Doña Josefa opinaba que debía ser tinto, para tener más semejanza con la sangre de Cristo. El canónigo con el dedo en ristre señaló a Amelia.

—¿Tú qué dices, chiquilla?

—Yo no sé —dijo Amelia riendo—, como nunca fui sacristán...

—¿Y usted, señor párroco?

—Yo digo que sí es error que sea tinto, debe ser blanco...

—¿Por qué?

Amaro había oído decir que así era costumbre en Roma. El canónigo con una terquedad pedante insistía:

—¿Y por qué?

El párroco no lo sabía.

—Porque la primera vez que Nuestro Señor consagró, lo hizo con vino blanco, pues es sabido que en aquel tiempo no había vino tinto en Judea... Hermana, sírveme más huevo hilado, haz el favor.

Un fuerte campanillazo les sobresaltó a todos.

—Es la San Juanera —dijo doña Josefa.

Gertrudis entró con una toquilla de lana en las manos.

—De casa de la señorita Amelia traen esto, porque la señora se puso un poco mala y no puede venir.

—¿Entonces, con quién me marcho yo? —preguntó Amelia inquieta.

—En último caso con este servidor tuyo puedes ir tranquila —dijo el canónigo dándole una palmadilla cariñosa en la mano. Amelia asustada decía:

—¡Jesús! ¿Qué tendrá mamá? ¿Qué será?

El párroco contestó riendo:

—¿Qué ha de tener? ¡pereza!

—No te apures, hija, yo te llevaré. ¿Verdad, hermano?

—Te llevaremos todos en cuanto yo termine de comer esta pera, rosmó el canónigo.

Pero de pronto soltó el cuchillo sin acabar de mondar la fruta, y se llevó las manos al estómago con un gesto dolorido.

—¿Qué te pasa? ¿qué tienes? —gritó su hermana.

—Nada, nada, una amenacilla de dolor, pero ya pasó.

Doña Josefa, asustada, no quería que comiese la pera. Le recordaba que la última vez que le dio el dolor fue por la fruta... Él se obstinaba en comer más.

—Ya pasó, ya pasó —rosmaba.

De repente se dejó caer en el respaldo de la silla, retorciéndose y gritando:

—¡No estoy bien, no estoy bien! ¡Jesús! ¡Ay, qué diablo! ¡Caramba! ¡Ay, ay, me muero!

Todos se alborotaron alrededor suyo. Doña Josefa suje-

tándole por un brazo le condujo a su cuarto. Amelia corrió a
la cocina para calentar una franela, y ordenar a Gertrudis
que fuese a buscar al médico. La franela no aparecía. Gertrudis buscando su mantón tropezaba con las sillas.

—¡Vete sin mantón, estúpida! —gritó Amaro.

La muchacha escapó. El canónigo continuaba dando quejidos. Amaro, verdaderamente asustado, entró en su cuarto.
Doña Josefa arrodillada ante una imagen de la Virgen de los
Dolores, gemía oraciones, mientras el pobre canónigo en la
cama, panza arriba, se agarraba a la almohada sin dejar de
gritar. El párroco dijo severamente a la vieja:

—Señora, ahora no se trata de rezar, sino de darle alguna
cosa para aliviarle... ¿Qué acostumbra a tomar?

—¡Ay, señor párroco, nada, nada, es un dolor que se va
como viene, en un momento, sin dar lugar a nada! Un poco
de tila le sienta bien a veces, pero por desgracia hoy no tengo tila. ¡Ay, Jesús!

Amaro corrió a su casa y volvió acompañado de Dionisia
que no perdonaba ocasión de ofrecer sus servicios.

¡Por fortuna el canónigo estaba mejor!

—Gracias, señor párroco —decía doña Josefa—. Ahora
se dormirá un poco. Siempre le pasa eso después del dolor...
Este fue mayor que los otros... Son esas frutas malditas...
—Aterrada, retuvo la blasfemia—. Son las frutas de Nuestro
Señor, y es ésta su divina voluntad... Perdóneme, ¿verdad?
voy junto a él.

Amelia y el párroco quedaron solos en la sala. Sus ojos
brillaban con el deseo de tocarse, de besarse, pero las puertas estaban abiertas, y en la alcoba se oían los pasos de la vieja. El padre Amaro dijo en voz alta:

—¡Pobre Padre Maestro! ¡Es un dolor horrible!

—Le da cada tres meses. Mamá ya temía que iba a darle
pronto, y estaba con cuidado...

El párroco suspiró:

—Yo no tengo quien piense en mis dolores...

Amelia le miró con sus bellos ojos húmedos de ternura:

—No diga eso...

Las manos ardientes iban a juntarse cuando apareció

doña Josefa arrebujada en su chal. El hermano estaba dormido. Ella no podía tenerse en pie. ¡Ay! aquellos disgustos la quitaban la vida. Sonaron las once en un reloj de caja. Amelia estaba con cuidado por su madre... Además, se iba haciendo tarde...

—Cuando yo salí empezaba a lloviznar —dijo Amaro.

Amelia corrió a la ventana. En la acera de enfrente a la luz de un farol las losas relucían con el agua. El cielo estaba negro.

—¡Jesús, qué noche!

Doña Josefa estaba muy afligida, pero bien veía Amelia que ella no podía dejar un momento la casa sola. Gertrudis no había vuelto aún de casa del médico, porque seguramente estaría fuera y habrían ido a buscarle. Sabe Dios cuándo volvería...

El párroco entonces advirtió que Dionisia había venido con él, y podía acompañar a la señorita hasta su casa, puesto que estaba cerca. Además, a aquellas horas no había nadie por las calles, y él mismo las dejaría en la Plaza... Pero debían darse prisa porque iba a caer un buen aguacero.

Doña Josefa fue a buscar un paraguas para Amelia. La recomendó mucho que contara a su madre lo ocurrido, diciéndola que no se asustase, porque el canónigo estaba ya mejor...

Desde lo alto de la escalera gritaba:

—Dila que hicimos todo lo posible por calmarle el dolor, pero ya sabe ella que es un mal que no da tiempo a nada.

—Bueno, se lo diré. Hasta mañana.

Al salir a la calle llovía mucho. Amelia quiso esperar, pero el párroco, empujándola por un brazo, decía:

—No es nada, cuatro gotas, no vale la pena.

Marchaban por la calle desierta, cobijados bajo el mismo paraguas. Dionisia los seguía en silencio con el mantón echado por la cabeza. Todas las ventanas estaban cerradas. Entraron en la calle de Sousas.

—¡Jesús, qué noche! Se me va a estropear el vestido —dijo Amelia.

—Es que ahora llueve a cántaros —añadió Amaro—. Lo

mejor que podríamos hacer era esperar un poco en el portal
de mi casa.

—¡No, no —decía Amelia asustada.

—¡Qué tontería! ¿Por qué no?... Es un momento, y si su
madre la ve llegar empapada en agua, había de reñirla con
razón.

—¡No, no!

Pero Amaro se detuvo, abrió rápidamente una puerta, y
obligó a entrar a Amelia diciéndola:

—Es un momento; esto pasa pronto, entre...

Entraron en el portal obscuro y permanecieron silenciosos viendo caer el agua. Amelia estaba desconcertada. La negrura y el silencio del portal la asustaban; sin embargo, experimentaba una extraña sensación de placer al encontrarse
allí, junto a "él", en aquella obscuridad... Insensiblemente se
acercaba a "él" para retirarse después vivamente al escuchar
su respiración agitada y sentirle tan cerca de sus faldas. Sin
verle adivinaba detrás de ella, la escalera que conducía al
cuarto de "él" y sentía un gran deseo de subir y ver sus muebles, sus arreglos... La presencia de Dionisia la cohibía, y al
mismo tiempo volvía los ojos a cada momento hacia el rincón donde estaba, temerosa de verla desaparecer en la negrura del portal o de la noche...

Amaro golpeaba los pies en las baldosas y se frotaba las
manos para entrar en calor.

—Vamos a pillar aquí algún mal —decía—. Este portal
está helado. Sería mejor que esperásemos arriba, en el
comedor...

—¡No, no! —gritaba ella.

—Vaya, no seas tonta. Mamá te reñiría si supiera... Suba,
Dionisia, y encienda la luz.

La matrona subió inmediatamente. Amaro tomando el
brazo de Amelia la decía bajito:

—¿Por qué no quieres? ¿qué te figuras? No es más que
esperar un poco a que cese de llover...

Ella no respondía. Amaro posó la mano sobre su hombro,
sobre su pecho, apretando, acariciando, la seda de su vesti-

do. Ella estremecida le siguió por la escalera casi sin darse cuenta, tropezando en cada escalón.

—Entra ahí, en mi alcoba —la dijo él al oído, y corrió a la cocina.

Dionisia encendía una luz.

—Oiga Dionisia... Quiero confesar a la señorita, por eso la hice entrar ¿comprende?... Es un caso muy grave... Vuelva dentro de media hora. Tome.

La puso en la mano unas monedas. Dionisia se quitó los zapatos, bajó de puntillas la escalera y se encerró en el cuarto del carbón. Amaro con la luz en la mano volvió a la alcoba. Amelia estaba allí, pálida, inmóvil. El párroco cerró la puerta, y silencioso, con los dientes apretados se acercó a ella, respirando con fuerte agitación.

* * *

Media hora después Dionisia tosía en la escalera. Amelia bajó de prisa arrebujada en su toquilla. Al abrir el portal dos borrachos pasaron gritando. Amelia retrocedió. Entonces, Dionisia inspeccionó la calle y segura de que nadie pasaba dijo:

—No tenga miedo, ya no hay nadie, señorita...

Amelia se tapó aún más el rostro, y las dos mujeres apresuraron el paso hacia la calle de Misericordia. Ya no llovía; había estrellas, y un frío seco anunciaba viento norte, y buen tiempo.

Capítulo VI

Al día siguiente Amaro saltó alegremente de la cama. Mientras se preparaba para decir la misa, pensaba en aquella otra mañana de Feiron, en que se despertó espantado de haber pecado por primera vez siendo cura, con Juana la Vaquera, en las pajas de un establo. Entonces no se atrevió a decir la misa, temía que la capilla se hundiera, aplastándole, si osaba tocar la Eucaristía, con aquellas manos que habían levantado las burdas sayas de la vaquera. Tres veces se acercó a la iglesia sin decidirse a entrar, hasta que montó a caballo, y caminó dos horas para confesarse con el abad Sequira... ¡Ah, qué diferencia de aquellos tiempos! Ahora había abierto los ojos, y veía la realidad humana. Abades, canónigos, cardenales y monseñores, no pecaban sobre la paja de un establo, pecaban en alcobas cómodas, y no se hundían las iglesias sobre ellos.

No era eso lo que inquietaba aquella mañana. Era Dionisia, a quien oía toser en la cocina sin decidirse a llamarla para que le llevase el agua de afeitarse. Repugnaba a su pudor de sacerdote, saber que aquella vieja concubina de autoridades civiles y militares, conocía su fragilidad. Le mortificaba la idea de ser observado por aquellos ojillos cínicos, que no se impresionaban ni con la austeridad de las sotanas, ni ante la respetabilidad de los uniformes, porque sabía que bajo unas y otros estaba igualmente la misma miseria brutal de la carne...

—Terminemos —pensó—, la doy un duro y que se marche.

Sonaron unos golpes discretos a la puerta del cuarto.

—Entre —dijo Amaro inclinándose sobre la mesa como abismado ante sus papeles.

Dionisia entró, dejó el jarro de agua sobre el lavabo, tosió y dijo en tono confidencial:

—Señor párroco, hay que tener cuidado. Ayer vieron salir de aquí a la señorita... ¡Es cosa seria, hijo, y a todos nos conviene que no se sepa!

No, Amaro no podía imponerse. Aquella mujer se convertía a la fuerza en su confidente.

—¿La vieron, eh?

—Sí, señor. Suerte que eran dos borrachos... pero podían haber sido dos personas decentes, y en la situación del señor párroco, en la situación de la muchacha, hay que hacer las cosas en secreto... De las cosas que yo protejo, no quiero que se enteren ni las paredes.

Amaro bruscamente se decidió a aceptar la "protección" de Dionisia. Recostado en su silla preguntó esperando los consejos de la matrona:

—Dígame, Dionisia, ¿cómo nos arreglaríamos?

Ella, naturalmente, sin afectar malicia o misterio, respondió:

—Yo creo que el mejor sitio para ver a la señorita, es la casa del campanero.

—¡La casa del campanero!

Dionisia le recordó la excelente disposición del sitio. La sacristía tenía una puerta que daba al patio de la casa del campanero... No había más que salir de la sacristía, atravesar el patio, y el señor párroco estaba en el nido.

—¿Y ella?

—Ella entra por la puerta de la calle; si alguien la ve no puede chocarle, es la señorita Amelia que va a dar algún recado al campanero... Claro que todo este plan puede confeccionarse.

—Sí, ya comprendo, es una idea —dijo Amaro paseando caviloso.

—Yo conozco bien el sitio, señor párroco, y créame que no hay otro mejor para un señor sacerdote que tiene su arreglito.

Amaro se detuvo y la dijo familiarmente:

—Vamos, Dionisia, se ve que no es la primera vez que recomienda usted la casa del campanero, ¿verdad?

Ella negó rotundamente. Ni siquiera conocía al tío Esquellas. Pero se la había ocurrido aquel medio, la noche antes. Al levantarse fue a examinar el sitio y se convenció de que era inmejorable. Antes de salir quiso dar su último consejo.

—Ahora procure entenderse con el campanero, señor párroco.

* * *

El tío Esquellas, era un viudo que tenía una hija de quince años, paralítica desde niña.

Se decía que la muchacha (cuyo nombre era Antonia y a quien su padre llamaba Totó) le torturaba constantemente con caprichos y locuras, que amargaban la vida del pobre viejo. El doctor Gouvea, decía que era una histérica; pero las personas de buenos principios, aseguraban que Totó estaba "poseída del demonio". El tío Esquellas había sufrido la amputación de una pierna de resultas de una caída por las escaleras de la torre. Cuando Amaro se hizo cargo de la parroquia, el viejo buscó la recomendación de Amelia y de su madre para conservar como él decía la "cuerda de la campana". Las dos señoras abogaron por él, diciendo que era una obra de caridad ayudar a aquel pobre hombre que había perdido su pierna por servir al culto, en ocasión de una fiesta.

El tío Esquellas acostumbraba oír todos los días la misa que decía el señor párroco. Amaro, aquella mañana al sentir en las losas del patio la muleta del cojo, comenzó a inventar una historia, porque no podía pedir al tío Esquellas su casucha sin explicarle que era para un servicio religioso...

Al verle entrar en la sacristía, le dio los buenos días amablemente. El sacristán se acercó con la casulla roja, y Amaro la recibió sobre los hombros murmurando con mucha compostura:

—*Domine, quis dixisti jugum meum...* Apriete más los

cordones de detrás, tío Matías. *Suave est, et onus meum leve...*

Hizo una cortesía ante una imagen, y entró en la iglesia con la actitud de rúbrica: los ojos bajos y el cuerpo derecho. El tío Matías, después de saludar también al Cristo de la sacristía arrastrando un pie, se apresuró a llevar las vinajeras, tosiendo fuerte para aclarar la garganta.

Durante la misa, al volverse hacia los fieles en el *Ofertorio,* y en el *Orate frates,* el padre Amaro se dirigía siempre al campanero, como si el sacrificio fuese por su intención particular; el tío Esquellas, con la muleta caída a su lado, se abismaba en una devoción más respetuosa.

Al entrar de nuevo en la sacristía Amaro le dijo:

—Espéreme en el patio. Tenemos que hablar, tío Esquellas.

No se hizo esperar mucho y se presentó, con un gesto grave que impresionó al campanero.

—Cúbrase, cúbrase, tío Esquellas. Tengo que hablarle de un caso muy serio... Quiero pedirle un favor...

—¡Oh, señor párroco!

—Es decir, no es un favor... Cuando se trata de servir a Dios todos debemos contribuir en la proporción de nuestras fuerzas... Bien, pues es el caso que una señorita... (para que vea si tengo confianza en usted, le diré el nombre) es el caso que Amelia, la de la San Juanera, quiere hacerse monja.

—¿Qué me dice, señor párroco?

—Es una vocación, tío Esquellas. ¡Se ve la mano de Dios en ella! La pobre muchacha aborreció las afecciones mundanas, desde su desavenencia con el novio, pero la madre como está vieja, y la necesita para gobernar la casa, no quiere consentir que entre en religión, suponiendo que es una veleidad de la chica... Pero no; es una vocación... Yo lo sé bien. Sin embargo, necesito tener con ella muchas y muchas conferencias, para conocer sus disposiciones, y ver si la conviene la Clausura, la Penitencia, el cuidado de enfermos, la Adoración Perpetua, o la enseñanza... Vamos, yo quiero estudiarla bien. Pero ¿dónde? En su casa no puede ser porque la madre ya tiene desconfianza. En la iglesia, imposible, es

como estar en la calle. En mi casa, tratándose de una muchachita joven, no está bien... De modo, tío Esquellas, que seguro de que ha de agradecérmelo... he pensado en su casa...

—¡Oh, señor párroco, yo, mi casa, mis trastos, todo, está
a su disposición!

Pero el tío Esquellas temía que la casa no fuese decente,
no tuviera bastantes comodidades...

—¡Oh! —dijo Amaro risueño—. En habiendo dos sillas, y
una mesa, para poner el libro de oraciones...

Tranquilizado el campanero, aseguraba que como lugar
retirado y casa tranquila, no se encontraba otra mejor. Esta-
rían allí como dos monjes en un desierto. Los días que el señor párroco necesitara hablar con la señorita, el campanero
saldría a dar una vuelta y ellos podían acomodarse en el piso
alto porque en la cocina no tendrían tanta libertad por estar
allí el cuartito de la pobre Totó...

El padre Amaro se dio una palmada en la frente. Había
olvidado a la paralítica.

—Totó puede ser un inconveniente, tío Esquellas.

El campanero que estaba ya interesado en la conquista de
aquella prometida del Señor, le tranquilizó, enumerando las
ventajas que su casa tenía para llevar a cabo la obra santa...
Totó no estorbaba. La pobrecita no se movía de la cama. El
señor párroco entraba por la cocina, la señorita por la puerta de la calle; subían, se cerraban en el cuarto...

—¿Y Totó no extrañará nuestra visita? —decía Amaro
dudando aún.

—No, pobrecilla, no puede moverse... Allí está con sus
manías, unas veces pasa las horas sin hablar, con los ojos clavados en la pared. Otros ratos está alegre, habla, bromea...
¡Es una desgracia, señor párroco!

—Debía entretenerse leyendo.

El campanero suspiró. La pequeña no sabía leer, nunca
quiso aprender. Si el señor párroco hiciese la caridad de per-
suadirla, de animarla a que aprendiese, no la pesaría tanto la
vida.

El párroco no le escuchaba. De repente había encontrado
una explicación natural para justificar las visitas de Amelia a

casa del campanero: ¡Iba a enseñar a leer a la paralítica! ¡A educarla! ¡A iluminar su alma con las bellezas de los libros santos, con la historia de los mártires!...

—Está decidido, tío Esquellas. En su casa haremos santa a la muchacha. Pero esto tiene que ser un secreto, ¡un secreto inviolable!

—¡Oh, señor párroco, no hay que hablar de eso!

—Cuento con usted, ¿verdad?

—En cuerpo y alma.

Amaro entró en la sacristía para escribir una carta donde explicaba a Amelia el "arreglo que acababa de hacer para poder gozar nuevas y divinas felicidades". La advertía que el pretexto para que ella fuese todas las semanas a casa del campanero, sería la educación de la paralítica. Él mismo lo propondría en casa de su madre por la noche. "Y había algo de verdad en el pretexto, porque muy bien podían iluminar aquella alma, con una buena enseñanza religiosa."

Terminada la carta, Amaro se dirigió a su casa. Sentose a la mesa para almorzar satisfecho de la vida, y de las dulces facilidades que en ella encontraba. Amarguras, dudas, torturas del deseo, todo lo que le consumió durante meses y meses, en su casa y en la calle de la Misericordia, había concluido. ¡Era feliz, y seguiría siéndolo siempre! Recordaba abismado en un gozo mudo toda aquella media hora de la víspera. Placer sobre placer, los saboreaba todos mentalmente, uno a uno, con la deliciosa seguridad que da la posesión. ¡Ah, ya no miraría con envidia a los señores que paseaban por la Alameda, dando el brazo a sus mujeres! Él también tenía ya mujer, toda suya, alma y carne; le quería, era bella, y llevaba las ropas blancas y limpias, perfumadas con un olorcillo de agua de colonia que a él le encantaba.

Al terminar el almuerzo, Dionisia, muy risueña, le preguntó si había hablado con el tío Esquellas...

—Algo le dije, pero aún no hay nada resuelto... Roma no se gana en una hora.

La matrona se retiró a la cocina, pensando que el señor párroco mentía como un hereje. No le importaba... Nunca quiso trato con los señores eclesiásticos; pagaban mal, y desconfiaban siempre...

Cuando Amaro salió, ella corrió a la escalera para decirle que tratara de buscar una sirvienta, porque ya no podía abandonar su casa por más tiempo.

—Doña Josefa va a proporcionarme una; la espero mañana. Pero usted, Dionisia, no deje de venir por aquí, puesto que ahora somos amigos...

—Cuando el señor párroco me necesite, estoy a su disposición. No tiene más que llamarme por la ventana, o por el huerto, para lo que desee. De todo entiendo un poco, hasta de asistir a partos... Conque ya sabe...

Amaro no escuchó más. Cerró de golpe la puerta indignado por aquel ofrecimiento brutal.

Capítulo VII

A los pocos días se habló en la calle de la Misericordia de la hija del campanero.

Aquella noche, mientras las señoras charlaban, el párroco se acercó al piano cuyas teclas recorría Amelia, lánguidamente, y fingiendo encender el cigarro en las bujías preguntó:

—¿Leíste la carta?

—Sí.

Amaro fue a reunirse con las señoras. La Gangoso mayor estaba contando una catástrofe que leyera en un diario, ocurrida en Inglaterra. La explosión de una mina que había sepultado a cientos de trabajadores. Las viejas se horrorizaban. La Gangoso, entonces, acumulaba detalles terroríficos. Doña María aseguraba que aquellas máquinas extranjeras la asustaban. Había visto una fábrica cerca de Alcobaza, y la pareció la imagen del infierno. Tenía la seguridad de que Dios no miraba aquellas cosas con buenos ojos...

—Es como los ferrocarriles —dijo doña Josefa—. No hay quien me quite de la cabeza que son invenciones del demonio. No lo digo en broma, no; basta oír aquellos resoplidos, aquel ruido. ¡Ay, qué miedo!

El padre Amaro, bromeando decía que a pesar de todo, eran cómodos para andar de prisa. De repente se puso serio y añadió:

—No se puede negar, sin embargo, que todas estas invenciones de la ciencia moderna parecen cosa del demonio. ¡Por eso nuestra santa Iglesia las bendice con oraciones primero, y después con agua bendita, para que el enemigo no pueda servirse de ellas!

Doña María quiso saber de qué medios se valía el enemigo para servirse de los ferrocarriles.

El padre Amaro se lo explicó bondadosamente: Haciendo descarrilar un tren, causaba la muerte de muchos viajeros cuyas pobres almas no estaban preparadas para la Extremaunción, y el demonio se apoderaba de ellas allí mismo.

Doña María miró a todas las oyentes con el rostro bañado en una sonrisa de beatitud.

—¡Ay, hijas, pues con nosotras no le valían esas mañas, que por fortuna estamos bien prevenidas!

Era verdad, y todas gozaban con la deliciosa seguridad de poder burlar la malicia del Tentador.

El párroco comenzó entonces a preparar su camino diciendo con voz de plática:

—Es necesario mucha vigilancia para ahuyentar al demonio. Hoy precisamente, estuve pensando en eso a propósito de un caso bien triste, que tengo casi en la misma iglesia: la hija del campanero.

Las señoras, creyendo oír alguna historia picante de las hazañas de Satanás, aproximaron sus sillas, bebiendo las palabras del padre Amaro.

—¡Allí está, la desgraciada criatura todo el santo día hundida en la cama! No sabe leer, no tiene devociones habituales, no tiene costumbre de meditar, y por consecuencia, como decía San Clemente, es un alma sin defensa. ¿Y qué sucede? Que el demonio, que ronda constantemente sin perder ocasión, se establece allí como en su casa.

—¡Y a dos pasos de la iglesia! —exclamó doña María indignada ante el atrevimiento de Satanás. Después recorrió con la imaginación su abundante arsenal devoto, y recomendó que colocaran a la cabecera de la paralítica alguna imagen de San Vicente, o de Nuestra Señora de las Siete Llagas... El silencio de las amigas le demostró bien claro la insuficiencia de aquella galería devota.

Doña Joaquina tuvo una idea feliz.

—Señor párroco, ¿por qué no le manda uno de esos libros con estampas de la vida de los santos? Son estampas edificantes. A mí, me conmueven... ¿Tú no tienes uno, Amelia?

Amelia sin levantar la cabeza respondió:

—No.

El clérigo la miró. Sentada al otro lado de la mesa, su linda cabeza aparecía iluminada por la luz de la lámpara. La nuca finísima desaparecía entre el abundante cabello, las pestañas parecían más largas, más negras, sobre aquel cutis trigueño y ligeramente sonrosado: su traje ajustado se ceñía al pecho, alto y fuerte, y el párroco veía aquellos senos levantarse en el ritmo de una respiración regular... ¡Oh, aquellos senos, era lo que Amaro ambicionaba más en ella! ¡Los imaginaba blancos, redondos, henchidos!... La había tenido en sus brazos, pero la tuvo vestida, y sus manos ansiosas sólo encontraron la seda de un traje... ¡En casa del campanero sería de él, sin obstáculos, sin ropa, toda entera a disposición de sus labios! No dudó más. Levantó la voz imponiendo silencio a las viejas, que discutían sobre la conveniencia de llevar a Totó la "vida de los santos" en estampa.

—Nada, señoras, nada, no es con libros como hay que salvar a la pobre chicuela... ¿Saben lo que convendría? Pues que uno de nosotros, el que tuviera menos ocupaciones, fuese a educar aquella alma, a llevarla la palabra de Dios. Y a decir verdad, la persona más desocupada de todos nosotros es Amelia...

¡Gran sorpresa! Todos vieron en aquellas palabras la voluntad de Dios. Los ojos de las viejas se iluminaban con un ardor devoto ante la idea de aquella obra de caridad que saldría de entre ellas... Se extasiaban pensando los elogios que había de prodigarlas el chantre. Cada una daba un consejo queriendo tomar parte en la obra santa, para participar de la recompensa que sin duda merecía.

Doña Joaquina Gangoso manifestó que envidiaba a Amelia, y ésta rompió a reír nerviosamente.

—¿Imaginas que no lo haría con tanta devoción como tú? ¿Ya estás orgullosa de la buena acción? ¡Pues, hija, así no sacarás provecho de ella!

Amelia, sin poderse contener, trataba de sofocar su risa. Los ojillos de doña Joaquina echaban lumbre.

—¡Es una grosería reírse así, es una impertinencia, suponer que yo no haría lo que tú puedes hacer!

Trataron de calmarla, y Amelia tuvo que jurar sobre los evangelios que era una risa nerviosa, y que no había tenido intención de molestar a doña Joaquina.

Doña María aseguraba que aquello era una gran honra para la casa porque cuando se supiera...

—Esto no debe saberse, doña María —interrumpió el párroco severamente—. Las buenas acciones deben hacerse para servir a Dios, no por vanagloriarse de ellas. Esto no debe salir de entre nosotros. Tratamos de salvar un alma, de consolar a una enferma, y no queremos elogios en los periódicos. ¿Verdad, Padre Maestro?

—Habla usted con la lengua de oro de san Juan Crisóstomo. Yo estoy conmovido; tanto que ya no me acordaba de que trajesen las tostadas y el té.

Pitusa entraba en aquel momento con una gran bandeja, y mientras colocaba las tazas sobre la mesa quedó decidido que Amelia iría dos veces por semana a casa del campanero, para enseñar a la paralítica a rezar, leerla la vida de los santos, y hacerla amar la virtud.

De este modo Amelia y el párroco pudieron verse libremente, para gloria de Dios y humillación del Enemigo.

Se veían todas las semanas una o dos veces. De este modo, las caritativas visitas a la paralítica eran siete cada mes, número simbólico, que según las beatas debía corresponder a las "Siete lecciones de María".

Amelia, aquellos días se levantaba temprano, pues siempre tenía alguna enagua que planchar o algún adorno que disponer. Su madre se extrañaba al ver el esmero con que se vestía y perfumaba, pero ella decía que "trataba de inspirar a Totó ideas de limpieza y aseo". Esperaba inquieta que dieran las once, y respondía distraídamente a las preguntas de la madre, mirando el reloj a cada momento. Llegaba, al fin, la hora deseada, y después de echar una ojeada al espejo, Amelia besaba a su madre, y salía, siempre recelosa, temiendo ser espiada. Todas las mañanas rogaba a la Virgen del Buen Viaje, que la librase de malos encuentros, y si hallaba algún pobre, no dejaba nunca de darle limosna, para agradar a Jesucristo, amigo de los mendigos y de los vagabundos. Entraba siempre en la Catedral con el pie derecho.

El silencio de la iglesia desierta y bañada en una media luz triste, la amedrentaba. Creía escuchar represiones que por su pecado la dirigían los santos de talla. Imaginaba que los ojos de cristal de las imágenes y las pupilas pintadas en los cuadros, se fijaban en ella con una insistencia cruel, adivinando los deseos impuros que agitaban su pecho en aquellos momentos. Prometía entonces dedicar la mañana sólo a Totó, sin consentir que Amaro se acercase a ella. Pero poco después al entrar en casa del campanero, sin detenerse junto a la cama de la paralítica, iba a observar por la ventana de la cocina, esperando con ansia que la puerta de la sacristía se abriese. Cuando Amaro aparecía en ella, Amelia, impaciente, salía a buscarle, quedaban un momento en la puerta, apretándose las manos, devorándose con los ojos; después iban a ver a Totó, y la daban dulces, que el párroco llevaba para ella en los bolsillos de la sotana.

La cama de Totó estaba en una alcobita que había en la cocina: Aquel cuerpecillo de tísica, hundido en el jergón, apenas hacía bulto bajo los arrugados cobertores que ella se entretenía en deshilachar. Los días de las visitas la infeliz se adornaba con una chambra blanca, lustraba sus cabellos con aceite, obligaba a su padre a limpiar el cuarto. El tío Esquellas, encantado, aseguraba que desde que el padre Amaro les visitaba, la pequeña había cambiado, y tenía deseos de "parecer alguien" hasta el punto de no querer separarse de un peine y un espejillo, que ocultaba bajo la almohada.

Amelia todas las mañanas se sentaba un momento junto a la enferma, y la preguntaba si estudiaba el abecedario, obligándola a decir el nombre de las letras. Después, la hacía repetir una oración que trataba de enseñarla, mientras Amaro, sin pasar de la puerta, esperaba con enojo el final de aquella plática, molestado por los ojos de la paralítica fijos en él constantemente, que parecían mayores y más brillantes en aquel rostro pálido, chupado, de hundidas mejillas y labios lívidos.

Amaro no sentía en tales momentos ni compasión ni caridad por Totó. La odiaba, le parecía sucia y repugnante. Amelia tampoco gustaba de aquella demora, a la cual se resignaba para agradar a Dios, y que la paralítica no agradecía en /nada. Cuando su maestra trataba de hacerla hablar, la mayor parte de las veces no obtenía respuesta. Casi siempre la escuchaba vuelta hacia la pared y si Amelia trataba de arreglarle la ropa de la cama o de taparla los hombros con un chal, ella enfurecida se encogía ocultándose bajo las sábanas...

A una seña de Amaro, Amelia colocaba un libro con estampas de santos sobre la cama de Totó.

—Vaya, ahí te quedas... Mira, éste es san Mateo, ésta es santa Virginia... Adiós, que yo voy arriba con el señor párroco a rezar para que Dios te sane... No destroces el libro, que es pecado.

Subían la escalera, mientras la paralítica hacía esfuerzos desesperados por levantarse, siguiéndoles con los ojos llameantes, ansiosos, nublados por lágrimas de ira.

La habitación alta era la alcoba del tío Esquellas. Estaba blanqueada y tenía el techo de vigas, sobre las que se asentaban las tejas. Junto a la cama, pendiente de un clavo, estaba el candil que dejó en la pared un penacho de humo negro.

Sobre la pobre mesa había un Nuevo Testamento, una botella de agua, y preparadas a cada lado dos sillas... El párroco bromeando decía:

—Mira, todo esto es para nuestra conferencia, para que yo te enseñe bien tus deberes de monja.

Ella, delante de Amaro, con una sonrisa que dejaba ver sus blancos dientes, abría los brazos abandonándose y murmurando:

—¡Enséñame, entonces!

El párroco la besaba en el cuello, en la cabeza; a veces la mordía las orejas, y ella daba un grito de placer. Luego permanecían silenciosos, escuchando, con miedo de ser oídos abajo por la paralítica. Después cerraban las maderas de la ventana, y la puerta que era forzoso empujar con las rodillas. Amelia comenzaba a desnudarse lentamente, y quedaba un momento inmóvil, con la ropa caída a sus pies, mientras el clérigo, anhelante, contemplaba aquella forma blanca, que se destacaba en la obscuridad del cuarto. Ella se persignaba de prisa, y antes de subir al lecho suspiraba siempre tristemente.

Al dar las doce, Amelia, cansada, murmuraba:

—Tengo que marcharme.

—Espera un poco... Siempre tienes prisa...

—Es muy tarde.

Pero el párroco quería detenerla; no se cansaba de besar aquella orejita.

—¡Golosón! ¡Déjame!

Con las ventanas cerradas, se vestía ligera, después abría, y volvía de nuevo a besar al cura, que continuaba en el lecho. Arrastraba las sillas para que la paralítica al oír el ruido creyese que había terminado la conferencia. Bajaba apresuradamente, huyendo de Amaro que no acababa nunca de besarla, y antes de salir se detenía un momento en el cuarto de Totó, para preguntarla si la habían gustado las estampas. La paralítica, casi siempre, ocultaba su cabeza bajo los cobertores, pero a veces se sentaba en la cama examinando a Amelia con una curiosidad viciosa. Amelia enrojecía y pretextando que era muy tarde, recogía el libro de estampas y salía maldiciendo a aquella criatura tan maliciosa en su mutismo.

CAPÍTULO VIII

Una circunstancia inesperada vino a amargar las deliciosas mañanas de casa del campanero. Fue una extravagancia de Totó, que, como Amaro decía "era un monstruo".

Cierto día que Amelia trataba de acercarse a la cama de la paralítica, ésta la rechazó furiosa, retorciéndose y gritando.

Amelia, impresionada con la idea de que el demonio habitaba en Totó, huyó aterrada, segura de que el olor de incienso que llevaba en los vestidos era lo que enfurecía al enemigo, dentro del cuerpo de la baldada. Amaro quiso reprender a Totó, haciéndola comprender su ingratitud para con la señorita Amelia, que iba a consolarla, pero la desdichada prorrumpió en un llanto histérico; después, quedó inmóvil, rígida, con los ojos en blanco y la boca llena de espumarajos; Amaro, por prudencia, recitó los exorcismos inundando la cama de agua bendita... Amelia, desde aquel momento, resolvió "dejar tranquila a la fiera", y no trató nunca más de enseñarle el abecedario y las oraciones a santa Ana.

Para evitar que la paralítica les amargase el placer de la mañana decidieron que en adelante subirían al piso alto sin dirigir una palabra a Totó.

Fue peor, pues no bien les veía cruzar la puerta para dirigirse a la escalera, Totó, de bruces sobre el jergón con el rostro descompuesto por la desesperación de su inmovilidad, hacía esfuerzos ansiosos por seguirles. Al entrar en el cuarto, Amelia escuchaba una carcajada seca, y un "¡oui!" prolongado, ululante, que la aterraba.

Amaro, para escapar a las miradas de la "maldita rapaza", halló medio de pasar con Amelia por la sacristía, que de

212

once a doce de la mañana, estaba siempre desierta los días de trabajo. Pero cuando entraban en la cocina del tío Esquellas, conteniendo la respiración, no podían impedir que sus pasos hicieran rechinar los carcomidos peldaños de la escalera, y entonces la voz de Totó, áspera y ronca, salía de la alcoba berreando:

—¡Fuera de aquí, perros! ¡Fuera de casa, perros!

Amaro sentía un deseo furioso de estrangular a aquella odiosa criatura. Amelia, pálida como una muerta, temblaba mientras la paralítica aullaba:

—¡Allá van los perros! ¡Allá van!

Se refugiaban en el cuarto cerrándose por dentro, pero aquella voz lúgubre, desolada, que parecía salir de los infiernos, llegaba hasta ellos persiguiéndoles:

—¡Ya se han juntado los perros! ¡Ya están juntos!

Amelia caía sobre el catre vencida por el terror jurando no volver a la casa maldita... El cura, furioso, la increpaba.

—¿Pero, qué diablos quieres? ¿Dónde vamos a vernos? ¿Quieres que nos acostemos en los bancos de la sacristía?

Amelia retorciéndose las manos exclamaba:

—¿Qué la hice yo, Dios mío?

—¡Nada! Está loca... ¿Qué quieres que yo le haga?

Ella no respondía, pero en su casa los días de "rendez-vous", al acercarse la hora de la visita comenzaba a temblar, pensando en aquella voz, que hasta en sueños la atronaba los oídos.

* * *

Una mañana la San Juanera, que estaba en el comedor, al oír los pasos del canónigo, salió a esperarle a la escalera, y se encerró con él en la salita baja. Quería contarle el disgusto que había tenido aquella noche. Amelia se había despertado gritando. Decía que la Virgen la pisaba el cuello, la ahogaba; que Totó la quemaba con un tizón, y que las llamas del infierno subían más altas que las torres de la Catedral... Después de correr como loca, en camisa, por la habitación, cayó al suelo con un ataque de nervios. La pobre pequeña estaba en la cama, sin probar ni siquiera una taza de caldo en toda la mañana.

—Pesadillas... indigestión —dijo el canónigo.

—¡Ay, señor canónigo, es otra cosa! —decía la San Juanera—. Son las desdichadas visitas a la hija del campanero. Yo no quise oponerme a ellas, porque era una obra de caridad, pero desde que empezaron, Amelia está trastornada. Todo el mundo dice que la hija del campanero tiene los demonios en el cuerpo y yo creo que no debo consentir que Amelia vuelva por aquella casa, mientras no tenga la seguridad de que el ir allí no la perjudica. Por eso quisiera que una persona formal, de experiencia, fuera a examinar a Totó...

—En resumen —dijo el canónigo—. Será necesario que vaya yo a verla, ¿no es esto?

—¡Ay, sería para mí una gran tranquilidad que fueses, rico!

Aquellas palabras, que la San Juanera reservaba para las intimidades de siesta, conmovieron al canónigo.

Hizo una caricia en el cuello grueso y corto de su vieja, prometiendo que iría a estudiar el caso un día de los que Amelia visitase a la enferma, para observarlas a las dos, para convencerse de si había alguna influencia del espíritu maligno.

—Y bien puedes agradecerme esto. Lo hago por ser para quien es, que me bastan mis achaques, sin ocuparme de los negocios de Satanás.

La San Juanera le recompensó con un sonoro beso.

Fiel a su promesa poco tiempo después, una mañana en que Amelia iba a ver a Totó, el canónigo se instaló en la botica de la Plaza esperando que la muchacha apareciese, mientras fingía leer "El Popular". Amelia cruzó la Plaza, el canónigo la llamó, y ella se detuvo contrariada, porque Amaro la esperaba ya, y aquel encuentro la retrasaba...

El canónigo había preparado una historia para justificar su visita a la paralítica, pero la olvidó como todo lo que confiaba a su memoria. Así es que sin disimulos, dijo simplemente:

—¡Voy contigo, Amelia, que quiero ver yo también a Totó!

Amelia, aterrada, trató de ocultar su turbación diciendo con una sonrisa falsa:

—Pues hoy es día de recepción para Totó, porque el señor párroco me dijo que acaso iría él por allí... Puede ser que esté con ella.

—¡Ah! ¿También irá el amigo Amaro? ¡Está bien, está bien, haremos una consulta a Totó!

Amelia, satisfecha de su picardía, charloteaba acerca de la enferma... Era una criatura incomprensible... Decía unas cosas de perros y de animales que daban miedo. Ella no quiso contarlo a su madre, pero era un cargo que ya le pesaba, porque además la chica no escuchaba lecciones ni consejos ni oraciones... ¡Era una fiera!...

Llegaron. Al entrar en la casa el canónigo rosmó:

—¡Qué olor tan desagradable!

Amelia contestó:

—Claro, qué quiere usted, la muchacha es una sucia, y el padre un descuidado.

Abrió la puerta de la alcoba, y vieron a Totó medio levantada en la cama. Su cara de tísica expresaba una gran curiosidad por la voz del canónigo que ella desconocía. Amelia, con una caridad que nunca tuvo para con la infeliz, comenzó a poner en orden las ropas de la cama, y a limpiar el cuarto mientras decía:

—¡Vamos, saluda al señor canónigo... dile cómo te encuentras... ¡Háblale mujer, que parece que estás enfadada!

Pero Totó permanecía muda, examinando a aquel sacerdote tan gordo, tan canoso, tan diferente del señor párroco... Sus ojos más brillantes cuanto más se hundían las mejillas, iban de Amelia para aquel hombre, como queriendo inquirir por qué llevaba allí al viejo gordo; deseando saber si subiría también con él al cuarto.

Amelia empezó a temblar. Temía que al entrar Amaro, la paralítica comenzase a gritar, llamándoles perros... Con el pretexto de arreglar la cocina, fue a vigilar el patio para hacer señas a Amaro de que no entrase.

El canónigo, solo con Totó, se dispuso a comenzar sus observaciones. Iba a preguntar cuántas eran las personas de la Santísima Trinidad, cuando la paralítica con una voz débil como un soplo preguntó:

—¿Y el otro?

El canónigo no comprendió.

—¡Habla alto! ¿Qué dices?

—¡El otro, el que viene con ella!

El canónigo se acercó con curiosidad:

—¿Qué otro?

—El guapo. El que sube con ella al cuarto. El que la besa...

Amelia entraba. La paralítica calló, y cerró los ojos respirando con deleite como aliviada de todo su sufrimiento. El canónigo, asombrado, permanecía en la misma postura, inclinado sobre el camastro como si tratara de auscultar a Totó.

—¿Qué le parece mi enferma, señor canónigo?

El viejo se levantó, sorbió lentamente un polvo de rapé, y con la caja abierta entre los dedos, sin mirar a Amelia, fijos los ojos en la colcha de Totó, respondió:

—Bien, sí señor, muy bien... Va bien... Vaya, vaya... Bueno, adiós...

Y salió murmurando que tenía muchos quehaceres. Volvió inmediatamente a la botica y dejándose caer sobre una silla pidió un vaso de agua.

El boticario le preguntó si estaba enfermo.

—No, cansadillo nada más.

Cogió de nuevo "El Popular" y permaneció sobre el mostrador sin moverse, como abismado en las columnas del periódico mientras el boticario intentaba hablarle de la política del país.

Daba la una en la torre cuando el canónigo vio a Amelia que se dirigía a su casa. Tiró el periódico, y salió de la botica, sin hablar, apresurando el paso hacia casa del tío Esquellas. Totó se estremeció, viendo entrar de nuevo en su alcoba aquella figura panzuda y fea.

El canónigo, riendo, la llamaba Totosiña, la ofreció dinero para dulces, y con un "¡ah!" regalado se sentó a los pies de la cama diciendo:

—Vamos a charlar un poco, amiguita... Conque, ¿esta es la pierna mala, eh? ¡Pobrecilla! Deja, que ya te curarás... Yo se lo pediré a Dios. Ya verás cómo sanas...

La paralítica tan pronto palidecía como se ponía roja, mirando inquieta, turbada por la presencia de aquel hombre cuyo aliento sentía junto a ella.

Él se acercó aún más, sentándose en el catre que se hundía con tal peso.

—Dime, Totosiña, ¿quién es el otro? ¿Quién viene con Amelia?

Ella sin alentar respondió:

—El guapo, el delgado. Vienen los dos y suben al cuarto de mi padre. Se encierran por dentro. Son como perros.

Los ojos del canónigo parecía que iban a salir de las órbitas.

—¿Pero, quién es, cómo se llama? ¿Qué dice tu padre?

—El otro es el párroco Amaro —dijo con impaciencia Totó.

—Van arriba, ¿eh?, ¿al cuarto? Y tú, pequeña, ¿qué oyes?, ¿qué oyes? Dímelo todo, todo, pequeña.

Totó, entonces, con un furor que daba tonos sibilantes a su voz de tísica, contó que iban allí, que entraban a verla, que se rozaban uno contra otro, que subían al cuarto, y que estaban encerrados una hora...

El canónigo, con una curiosidad lúbrica que le encendía los ojos mortecinos, quería saber detalles torpes:

—Tú, ¿qué oyes, Totosiña? ¿Oyes crujir la cama?

La paralítica afirmó con la cabeza, toda pálida, cerrando los dientes.

—Di, Totosiña. ¿Los viste besarse, abrazarse? Anda, mujer, dilo, y te doy para dulces.

Ella no despegaba los labios; su rostro trastornado le parecía al canónigo el de un salvaje.

—Tienes rabia a Amelia, ¿verdad?

Ella hizo una afirmación feroz con la cabeza.

—¡Son como perros! —murmuró entre dientes.

El canónigo sopló, como si le abrasara un calor de agosto, se rascó la corona vivamente y se levantó.

—Bueno, pequeña. Adiós... Tápate bien, no te constipes...

Salió, y al cerrar la puerta dijo en alta voz:

—¡Esto es la infamia! ¡Le mato! ¡Me pierdo!

Entró en la iglesia y se dirigió a la sacristía, en el preciso momento que Amaro salía. El aspecto descompuesto del canónigo le sorprendió.

—¿Qué le ocurre, Padre Maestro?

—¿Qué me ocurre? Me ocurre que es usted un infame, un canalla.

Amaro densamente pálido balbuceó:

—¿Qué dice usted, Padre Maestro?

El canónigo tomó aliento:

—¡No hay Padre Maestro que valga! Canallada maestra es la que hizo usted, ¡perder a la pobre chiquilla!

—¿Qué chiquilla? ¡Usted bromea! —Amaro sonreía afectando serenidad, pero sus labios blancos temblaban.

—¿Será usted capaz de negarme lo que he visto?

El párroco retrocedió aterrado. Imaginó que el tío Esquellas le había hecho traición, ocultando en su casa al canónigo...

—¿Qué ha visto el Padre Maestro?

—No lo vi, pero es lo mismo. Lo sé todo, me lo contó Totó. Os encerráis en el cuarto horas enteras y hasta se oye crujir la cama abajo. ¡Es una ignominia!

El párroco al verse descubierto trató de defenderse.

—Dígame, señor canónigo. ¿Usted qué tiene que ver con eso?

—¿Qué tengo que ver? Y se atreve el señor párroco a preguntarlo. ¿Qué tengo que ver? Pues que ahora mismo voy desde aquí a dar parte de todo al señor Vicario general.

Amaro, lívido, fue hacia su maestro con el puño cerrado. El canónigo viéndose amenazado levantó el quitasol para defenderse y gritó:

—¿Qué es eso? ¿Se atreve aún a amenazarme, a levantarme las manos?

Amaro se contuvo; pasó las manos por la cabeza, cerró los ojos y después de una pausa dijo con forzada serenidad.

—Oiga, señor canónigo. Bien hará en callarse, si no quiere que yo también diga al vicario que le he visto a usted en la cama con la San Juanera...

—¡Mentira, mentira!

—Le vi, le vi, le vi —afirmaba el párroco con furor—. Una noche al entrar yo en casa, el señor canónigo estaba en mangas de camisa sobre la cama, mientras la San Juanera que acababa de levantarse, se ponía el corsé. Le vi como ahora le veo. Y si dice usted una sola palabra, yo probaré a todo el clero, que hace diez años está usted liado con la San Juanera.

El canónigo agobiado por aquellas palabras quedó como un buey asustado; Amaro seguro ya de su silencio continuó.

—Todos tenemos por qué callar, y venimos ahora con sermones de moral, es una bobada. La moral está bien para la escuela o para el púlpito. En la vida, yo hago esto, usted hace aquello, y los demás hacen lo que pueden. El Padre Maestro, que tiene edad, se arregla con la vieja, yo, que soy joven, busco a la muchacha. Es triste, pero, ¿qué hemos de hacerle? Es ley de naturaleza. ¡Somos hombres!

El canónigo escuchaba aquellas verdades moviendo la cabeza como asintiendo. Se dejó caer en una silla para descansar de tanta cólera inútil, y mirando al párroco dijo reconviniéndole:

—¡Pero hombre, al comenzar la carrera!...

—¡Lo mismo que usted al terminarla, Padre Maestro!

Lo que enfurecía al canónigo era que se trataba de la "pequeña de casa". Si hubiera sido con otra... hasta lo aprobaba. Pero con Amelita... Cuando lo supiera la pobre madre, se moriría del disgusto.

—¡La madre no necesita enterarse! ¡Esto queda entre nosotros, Padre Maestro! Ni la madre se entera, ni yo digo a Amelia nada de lo que ha ocurrido entre nosotros. Pero, ¡mucho cuidado!... ¡No me haga ahora traición, Padre Maestro!

El canónigo con la mano sobre el pecho diole gravemente

su palabra de honor de caballero y de sacerdote; jurando
que aquel secreto quedaba para siempre sepultado en su
corazón.

Dieron las tres en la torre. Era la hora de comer del canónigo. Al marcharse golpeó amistosamente el hombro de
Amaro mirándole con malicia.

—¡Gran tunante, qué suerte tiene!

—¿Qué quiere usted, Padre Maestro? ¡Qué diablo!... Se
empieza por una tontería y luego...

—¡Hombre, eso es lo mejor del mundo!

—¡Verdad, Padre Maestro, verdad! Es lo mejor del
mundo.

Capítulo IX

—¿El señor canónigo, está? ¡Tengo que hablarle, inmediatamente!

La criada del señor Días indicó al padre Amaro la puerta del despacho y corrió a decir a doña Josefa que al señor párroco debía ocurrirle alguna desgracia porque deseaba hablar al señor canónigo y traía una cara muy descompuesta.

Amaro abrió impetuosamente la puerta del despacho, la cerró después dando un portazo, y sin saludar al canónigo exclamó:

—¡Amelia está embarazada!

El canónigo, que estaba escribiendo, dejó caer la pluma de sus manos.

—¿Qué dice usted?

—¡Que está embarazada!

—¿Está usted seguro? —preguntó el canónigo aterrado.

—Segurísimo. Las mujeres conocen eso y no se engañan. Ella tenía sospechas, pero ahora ya no cabe duda... ¿qué hago yo, Padre Maestro? Imagine usted qué escándalo se nos viene encima. La madre, las vecinas... Y si sospechan de mí, estoy perdido... ¡No quiero pensarlo!

—Ahí tiene usted las consecuencias, caro colega.

—¡Hombre, vaya al infierno! Aquí no se trata ahora de sermonear... Claro que fue una burrada, pero ya está hecho. Deme usted alguna idea, dígame algo... Yo no sé, estoy como loco.

—Y yo ¿qué voy a decirle? No he de recomendarle ninguna droga para que la rapaza aborte... ¿Qué quiere usted que yo haga?

221

El canónigo decía todo esto en voz baja, como si arrancara cada palabra del fondo del tórax.

—¿Qué quiero? ¡quiero que no haya escándalo! ¿Qué voy a querer? —gritaba Amaro paseándose furioso.

—¿De cuántos meses está ya?

—¡Como de cuantos meses! ¿Yo qué sé? Está de ahora, de un mes...

—¡Entonces a casarla! ¡A casarla con el escribiente! —exclamó el canónigo.

El padre Amaro soltó un juramento.

—Demonio, tiene usted razón. ¡Es una idea magnífica!

—¡A casarla, ahora que aún es tiempo! "Pater est quem nuptiae demostrant!...", quien es marido es padre.

Los dos clérigos convinieron entonces en que era preciso buscar a Juan Eduardo que había desaparecido de Leiria. Dionisia se encargaría de averiguar en qué cueva se guarecía la fiera. Después, como el tiempo urgía, Amelia se encargaría de escribir diciéndole que le debía una reparación, que estaba enterada de que fue víctima de una intriga, que le quería siempre, que deseaba verle... y si el muchacho dudaba (que no era probable) se le haría entrever la esperanza de una colocación en el gobierno civil, cosa fácil de obtener por el doctor Godiño que estaba dominado por su mujer, esclava del padre Silverio.

—¿Pero y Natalio? Natalio que detesta al escribiente, ¿qué dirá?

—Hombre —exclamó el canónigo—, me había olvidado de decirle. ¿No sabe lo que le ocurrió a Natalio? Se ha caído de la yegua y se rompió una pierna.

—¿Cuándo?

—Esta mañana. Lo supe hace un rato. Ya se lo había advertido: Ese animal le dará a usted un disgusto. Pues ya se lo dio, y gordo... Tiene para días.

La puerta se abrió dando paso a doña Josefa, que no pudiendo dominar su curiosidad, venía a "dar los buenos días al señor párroco". Éste, después de hablar brevemente sobre el reuma del chantre, se despidió.

—Hasta la noche Padre Maestro.

—Hasta la noche.

El canónigo continuó escribiendo, y su hermana, sin disimular ya más, preguntó:

—¿Hay novedades?

—¡Gran novedad, hermana! ¡Murió Don Juan VI!

—¡Malcriado! —rugió la vieja mientras salía perseguida cruelmente por una carcajada del hermano.

* * *

Pocos días después en casa del campanero, Amaro participó a Amelia el plan del canónigo. Antes, la preparó diciéndole que el Padre Maestro sabía todo aquello en secreto de confesión, añadiendo para tranquilizarla que como su madre no tenía libre de culpas su conciencia... todo quedaba en familia... Cuando la hubo enterado de esto, tomó una de sus manos, y mirándola tiernamente la habló así:

—No te aflijas por lo que voy a decirte, pero es necesario, es preciso para nuestra salvación, que te cases con Juan Eduardo.

Amelia se indignó.

—Nunca, nunca, primero morir. ¿Soy por ventura un trapo que se tira después de usarlo? ¿Quieres humillarme hasta el punto de exigir que llame a ese hombre después de haberle echado de mi casa?... ¡Ah, no! ¡También yo tengo mi orgullo! Los esclavos se venden, se cambian, pero es en el Brasil, no aquí.

—¡Cállate mujer, que pueden oírte en la calle!

—¡Que me oigan! ¡No me importa! A la calle iré gritando que estoy en este estado, que fuiste tú, tú, el padre Amaro, quien me puso así, y que ahora quieres dejarme...

Amaro, lívido de rabia, sentía un deseo furioso de golpearla, pero se contuvo, y fingiendo serenidad, dijo con voz temblorosa:

—Mira, hija, esto es una desgracia que nos ocurre, pero precisa que sea así. Si tú sufres, imagina lo que yo sufriré. ¡Verte casada, viviendo con otro!... No hablemos de esto... Es una fatalidad, pero es Dios quien nos la manda.

Amelia, cerca del lecho, ahogaba sus sollozos. ¡Llegó por fin el castigo que ella temía! ¡Era peor que las llamas del Purgatorio! ¡Tenía que separarse de Amaro, para vivir con el otro, con el excomulgado! ¿Cómo podría ella volver a la gracia de Dios, después de haber dormido con un hombre maldito por el Papa, por los cánones, por el cielo? ¿Cómo podía casarse con un hombre excomulgado?

Amaro se apresuró a tranquilizarla.

—Según dice el santo concilio de Trento, ya tú lo sabes, "nos atamos y desatamos". ¿El mozo fue excomulgado?... Bueno, pues levantamos la excomunión y queda tan limpio como estaba. Por eso no tengas temor.

—Pero, ¿de qué vamos a vivir, si él perdió su empleo?

—No me has dejado hablar... Se arreglará lo del empleo, lo arreglará todo el Padre Maestro. Dime ahora, ¿tu madre no desconfía de nada?

Ella con el rostro bañado en lágrimas respondió:

—Hasta ahora no lo ha notado.

Quedaron silenciosos. Ella procuraba serenarse para marchar. Él con la cabeza baja recordaba las mañanas de otros tiempos, en que sólo había en el cuartucho besos y risas sofocadas. Todo había cambiado.

—¿Se conoce que lloré? —preguntó Amelia arreglando sus cabellos.

—No. ¿Te vas ya?

—Sí. Me espera mi madre...

Diéronse un beso triste. Amelia salió.

* * *

En tanto, Dionisia revolvía todos los rincones de Leiria para averiguar el paradero de Juan Eduardo. Su actividad creció al enterarse de que el canónigo Días, el ricachón, estaba interesado en "las pesquisas".

Sabía ya que el escribiente marchó para Alcobaza, donde tenía un primo. Después fue a Lisboa, con una carta de recomendación del doctor Gouvea, para un procurador, en cuyo escritorio se colocó el muchacho. Pero a los pocos días murió el procurador de una apoplejía. Desde entonces el rastro de Juan Eduardo se perdía en el caos de la capital. Una sola persona podía dar noticias, era Gustavo, el tipógrafo. Pero por desgracia, después de un altercado con Agustín, Gustavo dejó la tipografía de "La Voz del Distrito" y desapareció: nadie sabía dónde estaba. Amelia se enteraba de estas noticias por Amaro, a quien preguntaba ansiosamente todas las mañanas, apenas estaban solos en el cuarto del tío Esquellas.

—¿Sabes algo de nuevo?

Él movía la cabeza y rosmaba:

—No. Dionisia le busca... ¿Tienes mucha prisa?

Ella respondía:

—Sí, tengo prisa, que la vergüenza es para mí sola.

Amaro callaba. Había tanto odio como amor en los besos que entonces la daba. Aquella mujer que era de él, cuán fácilmente se resignaba a ir a dormir con otro.

* * *

Una noche, mientras el canónigo saboreaba su taza de café en casa del párroco, apareció en la puerta del comedor Dionisia.

—¿Qué hay, Dionisia? —preguntó Amaro.

La mujer sin apresurarse, ni esperar licencia, se sentó, porque estaba reventada... No, no imaginaba el señor canónigo los pasos que ella daba... El maldito tipógrafo la recordaba la historia de un venado a quien los cazadores veían siempre, sin alcanzarlo jamás... a ella la contaban esa historia cuando era niña... Dichoso Gustavo... Gracias a Dios apareció... Y "tocadito" por más señas.

—¡Acabe de una vez mujer! —berreó el canónigo.

—Pues de una vez. Nuestro gozo es un pozo. ¡Nada!

Los dos sacerdotes la miraban impacientes.

—Pero ¿qué es "nada" criatura?

—¡Que nuestro hombre se marchó al Brasil!

El canónigo movía pausadamente su café mientras Amaro, pálido, le interrogaba.

—¿Qué le parece, Padre Maestro?

—No está mal.

—¡El diablo cargue con todas las mujeres, y el infierno las confunda! —dijo Amaro sordamente.

—¡Amén! —respondió el canónigo con gravedad.

Capítulo X

¡Cuántas lágrimas derramó Amelia al saber la noticia! ¡Su honra, la paz de su vida, el nombre de su hijo, todo perdido, sumido en las brumas del mar, caminando hacia el Brasil! Fueron aquellos los peores días de su vida. Visitaba al párroco siempre llorosa preguntándole con angustia lo que debía hacer.

Amaro, aplanado, sin ideas, sin pensamiento, preguntaba a su vez al canónigo, que le respondía desolado:

—Se hizo todo lo que se podía hacer.

—No hay más remedio que aguantarse. ¡No haberse metido en este berenjenal!

Amaro trataba entonces de consolar a Amelia con palabras triviales.

—Ya se arreglará todo; esperemos en Dios.

¡Buena ocasión para esperar en Dios cuando indignado, la castigaba cruelmente! Aquella indecisión de un hombre, en un sacerdote, que debía tener habilidad y medios para salvarla la desesperaban, y experimentaba hacia él un sentimiento confuso en que tras el deseo persistente, comenzaba a asomar el odio.

Los encuentros en casa del campanero eran cada vez menos frecuentes. Amaro no se quejaba de esto. Acusaba el párroco a Amelia de exagerar sus apuros, comunicándole a él un temor infundado. Otra mujer de mejor sentido no se acobardaría de aquel modo... ¡Pero ella era una beata histérica, toda nervios, toda temores, toda exaltación!... ¡Ah, no cabía duda de que cometió una "gran burrada"!

Amelia por su parte pensaba también lo mismo. ¿Cómo no imaginó que podía sucederla aquello? Como mujer corrió hacia el amor, sin pensar en nada y ahora que sentía un hijo en las entrañas venían las quejas, el espanto y las lágrimas. Su vida no podía ser más triste: por el día tenía que fingir ante su madre, cosiendo, hablando, mintiendo felicidad... De noche, la imaginación libre la torturaba con una incesante fantasmagoría de castigos.

Un acontecimiento inesperado vino a distraerla algo de aquel tormento. Doña Josefa Días, que se encontraba algo delicada quejándose de dolores en un lado, se agravó. Avisado el doctor Gouvea, declaró que la excelente señora sufría una neumonía aguda, que ponía su vida en peligro.

La San Juanera corrió a instalarse como enfermera cerca de su amiga, y durante varias semanas la tranquila casa del canónigo estuvo trastornada por lamentaciones y visitas de las señoras, que, cuando no estaban en las iglesias haciendo promesas a los santos por el restablecimiento de la enferma permanecían allí, entrando y saliendo en el cuarto de doña Josefa y molestando con preguntas estúpidas al doctor Gouvea.

El canónigo estaba aniquilado por la aparición inesperada de aquella enfermedad. Un pesar sincero le postraba; hacía cincuenta años que vivía con su hermana, y la quería casi por costumbre. Además de eso, ¿quién sabía si la muerte entrando en aquella casa no cargaría también con él?...

Amelia pasó aquellos días más tranquila. Nadie reparaba en ella; su rostro triste, las huellas del llanto en sus ojos, parecían cosa natural a causa del peligro que amenazaba a su madrina. Los cuidados de enfermera la distraían. Como era fuerte y joven, no quería que su madre pasara malas noches, y Amelia era quien se quedaba velando a doña Josefa, para merecer de la Santísima Virgen la misma caridad que empleaba con la doliente, cuando la llegase la hora de caer ella en cama. Tenía el presentimiento de que moriría de parto y a veces sola, arrebujada en su chal, oyendo los quejidos de la enferma, lloraba sobre su propia muerte que juzgaba segura, con una melancolía vaga de su juventud, de sus amores, de sí misma...

Por fin el doctor Gouvea declaró a doña Josefa fuera de

peligro, y a pesar de anunciar que la convalecencia sería larga y penosa, dijo riendo al canónigo, que con mucho cuidado, buenos tónicos, y las oraciones de todas aquellas señoras, su hermana estaba aun para tener novio.

Pocos días después el canónigo viendo que se acercaba el fin de agosto, habló de alquilar una casa en Vieira, para ir a tomar los baños de mar según acostumbraba un año sí, y otro no. El año anterior no había ido, de modo que ahora le tocaba ver la playa. Y la hermana se repondría con los aires saludables del mar, que la darían fuerza y carne.

El doctor Gouvea desaprobó el proyecto. Debían pasar el verano en la quinta que el canónigo poseía en Poyaes, lugar más abrigado y más conveniente para doña Josefa cuya debilidad no podría resistir el aire fuerte y picante del mar.

¡Qué disgusto para el pobre canónigo! Tener que encerrarse en La Ricosa en el mejor tiempo del año. ¿Y sus baños, y su salud?

—Vea usted, Amaro —decía una noche en su despacho—. Vea usted lo que he sufrido durante la enfermedad: la casa en desorden, todo desarreglado, el té a deshora, la comida quemada. Adelgacé en fuerza de disgustos, y ahora que pensaba reponerme en la playa, no señor, no puedo, tengo que marchar a Poyaes, a encerrarme en La Ricosa. Esto sí que es padecer, porque yo no estuve malo pero sufro las consecuencias... Perder mis baños...

Amaro le interrumpió dando un golpe en la mesa.

—¡Hombre, se me ocurre una buena idea!

El canónigo le miró dudando, como si no creyese posible que una inteligencia humana hallase remedio para sus males. Amaro continuó.

—Al decir una buena idea, quise decir una idea sublime, Padre Maestro.

—Acabe, criatura...

—Escúcheme. Usted marcha para Vieira, la San Juanera va también como todos los años. Alquilan ustedes una casita como otras veces han hecho, y doña Josefa se queda en La Ricosa.

—Pero, ¿cómo se va a quedar sola, hombre de Dios?

Amaro con voz de triunfo exclamó:

—No se queda sola, porque Amelia va con ella para servirla de enfermera. Y en La Ricosa, en aquel rincón donde no hay alma viviente, en aquel caserón donde se puede vivir sin ser visto, es donde Amelia sale de su cuidado... ¡Eh! ¿qué le parece?

El canónigo levantó los ojos con admiración.

—¡Hombre, soberbia idea!

—¡Así se arregla todo! Usted toma sus baños. La San Juanera no se entera de lo que pasa, doña Josefa se restablece, y Amelia tiene un sitio retirado y oculto para el asunto... A La Ricosa no va nadie.

—Doña María también veranea en Vieira. Las Gangoso lo mismo. A cargo de usted queda el que ninguna de ellas regrese hasta principios de noviembre, y para esa fecha Amelia está ya libre de apuros.

Había, sin embargo, una gran dificultad: conseguir que doña Josefa fuera cómplice del parto. ¡Doña Josefa, que pedía para las mujeres frágiles los tormentos góticos, los azotes en las plazas públicas, los "in pace" tenebrosos, las marcas con hierros candentes! El canónigo dudaba.

—¡Mi hermana no va a consentir!...

—Ya veremos, Padre Maestro... Cuando yo la haga ver que para ella es un caso de conciencia encubrir a la ahijada, cuando la recuerde que estando la muerte próxima, es preciso hacer méritos para no llegar con las manos vacías a la puerta del paraíso... ya veremos.

—Tal vez, tal vez, la ocasión es buena porque la pobre hermana quedó medio atontada después de la enfermedad, y se la engaña como a una criatura.

Amaro se levantó frotándose las manos, el canónigo advirtió:

—Es necesario no perder el tiempo, porque la muchacha está ensanchando por días, y esta mañana el bestia de Libaniño, bromeando la dijo que se la estaba estropeando mucho el cuerpo. Y es verdad... Con el trastorno de la enfermedad no nos hemos fijado, pero se la conoce ya bastante.

—¡Pues manos a la obra!

Los dos clérigos convinieron un plan para "abordar a doña Josefa". Amaro propuso decirla que el seductor de Amelia, era un hombre casado para demostrar a la vieja que no había reparación posible; pero el canónigo no aprobaba tal embuste.

—Mi hermana sabe que no va ningún hombre a la calle de la Misericordia.

—¿Y Arturo Conceiro?

El canónigo rompió a reír. ¡Pobre Arturo Conceiro! Acusarle de seducir vírgenes, a él, cargado de chiquillos, sin dientes y con aquellos ojos de carnero degollado.

—No pega, amigo párroco, eso no pega. Busquemos otro.

Súbitamente los dos pronunciaron un mismo nombre—: ¡Fernández, el dueño de la tienda de paños! Era un guapo mozo que siempre piropeaba a Amelia y que en cierta ocasión se permitió acompañarla hasta el "Morenal", hecho que indignó la tertulia de la San Juanera.

Estaba decidido: sin decírselo claramente, se daría a entender a doña Josefa, que Fernández era el seductor.

Amaro subió rápidamente al cuarto de la vieja que estaba encima del despacho, y permaneció allí media hora, tiempo que el canónigo empleó en considerar los gastos y las molestias que le ocasionaba la "diversión del señor párroco". Tenía que mantener a la rapaza cinco o seis meses... Después el médico, la partera, la envoltura del pequeño... Todo aquello tendría él que pagarlo... Pero en medio de todo el excelente canónigo no se indignaba. Amaro le inspiraba una afección de viejo maestro hacia un discípulo travieso; siempre sintió por Amelia un cariño medio paternal y medio lúbrico, así es que consideraba como nieto "al pequeño".

El párroco terminó su conferencia.

—¿Qué le decía yo, Padre Maestro? ¡Todo arreglado a las mil maravillas! En todo. No sin dificultad, pero la convencí por fin. Ahora tiene usted que hablar con la San Juanera y llevársela cuanto antes a Vieira...

—Otra cosa, amigo Amaro. ¿Tiene usted pensado el destino que se ha de dar al fruto?

El párroco movió desconsoladamente la cabeza.

—¡Ah, Padre Maestro!... Esa es otra dificultad que me preocupa mucho. Tendremos que darle a criar lejos de aquí, en Pombal o en Alcobaza... ¡Si tuviéramos la suerte de que naciese muerto!...

—¡Era un angelico más!... —rosmó el canónigo sorbiendo un polvo.

* * *

Aquella misma noche supo la San Juanera el proyecto del viaje a Vieira, y la determinación de que Amelia acompañase en La Ricosa a doña Josefa.

La pobre madre quedó silenciosa al escuchar el plan del canónigo; después se atrevió a decir con desconsuelo.

—A mí me cuesta tanto trabajo separarme de Amelita, que casi prefiero no ir a los baños...

El canónigo muy serio la interrumpió. ¿Y él, había de marchar solo? ¡Ingrata! ¡ingrata!... No, tenía que acompañarle, y debía dejar a Amelia con su madrina hasta por cálculo. Doña Josefa ya estaba con el pie en la sepultura, y viendo que la ahijada se quedaba a cuidarla la daría una buena dote.

La San Juanera se decidió a marchar sin su hija puesto que ésa era la voluntad del señor canónigo.

Amaro contó brevemente a Amelia el "gran plan" y la escena con la vieja, que se prestó gustosa llena de caridad, hasta para ayudar a los gastos de la envoltura.

—Puedes ir confiada con ella, que la pobre es una santa. De modo que todo está arreglado. Es cuestión de pasar cuatro o cinco meses en La Ricosa.

Amelia lloriqueaba. Enterrarse todo un verano en La Ricosa, en aquel caserón sombrío, tristón, donde la voz tenía un eco siniestro... Estaba segura de que iba a morir allí... Pero era preciso resignarse. Y con los ojos llenos de lágrimas, maldecía aquellos amores que sólo amarguras la ocasionaban.

—¿Y mamá? ¿qué dirá mamá? —preguntó inquieta.

—¿Qué ha de decir? Ya comprende que doña Josefa no puede ir a la quinta, sin que la acompañe una persona para cuidarla. El Padre Maestro se lo está diciendo ahora precisamente en la salita baja. Vaya, yo también voy con ellas, que estuve mucho tiempo solo contigo, y hay que tener prudencia.

Bajó a la salita. En la escalera encontró al canónigo que le dijo al oído:

—Se arregló todo, ¿y Amelia?

—Conforme.

Los dos hombres se estrecharon la mano en silencio.

A los pocos días, después de una escena de llantos, Amelia partió con doña Josefa para La Ricosa.

Una semana más tarde la San Juanera marchaba a Vieira con Pitusa que llevaba sobre el regazo un azafate con el gato. Sólo Amaro asistía a la marcha de la San Juanera, que al poner el pie en el estribillo del coche, rompió a llorar.

—¿Pero qué es eso señora? —dijo Amaro.

—¡Ay, señor párroco, no puede figurarse la pena que me cuesta separarme de la pequeña!... Me parece que no voy a volver a verla. Hágame el favor de pasar alguna vez por La Ricosa para saber si está buena y contenta mi Amelia.

—Vaya descuidada, doña Augusta.

—Adiós, señor párroco, y gracias por todo... ¡Ay, cuántos favores le debo!

— Ninguno, señora... No llore, y marche tranquila que aquí quedo yo. Buen viaje. Recuerdos al Padre Maestro. Adiós, doña Augusta, adiós, Pitusa...

El coche se alejó. Amaro regresó a su casa. La criada le esperaba en el portal para decirle que la hija del campanero estaba agonizando, y que habían venido a buscarle dos veces, porque Totó no quería recibir los sacramentos sino de manos del señor párroco.

Amaro, a pesar de la repugnancia que le inspiraba la paralítica, fue por complacer al tío Esquellas.

La puerta de la casucha del campanero estaba abierta. Amaro se dirigió a la alcoba de Totó: dos grandes velas de cera traídas de la iglesia ardían sobre la mesa: un lienzo blanco cubría el cuerpo de la paralítica, y el padre Silverio con los anteojos en la punta de la nariz, y el pañuelo de rapé sobre las rodillas, leía el breviario. Al ver al párroco se levantó, y le dijo en voz baja:

—Querido colega, le estuvimos buscando por todas partes... Esa infeliz quería verle. Yo he tenido que perder mi partida de tresillo en casa de Novaes, por venir aquí... Cuando me vio a mí, y supo que usted no venía, ¡qué escena! ¡Murió impenitente! ¡Creí que iba a escupir al crucifijo! ¡qué espectáculo!

Amaro, sin decir una palabra, levantó una punta del lienzo que cubría a la muerta, y la dejó caer de nuevo rápidamente. Después, para descansar al buen Silverio, ocupó su puesto cerca de la mesa, con el breviario entre las manos. Un terror infinito se apoderó de su alma, pero permaneció allí toda la noche sujeto por una fuerza superior; por su conciencia sobresaltada... A veces el libro caía de sus manos, y entonces inmóvil, sintiendo tras él la presencia de aquel cadáver, recordaba con amargura aquellas horas en que Amelia subía la escalera corriendo, para entrar en el cuarto donde ahora sobre la misma cama del tío Esquellas, ahogaba sus sollozos.

Capítulo XI

La pobre Amelita en La Ricosa maldecía su vida. Tan pronto como emprendieron el viaje, doña Josefa la hizo comprender que no podía esperar de ella ni la antigua amistad, ni el perdón para su falta.

Apenas instaladas en la quinta, la vieja se tornó intratable. Si Amelia intentaba prodigarla algún cuidado, si la arreglaba las almohadas, la tapaba con el chal, doña Josefa la rechazaba secamente. De un modo cruel, a cada momento se lamentaba del triste cargo que Dios la mandaba al fin de sus días. Apenas hablaba, y no volvió a tutear a Amelia, que desesperada acusaba al párroco de haberla entregado a la ferocidad de aquella vieja virgen, prometiéndola que su madrina sería para ella toda caridad y silencio.

Pasaba los días encerrada en el caserón. ¡Aquellos tristes días cuyas horas parecían no tener fin!

Antes de acostarse, todas las noches recorría la casa, cerrando las puertas por miedo a los ladrones; y entonces empezaba para Amelia la hora de los terrores supersticiosos. Oía ruidos inexplicables. Ya era el suelo que crujía bajo unos pasos precipitados; ya era la vela que de repente se apagaba por el soplo de un invisible aliento, o bien escuchaba lejos el golpe sordo de un cuerpo que cae. Aquellas alucinaciones la obligaban a ocultarse entre las ropas del lecho, encogida, asustada, murmurando oraciones. Cierta noche la despertó una voz quejumbrosa que a los pies de la cama decía: "¡Amelia, prepárate, tu fin ha llegado!" Despavorida, en camisa, atravesó corriendo la casa, para refugiarse en el cuarto de Gertrudis, la criada.

A la noche siguiente, cuando comenzaba a dormirse vol-

235

vió a escuchar la misma voz sepulcral: "¡Amelia, piensa en tus pecados! ¡Prepárate, Amelia!" La infeliz dio un gran grito y cayó desmayada. Por fortuna Gertrudis que aún no se había acostado acudió corriendo, y ayudada por la casera pasaron gran parte de la noche en prodigarla cuidados para hacerla volver en sí.

Desde aquel día cayó en una melancolía histérica que la envejecía: pasaba los días sucia y desarreglada, no queriendo cuidarse de su cuerpo pecador. Arrinconó en el fondo de un arca, sin acabar de coserla, la envoltura de su hijo, de aquel hijo que se movía en sus entrañas y que causaba su perdición. Odiaba aquel ser que se agitaba dentro de ella, pero le odiaba menos que al otro, al padre que lo dio, al maldito párroco que la llevó al infierno. ¡Cómo se desesperaba pensando en él! Estaría en Leiria tranquilo y sosegado, comiendo bien, confesando a otras, para enamorarlas tal vez, mientras ella, sola en aquel rincón, con el vientre maldito por el pecado que la dio él, caminaba hacia el castigo eterno.

Seguramente aquella excitación la habría matado, de no haber sido por la intervención del abad Ferraon que visitaba diariamente a la hermana del canónigo.

Era el abad, un sacerdote perfecto. Hacía muchos años que vivía en aquella aldea miserable, entre gente humilde, alimentándose con dos pedazos de pan y una taza de leche, vistiendo una sotana limpia donde los remiendos formaban un mapa, haciendo caminatas de a legua en medio de un temporal deshecho, para calmar el dolor de muelas de algún feligrés, pasando horas enteras en consolar a una pobre vieja porque muriera una cabra… Y siempre de buen humor, guardaba los pocos ahorros para las necesidades de los vecinos. Sus grandes amigos eran los chiquillos de la aldea para quienes hacía barcos de corcho, y si encontraba en su camino alguna rapaza bonita, no le importaba pararse para decirla: "Linda moza, Dios la bendiga". Todo el mundo conocía la pureza de sus costumbres, tanto que aun cuando fue joven le llamaban "la doncella". Tenía un solo defecto el buen abad: ¡le gustaba cazar! Se privaba de tal distracción, primero porque perdía en ella mucho tiempo, después porque era cruel matar a un pobre animalito que se busca su vida por los campos. A veces seguido de la "Fausto", marchaba el teólogo ilustre, el espejo de piedad, a través de campos y valles... Volvía después, con la escopeta debajo del brazo y dos pájaros en los bolsillos, pegándose a la pared, y contestando a los saludos de la gente con los ojos bajos como si hubiera cometido un crimen.

Desde la primera visita que hizo a La Ricosa el abad, Amelia sintió por él gran simpatía, que aumentó al notar el poco agrado con que le recibía doña Josefa a pesar del respeto que su hermano sentía por él.

El buen Ferraon, que había pasado tantos años en aquella parroquia de quinientas almas, las cuales entraban todas en el mismo molde de devoción, tenía poca experiencia de confesor, y se encontraba súbitamente con aquella vieja de alma complicada, de una beatería amarga y mortificante. Escuchándola enumerar una lista extraordinaria de pecados mortales, el abad asustado murmuraba:

—Es extraño, es extraño...

Pronto comprendió que se trataba de una de esas degeneraciones mórbidas del sentimiento religioso que la Teología llama "Enfermedad de escrúpulos". Pero después de ciertas revelaciones que la vieja hiciera, temió hallarse en presencia de una monomanía peligrosa. Instintivamente, con ese horror especial que los sacerdotes sienten hacia los locos, el abad apartaba su silla cuando doña Josefa le hablaba, y concluyó por entrar un breve momento en su cuarto, para preguntarla por la salud o hablar del tiempo. Después se despedía e iba en busca de Amelia con quien conversaba un rato en la terraza.

Viéndola siempre triste, se interesó por ella; y para Amelia las visitas del abad eran la única distracción que tenía en aquel destierro. Le contaba sus temores nocturnos, los ruidos que oía en la casa, la triste voz que la amenazaba. El abad medio en broma la respondía.

—¡Qué vergüenza! ¡una señorita que se asusta del coco como los niños!... Vamos, hija mía, es preciso dominar esa imaginación. Cierto que en el mundo hubo milagros, pero

Dios no se ocupa en hablar de esa manera detrás de una cama, ni permite que el demonio hable... Si tiene en la conciencia algún pecado grave y oye esas voces, no crea que salen de detrás de la cama, las lleva usted dentro de sí misma, y aunque duerma con Gertrudis, o custodiada por todo un batallón de infantería, continuará oyéndolas mientras no calme su conciencia que quiere purificarse con la penitencia.

Una tarde que hablando así paseaban por la terraza, Amelia fatigada se sentó en un banco de piedra. Pensaba en las palabras del abad. ¡Cómo descansaría si fuera posible que el pecado cuyo peso la abrumaba el alma como si fuera una montaña, se tornase ligero bajo la acción de una penitencia sincera! Tenía ansia de paz, de reposo, igual a la quietud de los campos que se extendían ante ella.

Un pájaro cantó, con tan alegre trino que Amelia al escucharle sonreía.

—Es un ruiseñor...

—Los ruiseñores no cantan a estas horas —dijo el abad—. Es un mirlo... Ahí tiene usted uno que no se asusta de fantasmas, ni oye voces... ¡Mire qué entusiasmado está el picarón!

Amelia, ante aquel gorjear triunfante de un pájaro contento, rompió a llorar, con ese llanto injustificado que acomete en ocasiones a las mujeres histéricas. El abad la cogió las manos con familiaridad de viejo amigo, y en tono paternal preguntó:

—¿Qué le pasa, hija mía? ¿Qué tiene?

—Soy muy desgraciada, señor abad...

—No hay razón para que continúe siéndolo. Sean las que fueren las aflicciones, o las inquietudes, un alma cristiana tiene siempre en su mano el remedio. No hay pecado que Dios no perdone, ni dolor que no calme, piense usted en esto, y no guarde dentro del alma su sufrimiento... Si yo puedo servirla, darla tranquilidad y consuelo, hábleme... Ella deseando refugiarse bajo la protección de aquel santo hombre preguntó ansiosa:

—¿Cuándo puedo hablarle en la iglesia?

—Cuando quiera; yo no tengo hora para consolar... La

iglesia está siempre abierta y Dios está en ella siempre presente...

Al día siguiente por la mañana temprano, antes de que la vieja despertase, Amelia fue a la iglesia y durante dos horas estuvo postrada en el pequeño confesionario de pino, que el buen abad con sus propias manos pintara de azul obscuro, llenándole de quiméricas cabecitas de ángeles, que por orejas tenían alas.

CAPÍTULO XII

El padre Amaro terminaba de comer cuando la criada le anunció "que una persona deseaba hablar con el señor párroco". Era Dionisia que hacía algún tiempo no había ido por allí. Amaro salió a recibirla, y cerró la puerta cuando ella hubo entrado.

—¡Gran novedad, señor párroco! Vengo corriendo porque es noticia grave. Juan Eduardo está aquí. Le vi esta mañana y me informé de cómo ha venido. Da lecciones a los hijos del Mayorazgo de Poyaes... Si vive allí, o si va por la mañana, y vuelve de noche, es lo que no sé aún... Me pareció avisar al señor párroco, porque el día menos pensado el mozo se encuentra con Amelia en La Ricosa, que es camino para la casa del Mayorazgo...

—¡Valiente bestia! —murmuró Amaro con rencor—. Ahora que no hace falta se presenta. ¿No se había marchado al Brasil?

—Por las muestras, no, porque lo que yo he visto no era su sombra sino su cuerpo de carne y hueso... Conviene que el señor párroco avise a la rapaza, no vaya a plantarse en la venta y el otro la vea...

Amaro entregó a la matrona dos pesetas y un cuarto de hora después iba camino a La Ricosa.

* * *

¡Cómo palpitaba el corazón de Amaro cuando avistó la casona amarilla recién pintada! Iba a ver a su Amelia después de dos largas semanas y se regocijaba pensando en las palabras apasionadas con que la pobre caería en sus brazos.

Antes de que llamara salió a recibirle Gertrudis que llena de alegría por ver una visita querida en aquel destierro gritaba:

—Oh, señor párroco. Entre, señor párroco. Gracias a Dios que le vemos. Señora, aquí está el señor párroco.

Amaro entró en el cuarto de la vieja, una habitación enorme donde en un rincón se perdía el sillón que ocupaba la vieja todo el día arrebujada en su mantón.

—¿Cómo está, doña Josefa? ¿Qué tal vamos?

—Ya ve, señor párroco —murmuraba la vieja—. Aquí me tiene, arrastrando este mal. ¿Y usted, qué tal? ¿Cómo no ha venido por aquí?

Amaro se disculpó con los quehaceres que le imponía su obligación. Mientras hablaba, contemplando aquel rostro lívido encerrado en una horrible toca de encaje negro, comprendía lo mucho que Amelia debía sufrir en semejante compañía. Preguntó por ella.

—Ahora vendrá. Estará ocupada, porque hoy es día de limpieza.

Amelia apareció, vistiendo una bata antigua de merino rojo. Cubría sus hombros un chal; vivo rubor coloreaba sus mejillas. Con voz queda balbuceó.

—Perdone usted, señor párroco, como estamos de arreglos de casa no pude salir antes.

Estrechó entre la suya la mano que Amaro la tendía y permanecieron los dos mudos como si estuvieran separados por la distancia de un desierto. Para romper aquel silencio enojoso Amaro la preguntó cómo estaba.

—Así, así... Esto es muy triste y como dice el señor abad demasiado grande para vivir lejos de la familia.

—¡Nadie vino aquí para divertirse!

La vieja decía esto sin abrir los ojos. Amelia bajó la cabeza palideciendo y el párroco, comprendiendo que doña Josefa mortificaba a su ahijada constantemente, dijo severamente:

—Cierto que nadie venía a divertirse, pero tampoco a entristecerse voluntariamente, ni a amargar la vida de los demás con malos modales. Eso sería una horrible falta de caridad y no hay pecado peor que ése para los ojos de Nuestro Señor. Quien obra de ese modo no es digno de la gracia de Dios...

La vieja rompió a llorar muy contrita murmurando:

—Tiene razón, señor párroco, tiene razón. A veces no sé lo que digo... Son manías de enferma...

—Bueno, bueno, señora. Nada de afligirse. Cuidarse mucho, comer bien y tratar de ver todo de color de rosa, que la misericordia de Dios no ha de faltarla. Yo volveré por aquí con frecuencia.

—Ay, sí, señor párroco, vuelva pronto...

Amelia le tendió la mano para despedirse, pero Amaro bromeando la dijo:

—Señorita Amelia, si no la molestase a usted mucho yo la rogaría que me acompañe porque no conozco el camino y me pierdo en este caserón.

Salieron los dos, y apenas se vieron solos Amaro se detuvo.

—La maldita vieja te amarga la vida, ¿verdad?

—¿Qué otra cosa merezco yo? —respondió Amelia bajando los ojos.

—¡Pobre Amelia mía! ¡Si supieras cuánto he sufrido!

Hablando de esta suerte, trató de darla un beso en el cuello, pero ella le rechazó turbada.

—¿Qué es esto, Amelia? ¿Por qué no quieres darme un beso? ¿Estás loca?

—No, señor párroco, déjeme. Aquello acabó. Basta ya de pecar... Quiero morir en gracia de Dios.

—¿Pero estás loca? Ven aquí...

Otra vez fue hacia ella con los brazos abiertos y de nuevo Amelia le rechazó retrocediendo hasta la puerta.

—¡Por el amor de Dios, no me toque!

El párroco la miró un momento con ira. Después la dijo:

—Está bien. Como tú quieras, pero tengo que decirte que Juan Eduardo ha vuelto y que pasa por aquí a diario. De modo que, si no quieres que te vea en ese estado, procura no asomarte a la ventana.

—¿Qué me importa a mí Juan Eduardo ni nada del pasado?

En aquel momento llegó Gertrudis, y Amaro sin despedirse de Amelia salió precipitadamente.

* * *

La larga caminata hasta la ciudad calmó los alterados nervios del párroco. Aquellos desaires de Amelia eran motivados por la amargura de verse sola en aquel caserón, atormentada por la vieja, impresionada por las palabras del moralista Ferraon. Era una reacción de beata con terrores de infierno y deseos de virtud... Pero si él empezaba a ir por La Ricosa en una semana reconquistaría todo su dominio sobre la muchacha. ¡Ah, la conocía bien! Bastaba con tocarla, con guiñar los ojos... Pronto se rendía.

A pesar de tal seguridad pasó la noche inquieto, deseándola más que nunca. Al otro día por la mañana marchó a La Ricosa, llevando un ramo de flores.

La vieja se entusiasmaba viéndole. Le daba salud la presencia del señor párroco. Si no fuese por la distancia le rogaría que la visitase todas las mañanas.

Amaro reía distraído con los ojos clavados en la puerta.

—¿Y la señorita Amelia?

Doña Josefa respondió con acritud:

—Salió... Ahora sale todas las mañanas. Va a la residencia del abad...

—¡Ah! ¿Nueva devoción, eh?... Es persona de mucho talento el abad.

La flaca carilla de la vieja expresaba odio al contestar en voz baja.

—Sí lo tendrá, pero a mí no me comprende. No inspira devoción. En cuanto a Amelia tengo que decirle que se está portando muy mal. Yo no se lo perdonaré nunca... ¿Creerá usted que ahora se confiesa con el abad? Ya ve qué falta de delicadeza teniéndole a usted por confesor... ¡Es una ingrata, una perdida! Después del favor que la estamos haciendo...

Amaro disfrazó con una sonrisa la indignación que le agitaba. Era preciso no exagerar... No había ingratitud... Si la muchacha le creía mejor, hacía bien en confesarse con él... Era cuestión de fe y en las manos del abad estaba bien.

Después de pasear nerviosamente por la habitación, se despidió de la vieja y sin soltar el ramo de rosas de la mano, salió furioso encaminándose a la residencia.

No tardó en distinguir a Amelia que junto a la casa del herrero se entretenía en coger florecillas silvestres. Se acercó a ella con los ojos en llamas y cogiéndola por un brazo la dijo colérico:

—¿Qué haces aquí?

Ella asustada le puso rápidamente una mano en la boca. El señor abad estaba en casa del herrero.

—Óyeme, ¿es cierto que te confesaste con ese viejo?...

—Me confesé, sí... No me avergüenza decirlo...

—¿Y confesaste "todo, todo"?

Ella turbada, tuteándole también, contestó.

—Tú mismo me dijiste muchas veces que el mayor pecado era ocultar algo al confesor.

Los ojos de Amaro la devoraban. A través de la cólera que le ofuscaba el cerebro, la veía más linda que nunca. Ardía en deseos de abrazar aquel cuerpo, de morderla los labios encendidos por el aire purísimo del campo. Cediendo a una invasión furiosa de deseo la dijo:

—Está bien. Confiésate con el diablo si ese es tu gusto... no me importa... Pero tienes que seguir siendo la misma para mí.

—¡No, nunca!

El cura la sujetaba fuertemente. Ella desprendiéndose de sus brazos, intentó entrar en casa del herrero. Amaro emprendió el camino de Leiria murmurando entre dientes:

—¡Tú me las pagarás, maldita!

Cuando llegó a su casa, escribió una carta de seis pliegos, absurda, llena de súplicas apasionadas, de argucias místicas, de puntos de exclamación y de amenazas de suicidio... Dionisia que fue a llevarla volvió sin contestación. Amaro no desistía: escribió otra carta, que tampoco obtuvo respuesta.

Entonces Amaro sospechó que tanta resistencia no nacía solamente del arrepentimiento, del miedo al infierno... "Allí hay hombre", pensó, y devorado por los celos comenzó a rondar el caserón por las noches. No vio a nadie. En una ocasión cerca del muro de la huerta, escuchó una voz que tarareaba sentimentalmente el vals favorito de Amelia. Amaro asustado se ocultó. La voz calló. El párroco, acechando, pudo ver que un hombre cubierto con un poncho claro se detenía contemplando las ventanas de La Ricosa, después le vio encender un cigarro y continuar tranquilamente su camino carretera abajo.

Por la voz, por el poncho y por el andar Amaro reconoció a Juan Eduardo. Pero tenía la seguridad de que si alguien hablaba de noche con Amelia, no era el escribiente.

Doña Josefa empeoró al comenzar el otoño y el doctor Gouvea fue llamado a La Ricosa. Amelia en un principio, al acercarse la hora de la visita, se encerraba en su cuarto temiendo que el viejo doctor, aquel hombre de una severidad legendaria, el médico de su casa, advirtiese el estado en que se encontraba. Fue necesario al fin entrar en la alcoba de la vieja para recibir instrucciones sobre las horas de los medicamentos y de las comidas. Un día que acompañaba al doctor, hasta la puerta, éste se detuvo mirándola fijamente, y mientras acariciaba su gran barba blanca la dijo sonriendo:

—¡Yo, bien encargué a tu madre que te casara!

Los ojos de Amelia se llenaron de lágrimas.

—No llores, pequeña, por eso no dejo de quererte. La naturaleza manda concebir, pero no manda casarse. El casamiento es una fórmula administrativa... Vamos ahora a lo que importa... Cuando llegue el momento, si te ves apurada, mándame llamar...

La dio algunos consejos sobre la higiene que debía observar, y se disponía a salir, cuando Amelia asustada le suplicó:

—Señor doctor, no se lo diga a nadie en Lciria...

El doctor se detuvo.

—¿Quieres callar, tonta? No diré nada, mujer. Pero ¿por qué diablos no te casaste con Juan Eduardo? Te hubiera hecho tan feliz como el que más, y no tenía necesidad de tapu-

jos... Pero, bueno, dejemos eso ya. No te olvides de lo que te
he dicho: mándame llamar y no confíes mucho en los santos,
que yo entiendo de eso más que santa Brígida, o que cualquiera otra. No tengas miedo; eres fuerte y darás al Estado
un mocetón robusto.

Amelia apenas comprendía las palabras del doctor, pero
había en ellas tanta indulgencia, tanta bondad, estaba tan segura, después de oírle que no moriría, que su tranquilidad,
recobrada en la capilla de Poyaes, después de una dolorosa
confesión, aumentaba ahora con la certeza de recobrar salud
y fuerzas.

Además, una esperanza nacida de las conversaciones con
el abad, nadaba en su imaginación. ¿Por qué no había de ser
posible que Juan Eduardo la perdonara?... Si la quisiera
como antes... Ahora que el Mayorazgo le protegía sería una
boda espléndida. Decían que iba a ser el administrador de la
casa... Gozaba pensando que podría vivir en Poyaes y ser
servida por criados de librea, mientras en la terraza el doctor
Gouvea y el abate Ferraon discutían sobre la doctrina de la
Gracia y de la Conciencia.

Los sueños de Amelia y las discusiones de los sabios eran
arrullados monótonamente por el agua del arroyo que murmuraba en la pomareda.

* * *

En la primera semana de noviembre comenzó a llover. El
abad hubo de suspender sus visitas a La Ricosa postrado por
un reumatismo agudo.

El doctor Gouvea iba media hora todas las mañanas, después escapaba en su viejo "cabriolet". La única distracción
de Amelia consistía en contemplar la carretera, detrás de los
cristales: tres veces vio a Juan Eduardo, que al pasar, bajaba
los ojos o se ocultaba la cara con el paraguas.

Dionisia iba a la quinta con frecuencia. Debía ser la par-
tera a pesar de que el doctor Gouvea había recomendado a
Micaela, comadrona que tenía treinta años de experiencia.
Pero Amelia "no quería más gente en el secreto" y además

por Dionisia tenía noticias de Amaro, que marchaba a Vieira, de donde no pensaba volver hasta diciembre. Aquel "infame proceder" indignaba a Amelia, que veía claro el deseo del párroco. Quería estar lejos cuando llegara el trance, y el tiempo se acercaba sin que hubiera nada decidido acerca del destino de la criatura. Amaro quedó en buscar una ama cerca de Ourem y lejos de ocuparse de aquello emprendía un viaje de recreo y se entretenía paseando a la orilla del mar... Amelia estaba furiosa, Dionisia la consolaba.

—No está bien lo que hace el señor párroco, no está bien. Yo pude haber buscado el ama... pero como él se encargó de todo y estas cosas son tan serias...

—¡Es un infame!

Había descuidado la envoltura y en vísperas de dar a luz se encontraba sin tener donde envolver al hijo y sin dinero para comprar nada. Dionisia la ofreció algunas prendas que una mujer le dejó empeñadas, pero Amelia las rehusó temiendo que aquellos pañales llevasen a su hijo el contagio de enfermedad o de desgracia.

Por orgullo no quería escribir a Amaro y en esta angustia estaba cuando una tarde después de comer, se presentó inesperadamente el señor párroco.

Venía magnífico, tostado por el sol y el aire del mar, luciendo balandrán nuevo y botas de charol. Doña Josefa con lágrimas en los ojos gozaba contemplando al párroco, oyéndole referir historias de Vieira y dar noticias de la gente que allí había.

—Su madre está buena, señorita Amelia. Ya tomó treinta baños... ¿Y por aquí? ¿qué tal les ha ido a ustedes?

La vieja prorrumpió en amargas quejas: ¡Qué soledad! ¡Qué tiempo tan malo! ¡Ni una visita! ¡Ni un amigo! Ay, ella iba a perder su alma en aquella quinta fatal.

—Pues a mí me ha gustado tanto Vieira que como el señor chantre me concedió un mes de licencia voy a pasarlo allí; la semana próxima, marcharé otra vez.

La vieja parecía desolada. ¡Dejarlas de nuevo en aquella soledad! Amelia sin poder dominarse exclamó.

—¡Vaya! ¿Conque otro viajecito?

—Ahora ya no me necesitan ustedes. Están bien acompañadas...

Amelia para molestar a su madrina le interrumpió:

—Por desgracia el señor abad está enfermo y sin él la casa parece una prisión.

Doña Josefa tuvo una risa burlona y el párroco lamentando la enfermedad del abad se levantó para salir.

—¡Pobrecillo! ¡Santo hombre!... He de ir a verle cuando tenga un momento libre. Conque hasta pronto, Doña Josefa. Ya vendré para que pongamos esa alma en paz... No se moleste, señorita Amelia, ahora ya sé el camino.

Amelia insistió en acompañarle. Cruzaron el salón sin hablar. Al llegar a la escalera antes de bajar, Amaro se quitó ceremoniosamente el sombrero diciendo:

—Adiós, señorita.

Amelia lívida murmuró:

—¡Infame!

Él la miró con fingido asombro. Repitió su despedida anterior y bajó lentamente la gradería de piedra como si para él fuese tan indiferente como para los leoncillos de piedra que ornaban el comienzo de la escalera.

El primer pensamiento de Amelia fue el denunciarle al vicario general. Después pasó la noche escribiéndole una carta llena de acusaciones y de lamentos. Por toda respuesta el señor párroco mandó al día siguiente un rapacito para decir "que tal vez fuese el jueves por la quinta".

Amelia pasó toda la mañana del jueves en la terraza vigilando la carretera. El párroco apareció al fin. No bien le divisó Amelia corrió a abrir la puertecilla que había en el muro de la huerta.

—¿Cómo usted por aquí? —dijo el párroco, subiendo detrás de ella a la terraza.

—La madrina duerme, Gertrudis marchó a la ciudad y como estoy sola pasé la mañana tomando el sol...

Amaro sin responder la seguía por el interior de la casa. Ante una puerta abierta que dejaba ver un gran lecho con dosel y tres o cuatro sillas de cuero, se detuvo.

—Es éste su cuarto, ¿eh?

—Sí.

Amaro entró sin quitarse el sombrero.

—Es mejor que el de la calle de la Misericordia. ¡Qué bellas vistas!... Las tierras del Mayorazgo son aquellas ¿verdad?

Amelia cerró la puerta y con los ojos llameantes se acercó a él:

—¿Por qué no has contestado a mi carta?

Él sonreía.

—Por la misma razón que tú no has respondido a las mías. Dices que no quieres pecar más, pues yo tampoco. Acabó todo...

Ella pálida de indignación repuso:

—¡No acabó! Es preciso pensar en la criatura, en el ama, en la ropa... No basta abandonarme aquí...

—Tienes razón... Perdona... Me precio de ser un caballero y todo eso quedará arreglado antes de que yo marche a Vieira...

—¡Tú no vuelves a Vieira!

—¿Quién va a impedirlo?

—¡Yo, que no quiero que vayas!

Le sujetó fuertemente por los hombros reteniéndole, apoderándose de él, y allí mismo, sin reparar en que la puerta estaba apenas cerrada, se abandonó a él como en otro tiempo.

CAPÍTULO XIII

A los pocos días, el abate Ferraon restablecido de su ataque volvió a La Ricosa, contando a su amiga Amelia las atenciones que el Mayorazgo tuvo con él durante su enfermedad. Todas las tardes le mandaba una gallina con arroz, pero sobre todo a quien tenía mucho que agradecer era a Juan Eduardo. El pobre muchacho pasó todas sus horas libres a la cabecera de la cama, leyéndole alto, ayudándole a moverse, velando hasta la madrugada... ¡Qué rapaz! ¡qué rapaz! De repente tomando las manos de Amelia exclamó:

—¿Me permite usted que yo le cuente todo, que le explique?... Creo que él perdonará olvidando... ¿Quiere usted que arreglemos esa boda?

Ella espantada, roja como la grana, exclamó:

—Así de repente... No sé qué decir... He de pensarlo.

—Piense y que Dios la ilumine.

Aquella misma noche Amaro debía entrar en la casa por la puertecilla del huerto, con una llave que Amelia le dio. Desgraciadamente no se acordaron de los perros. No bien los animales sintieron ruido en la puerta, comenzaron a ladrar furiosos; y el señor párroco al oírlos escapó por la carretera temblándole las piernas de miedo.

* * *

Amaro, al recibir el correo, mandó llamar inmediatamente a Dionisia. Quería saber "con seguridad" cuánto tiempo tardaría en llegar "la cosa".

El canónigo le escribía desde Vieira diciendo que la San Juanera quería regresar. Empezaba a hacer frío y apenas que-

daba gente allí, quería saber a vuelta de correo "en qué estado estaba el asunto" y en una posdata decía: "¿Ha pensado
usted en el destino que se ha de dar al 'fruto?'"

—¿Qué debo contestar, Dionisia?

—Pues el parto tardará en presentarse veinte días, poco
más o menos.

Amaro escribió inmediatamente para que Dionisia llevase
la carta. Después preguntó:

—Dionisia, ¿y qué destino hemos de dar "al fruto", como
dice el canónigo?

La matrona le miró asombrada.

—Yo pensé que el señor párroco lo tenía ya todo arreglado. Creí que llevarían la criatura a criarse lejos de aquí...

—Claro, claro... En el caso de que la criatura nazca viva,
hay que dársela a un ama de alguna aldea lejana... Pero,
¿dónde encuentro yo un ama? Yo deseaba que usted se en-
cargara de eso.

Dionisia parecía contrariada. Nunca quiso recomendar
amas. Sabía de una, fuerte, con mucha leche, persona de
confianza, se llamaba Juana Carreira, pero no era conveniente porque vivía en Poyaes, al pie de La Ricosa.

—¿Y por qué no ha de convenir? —exclamó el párroco—. Nada importa que viva en La Ricosa... Cuando Amelia
se restablezca, vuelve aquí y no se habla más de la quinta.

Dionisia trataba de recordar alguna mejor. Sí, había otra,
en Barrosa, bastante lejos de Leiria. Criaba en casa... pero ni
hablar de ella quería.

El párroco preguntó:

—¿Es poco fuerte? ¿Está enferma?

Dionisia se acercó al párroco y bajó la voz.

—Ay, hijo, a mí no me gusta acusar a nadie, pero está
probado que el ama de Barrosa es una "tejedora de ángeles".

—¿Y eso qué significa?

Dionisia explicó que así llamaban a ciertas mujeres que
recibían criaturas para criarlas en sus casas, y sin excepción
las criaturas morían todas... Una de aquellas mujeres muy
conocida fue tejedora y como los niñitos al morir iban al
cielo, de allí venía el nombre.

—¿De manera que las criaturas mueren siempre?

—Siempre.

—¿Y quién es capaz de entregar un hijo a una de esas mujeres?

Dionisia sonrió ante aquella inocencia del cura.

—¡Ay, señor, a docenas las llevan chiquillos!

—¿Pero qué provecho pueden hallar esas mujeres? Si se les mueren los chicos no cobrarán las soldadas...

—Es que cobran un año adelantado, señor párroco. Las hay que piden diez duros al mes...

—Vamos, Dionisia, eso es una historia, ¿eh?

Dionisia escandalizada daba detalles. Bien sabía el señor párroco, que ella no era mujer capaz de mentir ni de calumniar. Conocía a la "tejedora de ángeles" de verla y hablarla en la ciudad, hacía más de ocho años. El sábado mismo la viera en la taberna de Gregorio... El señor párroco habría ido alguna vez a Barrosa; a la entrada de la aldea vería una casita que tenía muy cerca un pozo cegado, pues allí mismo vivía la mujer. Se llamaba Carlota... El párroco no dudaba ya.

—Bueno, bueno, Dionisia. Está visto que no hay más remedio que hablar al ama de Poyaes. Se llama Juana Carreira, ¿verdad? Yo arreglaré eso hoy mismo.

Dionisia dio cuenta de los gastos de envoltura que Amaro pagó. Habló de una cuna muy barata, que podían comprar de segunda mano, y finalmente salió para llevar la carta al correo.

El párroco permaneció en casa toda la mañana. Aquel acontecimiento que hasta entonces apenas le preocupaba, llegaba al fin, y era preciso pensar en su hijo... Cosa grave le parecía entregarlo a una ama desconocida. La madre, naturalmente, desearía verle con frecuencia, y el ama podría contar a los vecinos de la aldea que el rapaz era hijo del párroco... ¡Si naciese muerto! Era un ángel más... ¿Qué solución tan natural y tan segura?... Amaro paseaba tristemente por su cuarto. ¡Estaba bien puesto aquel nombre de "tejedora de ángeles"!... tenía razón: quien con leche de sus pechos da vida a una criatura, la prepara un porvenir de lágrimas y trabajos... Si a él le hubieran aplastado el cráneo al nacer, le habrían ahorrado muchos dolores, muchas amarguras.

Pero era inútil filosofar: precisaba partir a Poyaes para hablar con la Juana Carreira.

Salió dirigiéndose a la carretera, sin prisa. Cerca del puente le vino de repente la curiosidad de ir a Barrosa para conocer a la "tejedora"... No la hablaría, eso de ningún modo: examinaría la casa, la figura de la mujer, el aspecto siniestro del sitio... Como párroco debía observar si había pecado en aquel rincón de la carretera, y si ese pecado quedaba impune y productivo, su obligación era denunciarlo al vicario general, o al secretario del gobierno civil.

No dudó más; alquiló un caballo, que poco después trotaba por el camino de Barrosa. Cerca ya de la aldea, de improviso se encontró con Juan Eduardo, que acompañando a los hijos del Mayorazgo montaba una magnífica yegua. Un lacayo les seguía. El camino era tan estrecho, que casi tropezaron las rodillas de los dos rivales, y Juan Eduardo pudo entonces humillar con una mirada al párroco, que pálido, con el rostro bilioso, sin afeitar, espoleaba ferozmente su penco alquilado. Juan Eduardo se detuvo, volviéndose sobre la silla, vio que el párroco se apeaba a la puerta de una casita aislada.

—¿Quién vive ahí? —preguntó al lacayo.

—Una tal Carlota... Mala gente, don Juanito.

Al pasar por La Ricosa, Juan Eduardo puso su yegua baya al paso, pero detrás de los cristales no vio, como de costumbre, el rostro pálido de Amelia. Las maderas estaban entornadas, y ante el portalón, desenganchado, con las varas en tierra, esperaba el cabriolet del doctor Gouvea.

¡Por fin llegó el día temido! El criado de la quinta entregó al párroco una carta de Amelia con estas solas palabras casi ininteligibles: "¡Dionisia, de prisa, la cosa llegó!" El mozo llevaba también orden de avisar al doctor Gouvea. Amaro fue a buscar a Dionisia. Días antes la había dicho que doña Josefa, la propia doña Josefa le recomendara un ama que él había ajustado ya. Acordaron entonces que aquella

noche Amaro se apostaría con el ama junto a la puertecilla
del huerto, y Dionisia le llevaría la criatura bien abrigada.

—A las nueve de la noche estaremos allí, Dionisia. ¡No
nos haga esperar! —recomendó Amaro viendo a la matrona
escapar apresuradamente.

Después volvió a su casa, y se encerró en el cuarto frente
a frente con aquella dificultad: ¿Qué haría con lo que iba a
nacer? ¿Tenía aún tiempo para avisar al ama de Poyaes, o
podía montar a caballo e ir a Barrosa para ajustar a Carlota?... Y agobiado ante aquellos dos caminos, paseaba por su
cuarto, sudando de angustia, cuando la voz inesperada de Libaniño, gritó desde fuera:

—¡Abre, curica, que ya sé que estás en casa!

Fue preciso abrir, estrechar la mano de Libaniño, ofrecerle una silla... pero afortunadamente el beato no podía detenerse. Pasaba por la calle, y subió a preguntar si el amigo
Amaro tenía noticias de las santiñas que estaban en La
Ricosa.

—Están buenas, están buenas —decía el párroco tratando
de sonreír.

—Yo ando tan ocupado que no puedo ir por allí... Estoy
de servicio en el cuartel... No te rías, curica, que estoy haciendo muchos méritos para con Dios... Me encierro con los
soldadicos para hablarles de las llagas de Cristo...

Amaro revolvía los papeles de su escritorio, y paseaba
con una agitación de animal perseguido. Por disimular su
impaciencia, dijo a Libaniño:

—Debías dejar esos cuidados al coronel del regimiento.

—¡Jesús nos ampare! Si pudiera ese impío, haría renegar
del bautismo a todos sus soldados... Voy a llevar estos esca-
pularios a un sargento. Antes de ayer llevé otros para un or-
denanza, y yo mismo se los puse debajo de la camisa. Con
que adiós, curica. Estás muy pálido, hijín... Necesitas pur-
garte, ¡yo bien sé lo que es eso!

Iba a salir, pero se detuvo en la puerta preguntando:

—¡Ay!, dime, curica, dime: ¿tú sabes algo?

—¿De qué?

—El padre Saldaña me contó que nuestro chantre está furioso. Recibió una denuncia en la que, sin nombrar a nadie, se le dice que un señor eclesiástico ha dado un grave escándalo en la ciudad... Pero Saldaña no sabe quién puede ser: ¿quién será?

—¡Tonterías de Saldaña!

—¡Ay!, hijín, Dios lo quiera... Cuando pase por La Ricosa, dé recuerdos a aquellas santiñas.

Y bajando las escaleras a saltitos, fue a "hacer méritos" con el batallón.

Amaro estaba aterrado. No cabía duda; él era el denunciado. Sus amores con Amelia llegaban ya por veredas tortuosas al vicario general y el hijo venía a ser una prueba viva de que la denuncia era cierta. La visita de Libaniño, que durante dos años no había ido a verle, se le antojaba al párroco un aviso providencial. Le parecía escuchar una voz que gritaba: "No dejes vivir cerca de ti a quien te trae escándalo. ¡Mira que ya se sospecha algo!"

Era seguro que Dios "reclamaba su ángel" por medio de aquel aviso, y sin vacilar más, Amaro se encaminó a casa de Carlota.

Allí permaneció hasta las cuatro. Cuando regresó a su casa, arrojó el sombrero sobre la cama, como si echara lejos de sí un peso agobiante. ¡Todo estaba acabado! Había ajustado a Carlota pagándola un año anticipado; no había más que esperar la noche...

En la soledad del cuarto le asaltaron bruscamente toda suerte de imaginaciones morbosas: veía a Carlota estrangulando a su hijo, veía a la criatura roja entre las manos de la "tejedora"; veía a los agentes de policía desenterrando el cadáver, arrastrándole a él con aquel traje, con aquella sotana, a la cárcel. Tenía deseos de montar a caballo, y tornar a Barrosa para deshacer el ajuste. Pero una inercia le retenía... Nadie le obligaba a entregar el niño a Carlota... Podía llevarlo bien abrigado a Poyaes, y dárselo a Juana Carreira.

Quiso escapar de aquellas ideas, que le golpeaban el cráneo con un ruido de tormenta, y salió encaminándose hacia La Ricosa. Una esperanza le sonreía ahora haciéndole recobrar ánimos; era el pensamiento de que acaso la criatura naciese muerta, cosa bien posible, porque la ansiedad en que Amelia vivía, los disgustos sufridos, debían haber trastornado la gestación. ¿Y si Amelia muriese también? Aquella idea que jamás acudió a su mente, le llenó el alma de piedad, de ternura hacia aquella pobre muchacha que tanto le amaba, y que por causa de él, gritaba entonces dilacerada de dolores. ¡Si ella muriese con su hijo! Sería una desgracia, pero aquel pecado, aquel error, caía para siempre en los abismos de la eternidad, y Amaro volvería a vivir tranquilo ocupado en su iglesia, con una vida limpia y pura como página blanca.

Se detuvo junto a una casucha que había en la carretera: Allí debía estar la persona que desde Barrosa venía a buscar al pequeño. No quedó decidido si iría Carlota, o su marido, y Amaro temblaba al pensar que fuese aquel hombre de repugnante aspecto, quien había de llevar a su hijo. Se acercó a la casucha y llamó. La voz clara de Carlota contestó:

—¡Aquí estoy!

—Bien, es necesario esperar, Carlota.

Estaba tranquilo: suponía que nada podía temer, si su hijo marchaba abrigado contra aquel seno de cuarentona fecunda, fresca y lavada.

Fue entonces a rondar la quinta. Ni un rayo de luz salía por las ventanas del cuarto de Amelia. La noche era obscura, el aire pesado y tibio no movía ni una rama de los árboles. Dionisia no aparecía.

Aquella tardanza le torturaba. Podía pasar gente por la carretera, pero le repugnaba ocultarse en la casucha con Carlota.

Caminaba pegado al muro de la huerta y cuando por segunda vez llegaba a la puertecilla verde, la terraza se iluminó. Casi inmediatamente la puerta se abrió, y Dionisia sin más palabras puso en manos de Amaro un envoltorio.

—¿Muerta?

—¿Qué muerta? ¡Vivo y bien sano! ¡Un rapaz que da gozo!

Sin ruido cerró la puerta, porque los canes comenzaban a ladrar.

Amaro, sintiendo contra el pecho el contacto de su hijo,

experimentaba un deseo furioso de llamar nuevamente en aquella puerta, y entrar en el cuarto de Amelia para meter el pequeñín en la cama con ella, y quedar allí los tres unidos como en un rincón del cielo. ¡Pero no podía, no podía, era cura! ¡Maldita religión que así le oprimía!

Del envoltorio salió un gemido. Amaro corrió hacia la casucha, y casi tropezó con Carlota, que vivamente se apoderó de la criatura. Amaro la dijo:

—Ahí le tiene usted. Pero escúcheme: Éste no es como otros. Quiero que viva, ¿oye usted?, quiero que le críe, que le cuide. No le quiero muerto…

—¡Quede tranquilo, quede tranquilo! —decía la mujer tratando de marchar.

—Óigame, Carlota… Póngale mi abrigo que no va bien tapado.

—¡Va bien, señor, va bien!

—¡No, con mil diablos! ¡Ha de llevar mi abrigo, que es mi hijo, y no quiero que se muera de frío!

Echó sobre los hombros de Carlota, cruzándolo por el pecho para tapar bien al pequeño, el abrigo con que se cubría. La mujer aburrida emprendió el camino de la carretera. Amaro no se movió de aquel sitio hasta verla desaparecer. Cuando Carlota se perdió en la obscuridad, el párroco sin dominarse ya, rompió a llorar.

Permaneció aún mucho tiempo contemplando la casa, obscura y silenciosa. Después, cansado y triste regresó a la ciudad cuando daban las diez en la Catedral.

* * *

A la misma hora, el doctor Gouvea en el comedor de La Ricosa, cenaba tranquilamente un pato asado, preparado por Gertrudis, para cuando el doctor descansara de las fatigas del día. El abate Ferraon sentado junto a la mesa presenciaba la cena. El doctor estaba satisfecho. La muchacha había resistido valientemente ocho horas de dolores; el parto fue feliz, y el chiquillo honraba al papá.

El buen abad bajaba los ojos constantemente ante aquellos detalles, que lastimaban su pudor sacerdotal.

El doctor trinchando la pechuga del pato decía:

—Ahora que yo introduje en el mundo a esa criatura, les toca a ustedes (al decir a ustedes quiero decir a la Iglesia), apoderarse de ella para no soltarla hasta que muera. Por otro lado, aunque menos solapadamente, el Estado no la pierde de vista... ¡y así comienza para el desdichado pequeño su jornada, desde la cuna a la tumba, entre un cura y un cabo de policía!

El abad se inclinó, y sorbiendo estruendosamente su rapé, se preparaba a discutir, cuando la puerta se abrió y Dionisia apareció en ella.

El doctor la había echado un sermón en el cuarto de Amelia, y la matrona le hablaba ahora temerosa y humilde.

—Señor doctor, la señorita ha despertado, y dice que quiere ver a su hijo.

—¿Se lo llevaron ya?

—Sí, ya no está aquí.

—Bueno... pues se acabó... Dígala que mañana le verá... Que mañana sin falta le traen. Mienta, mienta, que el señor abad la da permiso por esta vez. Que duerma, que sosiegue.

Dionisia salió, y los dos viejos quedaron silenciosos ante el dolor de aquella madre, que después de la fatiga del parto, reclamaba a su hijo, al hijo que la habían quitado para siempre.

—No hay quien la convenza. Está llorando, y pide al niño.

—¡Malo, malo! ¿Qué aspecto tiene? ¿Está sofocada? ¿Está sofocada? ¿Está inquieta?

—No, señor doctor, está bien, pero llora hablando del pequeño... Dice que a la fuerza se lo han de dar hoy.

—Hable con ella, distráigala... Procure que duerma...

—Es que se queja de dolor de cabeza. Dice que ve sombras ante los ojos...

El doctor sin hablar más, salió con Dionisia. El abad quedó solo paseando por el comedor. Transcurrió media hora, la luz del quinqué agonizaba, el doctor no volvía.

* * *

El silencio de la casa turbado sólo por sus pasos, comenzó a impresionar al viejo. Abrió la puerta sin ruido y escuchó. Nada se oía. El cuarto de Amelia estaba en lo último de la casa, junto a la terraza: ni luz ni rumor alguno venían de aquella parte. Pasó otra hora más fúnebre, más larga.

El abad de puntillas, ruborizándose por su atrevimiento, llegó hasta la mitad del corredor y se detuvo asustado.

Un sordo rumor acompañado de pasos precipitados, un ruido confuso como de lucha, salía del cuarto de Amelia, pero no se oía ni un ay, ni un grito.

El abad volvió al comedor, y abriendo el breviario empezó a rezar. Gertrudis cruzó corriendo el pasillo. Una puerta a distancia se cerró de golpe. Después, alguien arrastraba un baño de cinc. Por fin apareció el doctor. El abad palideció al verle: venía sin corbata, con el cuello hecho pedazos, los puños de la camisa vueltos y manchados de sangre.

—¿Qué ocurre, doctor?

—Tiene convulsiones.

Y sin decir más, buscó su estuche y se dispuso a salir, pero el abad grave, digno, le detuvo.

—Doctor, si hay peligro, le ruego que se acuerde de que es un alma cristiana, y que yo estoy aquí...

—No lo olvidaré, no.

El abad volvió a quedar solo pensando en aquella pobre muchacha, que lejos de la madre, de las amigas, con la imaginación atormentada por la visión del pecado, estaba tal vez frente al momento que iba a decidir de su eternidad. ¡Espantoso final del tiempo y de la carne! El viejo abad rezaba por ella.

Tenía sobre el breviario un pequeño crucifijo que contemplaba emocionado, seguro de su poder, contra el que nada significaban la ciencia del doctor y todas las vanidades de la razón. ¡Filosofía, ideas, glorias profanas, generaciones e imperios, pasan: son como efímeros suspiros del esfuerzo humano: sólo la cruz permanece y permanecerá siendo esperanza de los hombres, consuelo de los abandonados, amparo de débiles, asilo de vencidos, la mayor fuerza de la humanidad, en fin; "crux triumphus adversus demonios, crux appugnatorum murus..."

El abad se arrodilló junto a la mesa con el rostro entre las manos, balbuceando la oración de San Fulgencio:

—Señor, dala primero la paciencia, dala después tu misericordia.

Un rumor de pasos le hizo levantar la cabeza. Era Dionisia, que buscaba en los cajones del aparador todas las servilletas.

El abad preguntó:

—¿Cómo está? ¿cómo está?

—¡Ah, señor abad, no tiene remedio! Después de las convulsiones, que fueron horrorosas, cayó en un sueño, como muerta... Yo no quise decir nada, porque como el doctor tiene ese genio... Pero sangrar a la muchacha en semejante estado es querer matarla... Cierto que ha perdido poca sangre, pero nunca se hace lo que hizo el doctor, nunca se hace lo que hizo el doctor, nunca, nunca.

—El doctor es hombre de mucha ciencia.

—Pues yo no soy ninguna tonta. Tengo veinte años de experiencia, y no me murió ninguna entre las manos, señor abad... ¡Sangrar con convulsiones!... ¡Si da horror decirlo!...

A una voz del médico, la matrona salió con su montón de servilletas. El reloj del comedor, un reloj de pared enorme, que tenía como remate una corneja esculpida en madera, dio las dos, después las tres... El abad rendido cerraba un momento los párpados, pero se sobreponía a su cansancio de viejo, e iba a la ventana para respirar el aire de la noche, y contemplaba la aldea toda, tranquila, dormida.

Poco después de las tres llegó Gertrudis conmovidísima. El doctor la había mandado que despertara al mozo, para enganchar el "cabriolet".

—¡Ay, señor abad, pobre pequeña! Iban tan bien, y de repente... Fue porque le quitaron al hijo... Yo no sé quién es el padre, pero sé que en todo esto anda un pecado, un crimen...

El abad, sin responder, rezaba por Amaro.

Entró el doctor con su estuche en la mano.

—Abad, cuando quiera puede ir allí.

El abad sin moverse contemplaba al médico. Una pregunta acudía a sus labios, y por timidez no la formulaba; al fin dijo:

—¿No hay remedio, doctor?

—No.

—Es que nosotros no podemos acercarnos al lecho de una mujer, en los momentos de un parto ilegítimo, a menos que se halle en un caso extremo.

—Está en un caso extremo, señor abad.

El abad cogió su breviario y la cruz, pero antes de salir, viendo que el médico se ponía el abrigo para marchar, murmuró:

—Perdone usted, doctor... Sucede a veces que después de los auxilios de la religión, los moribundos vuelven en sí de repente, por una gracia especial. La presencia del médico suele ser útil cuando esto ocurre...

El doctor sonreía involuntariamente viendo reclamada la presencia de la Medicina para auxiliar a la eficacia de la Gracia.

—Aún no me marcho —dijo, y bajó a ver si estaba dispuesto el "cabriolet".

Cuando volvió al cuarto de Amelia, Dionisia y Gertrudis, arrodilladas junto a la cama, rezaban. El lecho y la habitación estaban revueltos como un campo de batalla. Dos velas gastadas se extinguían. Amelia parecía inmóvil con los brazos inertes, las manos crispadas, el rostro amoratado.

De bruces sobre ella, con la voz llena de angustia el abad murmuraba:

—"¡Jesús, Jesús, Jesús!" ¡Acuérdate de la gracia de Dios! ¡Ten fe en la misericordia divina! ¡Arrepiéntete en el seno del Señor! "¡Jesús, Jesús, Jesús!"

Comprendiendo que estaba muerta, recitó el "Miserere". El médico, que desde la puerta había observado todo esto, se retiró lentamente, atravesó el corredor, y bajó a la calle donde el mozo le esperaba sujetando la yegua enganchada ya.

—Vamos a tener agua, señor doctor —dijo el rapaz, bostezando de sueño.

El doctor Gouvea levantó el cuello de su paletó, y acomodó el estuche sobre el asiento. Poco después el "cabriolet" rodaba por la carretera, cortando la obscuridad de la noche con el fulgor rojizo de sus dos linternas.

CAPÍTULO XIV

Eran las siete de la mañana. El padre Amaro, apostado en la ventana, esperaba a Dionisia sin reparar en la lluvia menuda que le fustigaba el rostro. Pero la matrona no aparecía y el párroco tuvo que marchar a la Catedral, enfermo y triste, para bautizar a un chiquillo.

Fue para él una cruel tortura ver aquella gente alegre, oír aquel rumor mal contenido de regocijo doméstico.

El papá, resplandeciente de júbilo, el padrino, con una gran flor en el ojal, las señoras de gala, y la rechoncha partera que paseaba pomposamente un mantón de encajes y lazos azules, donde apenas se veían dos carrillitos trigueños. Con el pensamiento en La Ricosa, Amaro soplaba, haciendo una cruz, sobre la faz del chiquitín para expulsar al demonio que ya habitaba en aquellas tiernas carnecitas. Imponía la sal sobre la boquita, para que por siempre perdiera el amargo sabor del pecado, y aprendiese a gustar de la divina verdad; tocaba con saliva las narices y las orejitas, para que jamás escuchara solicitaciones de la carne, y que nunca aspirasen los perfumes de la tierra. En rededor, los invitados y los padrinos, fatigados por tantos latines rosmados de prisa, sólo se ocupaban del pequeño, recelando que no respondiese con algún desacato imprudente a las exhortaciones tremendas que hacía su Madre la Iglesia.

Amaro puso un dedo sobre la gorrita blanca, exigiendo al pequeñín que allí mismo, en plena Catedral, renunciase para siempre a Satanás y a sus obras. Matías, el sacristán, renunció por él, mientras el pobre pequeño abría la boquita, buscando donde mamar.

El párroco se dirigió a la pila bautismal, seguido de toda

263

la familia. En el momento de hacer las unciones, las señoras se atropellaban, la partera emocionada no acertaba a desatar los lazos para dejar descubiertos los hombritos y el pecho del niño, la madrina quiso ayudarla, y dejó caer la vela que manchó de cera el vestido de una de las invitadas. La perjudicada miraba rabiosa a la autora del desastre. Las otras amigas lo comentaban murmurando.

Amaro preguntó:

—*Franciscus, ¿credis?*

Matías se apresuró a contestar:

—*Credo.*

—*Franciscus, ¿vis baptisari?*

Y Matías berreaba:

—*Volo.*

El agua lustral cayó sobre la cabecita redonda como un melón tierno: el chiquillo comenzó a llorar pateando rabioso.

—*Ego te baptiso, Franciscus, in nomine Patri... et Filii... et Spiritui, Sancti...*

¡Por fin acabó! Amaro corrió a la sacristía para desnudarse. A saltos, subió las escaleras de su casa. Dionisia... le esperaba, cansada por la lucha de la noche, manchada del barro de la carretera. Apenas entró el párroco comenzó a llorar.

—¿Qué ocurre, Dionisia?

La matrona prorrumpió en sollozos.

—¿Muerta?

La matrona gritó:

—¡Ay, hijo, sí! ¡No hubo remedio! ¡No hubo remedio!

Amaro cayó desvanecido sobre la cama.

Dionisia llamó a voces a la criada. Entre las dos, inundaron de agua y vinagre el rostro del párroco, que lentamente abrió los ojos: densamente pálido, sin hablar, apartó con las manos a las dos mujeres, que se retiraron a la cocina al ver que el cura, de bruces sobre las almohadas, sollozaba desesperado.

Escolástica, la criada del cura, hablole bajo como si en la casa hubiera un moribundo.

—Parece que quería mucho a la señorita.

Dionisia llorosa contestó:

—La costumbre de verla y tratarla. Como fue huésped de la casa tanto tiempo... Se querían como hermanos...

Comenzaron a hablar sobre los males del corazón, porque Dionisia dijo a la criada que la pobre señorita murió de un aneurisma.

Dieron las once. Escolástica pensaba en llevar un caldo al señor párroco, cuando éste llamó desde su cuarto. Escolástica le halló con el sombrero puesto y el abrigo abrochado. Tenía los ojos encendidos como carbones...

—Escolática, vaya corriendo al establo de Cruz, y diga que me manden un caballo... ¡De prisa!

Llamó después a Dionisia. Sentado frente a ella, rozando casi las rodillas de la mujer, con el rostro lívido, como si fuera de mármol, escuchó en silencio la historia de la noche. Las fuertes convulsiones, la sangría, la angustia de la asfixia...

Llegó el mozo con el caballo. Dionisia tenía que volver a la quinta para amortajar a la señorita, y Amaro sacando de la gaveta un pequeño crucifijo ordenó:

—Póngale esto en el pecho. Ella me lo dio...

Bajó a la calle, montó a caballo y apenas llegó a la carretera de Barrosa partió a galope. Ya no llovía. Por entre las pardas nubes, de tiempo en tiempo, salía un rayo de sol, que hacía brillar la hierba y las piedras mojadas.

Cuando Amaro llegó frente al pozo cegado, se detuvo y bajó del caballo. La puerta de Carlota estaba cerrada. Llamó. Nadie respondía. Entonces con el caballo de las riendas entró en la aldea. Sentada a la puerta de una taberna, hacía medias una mujer brusca. Dentro, dos hombres jugaban una brisca reñida teniendo delante dos jarros de vino. La mujer había visto pasar a Carlota porque precisamente se detuvo para comprar aceite. Debía estar en casa de una vecina. Y llamando a una rapazuela bizca, que asomaba tras las pipas de la taberna, la dijo:

—Corre a casa de Micaela, y di a la señora Carlota, que la busca un caballero de la ciudad.

Amaro volvió a casa de Carlota y esperó en la puerta, sujetando al caballo por las bridas. El silencio de la casa le asustaba. Escuchó por la cerradura, con la esperanza de oír llorar al niño. Dentro reinaba un silencio de caverna abandonada. Supuso entonces que Carlota habría llevado consigo al pequeño... Pensando así, contemplaba la casita recién encalada, que con sus cortinillas de gasa en las ventanas, raro lujo en aquella pobre aldea, recordaba el orden que vio en la cocina cuando fue a hacer el ajuste... De seguro su pequeñín tendría una cunita bien aseada y limpia.

Las siniestras historias de Dionisia, acerca de la "tejedora de ángeles", eran una insensata leyenda. Su criaturita estaba ahora muy regaladamente en casa de Micaela, chupando el pecho de la cuarentona sana. Sentía entonces un gran deseo de huir de Leiria, para encerrarse en Feiron llevando consigo a Escolástica, y en aquel rincón de la sierra, criar y educar a su hijo como sobrino, haciendo revivir en él, todas las emociones de aquella novela que duró dos años... Carlota llegó. Al reconocer a Amaro, quedó atónita sin decidirse a entrar en su casa. Bajando la cabeza dio una expresión grave a su bello rostro. Amaro la interrogó:

—¿Y el niño?

Después de una pausa, Carlota sin turbarse respondió:

—No me hable de eso. ¡He pasado un disgusto! Dos horas después de llegar, el angelito empezó a ponerse encarnado como la grana, y sin que sirvieran remedios, se me murió en los brazos.

—¡Mentira! ¡Quiero verlo!

—Entre, señor, entre si le quiere ver.

—Pero, ¿qué le dije yo a usted anoche?

—¿Y qué iba yo a hacer, si se me murió?

Hablando así, había abierto la puerta naturalmente, sin cólera, ni temor. Amaro con una mirada abarcó la habitación. Junto a la chimenea vio una cuna cubierta con una saya roja.

Sin una palabra más, el párroco volvió la espalda, y montó su caballo, pero la mujer comenzó a decirle que había ido a la ciudad para encargar una cajita, pues no quería enterrar a la criaturita envuelta en un trapo, ya que era hijo de un señor tan principal y puesto que él estaba allí, justo era que la diese algún dinero por aquel gasto. ¡Aunque no fueran más que dos duros!...

Amaro la miró con deseos de estrangularla. Arrojó el dinero, y salió trotando por el camino.

Al llegar a la ciudad, dejó el caballo en el establo de Cruz, y sin volver a su casa, se dirigió al palacio del obispo. Quería salir de Leiria para siempre, no volver a ver los rostros de aquellas beatas, ni la odiosa fachada de la Catedral.

El señor vicario general recibió al párroco amablemente, extrañando hallarle tan pálido.

—Es que tengo un grave disgusto, señor vicario. Una hermana mía se está muriendo, y yo quisiera que el señor vicario me concediese licencia por unos días, para ir junto a ella, a Lisboa.

El señor vicario parecía consternado:

—Concedido, concedido... ¡Ah!, todos somos pasajeros forzados de la barca de Caronte.

Ipse ratem conto subigit, velique ministrat.

Et ferreiginea subvectat corpora cymba.

Nadie escapa... Lo siento muchísimo. No la olvidaré en mis oraciones.

Y muy metódicamente, el vicario tomó nota con un lápiz, para no olvidarse. Amaro al salir del palacio fue derecho a la Catedral. Encerrado en la sacristía después de pensar largo rato con la cabeza entre las manos, escribió al canónigo Días.

"Querido Padre Maestro: Tiembla mi mano al escribir estas líneas. La infeliz ha muerto, y yo, marcho de aquí porque si continuara un día más, estallaría mi corazón. Su excelente hermana se ocupa del entierro. Ya comprenderá usted por qué no puedo yo hacer nada. Gracias por todo, y hasta que Dios quiera que volvamos a vernos. Yo pienso marchar lejos, para terminar mis días entre lágrimas, meditación y penitencia. Consuele como pueda a la desdichada madre. Mientras viva no olvidaré cuánto le debo. Adiós, no puedo más.

"Su amigo que de corazón le quiere,

AMARO VIEIRA"

"P. D.—La criatura murió también. Ya está enterrada."

Cerró la carta, y después de arreglar sus papeles fue a abrir la puerta claveteada de hierro, que daba salida al patio del campanario. Lentamente se acercó a la ventana de la cocina, y miró tras los cristales. El tío Esquellas, sentado junto al hogar, fumaba su pipa contemplando tristemente la ceniza. Amaro tocó en los vidrios, y cuando el campanero hubo abierto la puerta, al volver a ver aquel interior tan conocido, la alcoba de Totó, la escalera que conducía al cuarto, el pecho del párroco se agitó bruscamente, con recuerdos de otros días. Los sollozos le ahogaban, y durante un momento no pudo hablar. Procuró dominarse, y con voz ahogada balbuceó:

—Vengo a decirle adiós, tío Esquellas. Voy a Lisboa, donde tengo una hermana gravemente enferma.

Y con los labios trémulos, añadió:

—Las desgracias nunca vienen solas. Ya sabrá usted que la pobre Amelita murió de repente...

El campanero asombrado enmudeció.

—¡Adiós, tío Esquellas, deme esa mano! ¡Adiós, tío Esquellas!

—¡Adiós, señor párroco! —dijo el viejo, con los ojos llenos de lágrimas.

Amaro huyó para ocultarse en su casa, conteniendo los sollozos. Llamó a Escolástica, y la anunció que aquella misma noche partiría para Lisboa. Un mozo de casa de Cruz traería el caballo que había de llevarle a la estación para tomar el tren.

—No tengo más dinero que el necesario para el viaje, pero todo lo que dejo aquí de sábanas y ropas es para usted...

Escolástica besó la mano del párroco, llorando por perder aquel amo. Quiso ayudar a hacer la maleta, pero Amaro rehusó.

—Yo mismo la arreglaré, no se moleste, Escolástica.

La criada lloriqueando, se entretuvo en recoger y examinar las pocas ropas que había en los armarios. A las cinco llegó el mozo con el caballo. Escolástica, suponiendo que el señor párroco se habría dormido, llamó tímidamente en la puerta del cuarto, disponiéndose a llorar la despedida. El clérigo abrió. Tenía el abrigo sobre los hombros; en medio del cuarto, estaba dispuesta la maleta que debía ir a la grupa del caballo. Entregó a su sirvienta un paquete de cartas de despedida, para el padre Silverio, el padre Natalio, doña María de la Asunción y las Gangoso. Iba a marchar, cuando oyó en la escalera un ruido bien conocido: era la muleta del tío Esquellas. El viejo apareció muy conmovido.

—Entre, tío Esquellas, entre.

El campanero cerró la puerta y después de dudar un momento dijo:

—Perdóneme, señor, pero... Con los disgustos me olvido de todo... Hace ya tiempo que hallé esto en mi cuarto y he pensado que...

Sin terminar de hablar, puso en la mano de Amaro un pendiente de oro. Era de Amelia. Ella le buscó inútilmente mucho tiempo. Sin duda, una mañana de amor, quedó perdido sobre el jergón del tío Esquellas. Amaro, sofocado, abrazó al viejo.

—¡Adiós! ¡Adiós, Escolástica! Acuérdese de mí alguna vez. Dé recuerdos a Matías, tío Esquellas...

El mozo sujetó la maleta al sillín, y Amaro partió mientras la criada y el campanero lloraban en la puerta de la casa.

Cerca de la carretera, al salir ya de la ciudad, Amaro tuvo que apearse para arreglar el estribo: iba a montar de nuevo, cuando aparecieron el doctor Godiño, el secretario general y el señor administrador, que regresaban de dar un paseo. Viendo al señor párroco dispuesto para un viaje le interrogaron.

—Voy a Lisboa. Mi hermana está enferma.

El señor administrador se afligió muy cortésmente:

—Comprendo su disgusto, señor párroco, comprendo. Además esa otra desgracia ocurrida en casa de sus amigas le habrá impresionado... ¡Pobre Amelita, morir de repente!...

El antiguo Bibí exclamó:

—¿Cómo? ¿Ha muerto aquella muchacha tan bonita? ¿La de la calle de Misericordia?

El doctor Godiño tampoco lo sabía. El señor administrador se enteró por su criada, a quien se lo había contado Dionisia, diciendo que murió de un aneurisma.

Los tres amigos lamentaban aquel golpe que tanto debía afectar al señor párroco. Él, con gravedad, respondió:

—Mucho lo he sentido... La conocía bien... Con sus buenas cualidades, sin duda hubiera sido una esposa modelo... Mucho lo siento. —Estrechó en silencio las manos de los caballeros, y cuando ellos entraban en la ciudad, el clérigo al galope se encaminaba a la estación.

*   *   *

El entierro de Amelia salió de La Ricosa a las once de una mañana fría. El cielo y los campos se hundían en una niebla pardusca: caía la lluvia menuda y helada. La capilla de Poyaes, estaba muy lejos de la quinta. Un niño de coro con cruz alzada caminaba delante chapoteando en el barro; el abad, con estola negra, se guarecía bajo un paraguas sostenido por el sacristán, que llevaba el hisopo: cuatro trabajadores de la quinta bajando la cabeza para defender el rostro contra la lluvia llevaban en unas parihuelas la caja que encerraba el cuerpo de Amelia, y bajo el enorme paraguas del casero, con el manteo por la cabeza, Gertrudis marchaba pasando las cuentas de su rosario. A un lado del camino, el valle de Poyaes se hundía en la neblina. Reinaba un gran silencio, y la voz enorme del vicario rezando el "Miserere" resonaba en la quebrada húmeda, donde murmuraban los riachuelos desbordándose.

Al llegar a las primeras casas de la aldea, los mozos que conducían la caja se detuvieron fatigados. Un hombre enlutado que estaba esperando bajo un árbol se unió al fúnebre cortejo. Era Juan Eduardo, grandes surcos negros cercaban sus ojos, y las lágrimas corrían por sus mejillas. Tras él, se colocaron dos criados de librea, con antorchas en las manos. El Mayorazgo mandaba aquellos dos lacayos, para honrar el entierro de una de las señoras amigas del abad que vivían en La Ricosa.

Entonces, al ver aquellas libreas que iban a dar prestigio

al entierro, el niño de coro rompió la marcha levantando más alto la cruz, los cuatro hombres ya sin fatiga, alzaron las parihuelas, y el sacristán bramó un "Réquiem" tremendo. El entierro subía por un camino enfangado, las mujeres se asomaban a las puertas santiguándose, y quedaban sin moverse, hasta que perdían de vista los blancos sobrepellices y la caja galoneada de oro.

La capilla estaba en un alto. El entierro se hundió en el interior de la obscura iglesia al canto de "Subvenite sancti" entonado por el sacristán.

Los criados de librea, por orden de su amo, no entraron en la iglesia. Dentro seguía el canto llano, después, un siseo de oraciones amortiguándose, de pronto, fúnebres latines lanzados por la voz del vicario.

Los dos criados por no aburrirse entraron en la taberna del tío Serafín, que sirviéndoles dos copas de aguardiente, se informó de que la difunta era novia de don Juanito. Decían que murió porque la reventara una vena.

Uno de los lacayos reía.

—¡No fue mala vena! La reventó la tripa, para que saliera un rapaz por ella...

—¿Obra de don Juanito? —preguntó Serafín dando a sus ojillos una expresión picaresca.

—Me parece que no, porque don Juanito estuvo en Lisboa... Obra de algún caballero de la ciudad... ¿Sabe usted de quién sospecho yo, señor Serafín?

No pudo continuar, Gertrudis asomó en la puerta gritando que el acompañamiento estaba ya cerca del cementerio y sólo faltaban "aquellos señores".

Los lacayos escaparon para alcanzar el entierro, y llegaron cuando trasponía las gradas del cementerio. Juan Eduardo, llevando un cirio en la mano, caminaba ahora casi tocando la caja de Amelia, con los ojos fijos en el veludillo negro que la cubría. La campana de la capilla doblaba desoladamente. La lluvia caía más menuda. La tierra húmeda ahogaba el rumor de los pasos. El acompañamiento se detuvo junto a un muro al pie del cual, estaba recién cavada la sepultura de Amelia, negra y profunda. El niño de coro clavó en tierra el asta de la cruz plateada, y el abate Ferraon se adelantó hasta el negro hueco recitando el "Deus cujus miseratione" Entonces Juan Eduardo, palideciendo aún más, vaciló de repente, el paraguas cayó de sus manos. Uno de los lacayos acudió a sostenerle. Trataron de llevarle lejos de allí, de apartarle de la sepultura, pero él se resistía, y allí permaneció con los dientes cerrados, agarrándose desesperadamente a la manga del criado para no caer, mientras el sepulturero y dos mozos amarraban con cuerdas la caja, haciéndola resbalar lentamente entre la tierra que rodaba desprendida.

—*Réquiem aeternam dona ei Domine.*

—*Et luz perpetua luceat, ei* —mugió el sacristán.

La caja tocó el fondo de la sepultura haciendo un ruido sordo, el abad derramó sobre ella un poco de tierra, en forma de cruz, y sacudió el hisopo pausadamente sobre el veludillo, la tierra y la hierba.

—*Requiescat in pace.*

La voz hueca del sacristán, y un agudo chillido del coro respondieron unidos.

—*Amén.*

"Amén", dijeron los demás, con un murmullo que se perdió entre los cipreses, las hierbas, los túmulos y la fría niebla de aquel triste día.

CAPÍTULO XV

A fines de mayo había gran alboroto en Lisboa. Por calles y plazas los vendedores pregonaban los periódicos anunciando sucesos sangrientos. Se oían voces confusas destacándose las palabras ¡Comunicado! ¡Versalles! ¡Crimen! ¡Internacional! Frente a la Casa Havaneza, se estacionaban grupos de personas para leer los telegramas de la agencia Havas que se fijaban en el balcón sobre un encerado. De entre la apiñada multitud se destacó un hombre joven vestido de negro; de repente se detuvo. Una voz asombrada exclamó a su lado:

—¡Padre Amaro! ¿Usted aquí?

Era el canónigo Días. Los dos amigos se abrazaron con vehemencia. Para conversar más tranquilamente se dirigieron al paseo de Camoes deteniéndose ante la estatua:

—¿Qué ha sido de usted, Padre Maestro? ¿Cuándo llegó?

—Ayer. ¿Y usted, Amaro? En su última carta me decía que no pensaba salir de Santo Tirso.

Era verdad. Se encontraba muy bien allí pero hubo una vacante en la parroquia de Villa Franca y venía a pretenderla con el apoyo del señor conde de Ribamar para estar más cerca de la capital.

El señor conde estaba ya gestionando el traslado. ¡Les debía muchos favores, sobre todo a la señora condesa! Preguntó por los conocidos de Leiria, por la San Juanera. El canónigo se lamentó:

—¡Pobrecilla! la tuve muy mal... Al principio pasé un susto de los diablos... Creí que la pasaba lo que a Amelia. Pero no; era hidropesía...

—¡Pobre señora! ¿Y Natalio?

—Muy acabado. Tuvo bastantes disgustos por su pícara lengua.

—¿Y Libaniño?

Amaro al preguntar por el beato reía y el canónigo también.

—Ya le escribí a usted lo sucedido. La cosa fue tan escandalosa... Figúrese que le pillaron con el sargento de manera que no dejaba lugar a dudas... ¡Y a las diez de la noche, en la Alameda! ¡Fue una imprudencia! Pero ya se olvidó todo y, al morir Matías, le dimos el cargo de sacristán que es una buena colocación mucho mejor que la que tenía en el escritorio.

—Y doña María de la Asunción.

—Hombre, ¡se dicen unas cosas...! Criado nuevo... El carpintero que vivía enfrente. Mi hombre va como un duque. Cigarros, reloj, guantes. ¿Tendría gracia, eh?

—¡Es famoso!

—Las Gangoso, como siempre. Ahora tienen a Escolástica, su criada.

—¿Y el animal de Juan Eduardo?

—¿No se lo escribí? Sigue en Poyaes con el Mayorazgo. Dicen que está tísico. Yo no he vuelto a verle. A quien vi el otro día fue a Dionisia. Ahora marcha bien.

El canónigo murmuró unas palabras al oído del padre Amaro.

—¿De veras, Padre Maestro?

—En la calle de Sousas, junto a la casa que tuvo usted. Dicen que don Luis Barrosa fue quien le dio el dinero para montar el establecimiento. Pues ya sabe usted todas las novedades. ¿Y usted qué cuenta? Esta mucho mejor, hombre. Le prueba bien la mudanza... Ya no pensará encerrarse en un convento para pasar la vida haciendo penitencia como me decía en sus cartas.

El padre Amaro se encogió de hombros sonriendo.

—¿Qué quiere usted, Padre Maestro? En aquellos primeros momentos no sabía lo que decía... ¡Mucho sufrí! Pero todo pasa.

—¡Todo pasa! —dijo el canónigo.

Pasearon un momento en silencio recordando las veladas

en casa de la San Juanera, los paseos al Morenal. "El Adiós" y "El Descuidado" cantados por Arturo Conceiro, y acompañados por la pobre Amelia que ahora dormía en el cementerio de Poyaes, bajo flores silvestres...

—Y ¿qué me dice usted de estas cosas de Francia, Amaro? —preguntó de repente el canónigo.

—¡Un horror, Padre Maestro! ¡Un horror! Y lo peor es que entre nosotros comienzan a extenderse las mismas ideas. Esa turba de republicanos, masones y socialistas, que pretenden destruir todo lo respetable —el clero, la instrucción religiosa, la familia, el ejército, la fortuna—, nos calumnia infamemente... Destruyen en el pueblo el respeto y la veneración que merece un sacerdote.

En aquel momento pasaron junto a ellos dos señoras. Una anciana, con cabellos blancos y aspecto noble; la otra era una jovencita delgada, pálida, con grandes ojeras y estrecha cintura que acusaba esterilidad. El canónigo en voz baja dijo al padre Amaro:

—Ahí va una de las que a usted le gusta confesar, colega.

—Eso era antes, Padre Maestro. ¡Ahora no confieso más que a las casadas!

Los dos curas reían, pero el canónigo se contuvo viendo que Amaro saludaba a un caballero de bigote gris y anteojos de oro que apareció en la plaza.

Era el señor conde de Ribamar. Con afabilidad se acercó a los dos sacerdotes. Amaro sin cubrirse presentó "a su amigo Días, canónigo de la Catedral de Leiria". Conversaron un momento sobre el tiempo, después Amaro habló de los últimos telegramas.

—¿Qué dice el señor conde de los sucesos de Francia?

—No me hable de eso, padre Amaro. No me hable de eso... ¡Pobre París! ¡Créame, que hasta enfermo estoy!

—¿Y qué cree el señor conde que resultará de todo esto?

El conde de Ribamar, después de una pausa, en palabras lentas, cargadas con el peso de las ideas salvadoras, contestó:

—El resultado es fácil preverlo. Cuando se tiene alguna experiencia de la Política, y de la Historia; el resultado de todo esto se ve tan claro, como yo les estoy viendo a ustedes ahora.

—¿Y podrán arraigar entre nosotros esas ideas de materialismo, de república?

—¡No les preocupe eso ni por un momento, señores míos! Puede haber algún loco que hable sobre decadencia de Portugal, pero Portugal mantiene dignamente su puesto en Europa, porque la fe es la base del orden. Miren ustedes en rededor y no verán más que paz, animación, prosperidad.

Y con un gesto mostraba el paseo de Loreto donde en aquella hora se concentraba la vida de la ciudad. Parejas de señoras con tacones altos, faldas lujosas, movimientos fatigados y palidez clorótica de una raza degenerada: algún flaco caballejo montado por un mozo de nombre histórico, con el rostro verdoso por el vino y las noches de crápula; en los bancos, gente desocupada que estiraba su pereza. Algún burgués distraía su aburrimiento leyendo los anuncios del teatro, y los obreros de aspecto enfermizo personificando la agonía de las industrias.

—Vean ustedes —decía el conde—, toda esta paz, esta prosperidad... ¡Ah, señores míos, no es extraño que seamos la envidia de Europa!

El hombre de estado y los dos hombres de religión, a los pies del monumento de Camoes, con la cabeza erguida, gozaban seguros de la grandeza y la gloria de su país, bajo la mirada fría del viejo poeta, erecto, noble, con sus anchos hombros de caballero fuerte, la epopeya en el corazón, la espada segura, rodeado de cronistas y poetas heroicos de la antigua patria. ¡Patria para siempre pasada, memoria casi perdida!

FIN

ÍNDICE

PRIMERA PARTE

SEGUNDA PARTE

Esta edición se terminó de imprimir
el día 23 de agosto de 2002 en los talleres de
IMPRESORA CASTILLO HNOS., S. A. DE C. V.
Camelia 4, col. El Manto,
09830, México, D. F.